Sonya
文庫

JN105116

狂騎士の最愛

荷鴣

イースト・プレス

contents

序章

窓の外は雲がなく、青い空が広がっていた。差しこむ光がくすんだ色の絨毯《じゅうたん》を明るい色に染めている。穏やかな昼下がりだ。今日も特段何事もなく、一日が過ぎてゆくのだろう。

――あれからずいぶん経った。

外を眺めていた黒髪の少年は、両目を手で覆い、まぶたを揉《も》みこんだ。彼が待っているのは鳩《はと》だった。ただの鳩ではなく、手紙を運んでくれる二羽の白い鳩。

書き物机に頬杖をついた少年は、腹の底から息を吐く。

その顔つきは中性的だ。母親譲りの白い肌は見るからにやわらかそうで、あごに達した髪は男にしては長かった。伏せた黒いまつげを上げれば、現れた青い瞳は愁《うれ》いを帯びて陰があり、えも言われぬ色気がある。きっちりと着こんだ上質な上着、服を彩る金のボタンや銀細工の凝《こ》った飾りは、彼の高貴な身分を示している。〝深窓の令息〟といった趣《おもむき》だ。

少年が椅子の背もたれに身を預けると、扉が叩かれた。

「入れ」と発した声は、優美な容姿に似つかわしくない支配者階級特有の冷淡なものだった。彼は許可を与えたものの、扉のほうを見ようとしない。視線は机に置かれた紙にある。

「ルスランさま、アストリットさまがお届け物をお持ちです。お会いになりますか？」

かすかに甘いにおいが鼻腔《びこう》をくすぐる。おそらく菓子のたぐいだろう。ルスランは表情なく羽根ペンを取り、インク壺《つぼ》に先をくぐらせた。

「会わない。菓子など突き返せ」

「ですが、あなたの婚約者では？　アストリットさまはそうおっしゃっていましたが」

「だまれ」とすげなく言って、彼は紙にペンを走らせる。しかし、途中で手を止めた。

「なにをしている、ぐずぐずせずに追い返せ。ついでにラースを呼んでこい。至急だ」

男の退室後、ルスランは億劫《おっくう》そうに髪をかき上げた。すると、隠れていた片目があらわになる。彼の瞳は左は青いが、右側は金色だ。左右で色が違うのだ。彼は父の命令で、右目を髪で隠していた。

金色の目は、悪魔の目。

ふん、と鼻を鳴らした彼は、紙に文字を書きつける。したため終えるとそれを畳《たた》んで、熱した真紅の蝋《ろう》を盛りつけ、印璽《いんじ》を押して封をした。

――ジア。

目を閉じて、眼裏《まなうら》に浮かぶのは、笑顔が似合う小柄な少女だ。

――きみはいま、なにをしている？　元気でいるか？　無事なのか？

ため息のあとうつむくと、軽快なノックの音が鳴りひびく。椅子から立ち上がったルスランは、手ずから相手を招き入れた。現れたのは、体格のいい筋骨隆々《きんこつりゅうりゅう》の若い男だ。

「ルスランさま、俺に用だとか」

男の視線が自身の右目にあるのに気づき、ルスランは髪を上げていたことを思い出す。

「ラース、この目が怖いか？　呪われたバルヒェットの悪魔の目が」

ルスランの家、バルヒェット侯爵家は残虐《ざんぎゃく》な血統として知られている。金色の瞳を持つ先祖〝悪魔侯ディーデリヒ〟が原因だ。侯は好んで戦いに身を置き、敵を血祭りにあげていた。その所業は戦いというより一方的な殺戮《さつりく》で、敵だけではなく味方をも震え上がらせたという。それもあり、バルツァー国では金の瞳は狂気の証で恐怖の的《まと》だった。

「いいえ、怖いなどとは決して。美しい目だと思っています」

髪を下ろし、右目を隠したルスランは、「嘘をつけ」とラースに手紙を差し出した。

「これをアンブロス国のクレーベ村へ持ってゆけ」

「え？」と、ラースが瞠目《どうもく》するのも無理はない。かの国は半年前から敵国となっていた。

受け取ろうとしないラースの手に、ルスランは手紙を押しつける。

「おまえを見込んでいるから言っている。その村にジアという娘がいる。彼女に渡せ」

「待ってください。この時勢で敵国に出向くなど、俺に死ねと言っているも同然です」

「当然ただでとは言わない。役目を果たしたら、おまえの望みを叶えてやる」

ラースは苦虫をかみ潰したような顔をしていたが、次の言葉で目の色が変わった。

「おまえはヘルミーネがほしいのだろう？　父上に結婚相手として推《お》してやる」

ヘルミーネはルスランのいとこで、貴族のあいだで人気の高い令嬢だ。このラースも狙っているのだと知っている。

案の定、ラースは「承ります」と言った。バルヒェット侯爵家は恐れられてはいるものの、国で三本の指に入る名家であり、縁戚になれば即座に家格が跳ね上がるのだ。

野心を隠そうともしないラースに、彼は口の端を持ち上げる。

「おまえはヘルミーネのために引き受けるとわかっていた」

「なんとでもおっしゃってください。婚姻がかかっているのであれば命くらいかけます」

退室の言葉を告げ、ラースはきびすを返したが、ルスランはすかさず呼び止めた。

「ラース。手紙を届けたら、ジアを攫《さら》ってでも国へ連れてこい。必ずだ」

「え？　いまなんと？　どういうわけです？」

戸惑いを見せるラースの背を押し、無理やり部屋から追い出して、ルスランは窓を見る。

依然として晴れ渡る空は、彼の目の色によく似た青だった。

代々騎士として武功を称えられている家系にありながら、ルスランが好んだのは本だった。片目だけとはいえ、悪魔侯と同じ金色の瞳を持つ彼は、残虐な血すじを疎んでいた。

六歳の時、屋敷に侵入したごろつきを殺害したことがあった。残った死体は滅多刺しのひどいものだった。この時、彼は人を殺せる自分に気がついた。しかも楽しかったのだ。

そんな自分の性質を思い知り、手に持つ剣を本に変えたのはそれからすぐのことだった。

しかし、いま、中庭にひびくのは金属音がかち合う音だ。

剣をにぎったルスランは、騎士と対峙し、渾身《こんしん》の力をこめて振り下ろす。相手に片手で軽々受け止められるのは、まだまだ未熟であるからにほかならない。

「お見事です、ルスランさま。大変上達なさいましたね。日々、驚かされます」

ルスランは奥歯を嚙《か》みしめる。本を好むようになって七年、剣をふたたび手にして一年。頭に描く理想の姿になるにはほど遠い。目の前の騎士が猫ならば、自分はちんけな鼠《ねずみ》だろう。こんな貧弱な細腕に、力などあるわけがないのだ。

「しかし一年前、アンブロスから帰国したあなたが、『騎士になる』と宣言した時の侯爵さまの喜びようときたら。あなたもいずれはお父上のようにお強くなられるでしょう」

「なにがいずれだ。――くそっ、いますぐに強くならなければ」

からん、と剣を地に放ったルスランは、目前の騎士の服をわしづかみにして突っかかる。

「言え、ぼくはどうすれば強くなれる？　こんなところでもたもたしてはいられない！」

本当は、ジアに会いに行くのは自分でありたかったのだ。しかし、無理だと知っているから、腕の立つ者に頼らざるをえなかった。

ふう、ふう、と肩で息をするルスランを、騎士は「落ち着いてください」となだめにかかるが、そうされればされるほど腸《はらわた》は煮えくりかえる。

「答えろ！　ぼくが強くなる最短の道は？　誰よりも強くなる方法は？　言え！」

「ルスランさま、あなたは同年代の誰よりもはるかにお強いです。このまま励めば……」

「同年代？　そんなものはくそだ！　そいつらなどぼくは相手にしていない。たかが十四の男どもより強くても、それは弱いと同義だ！　リヒャルト、時間がないんだ！」

怒りをむきだしにするルスランに、騎士リヒャルトは諦めたように息をつく。

「ルスランさま、騎士に重要なのは基礎なのです。まずは基礎を身につけることです」

「基礎、基礎基礎基礎基礎、わかっている！　その先は！」

「その先は戦地へ向かいます。後方支援──つまりは実戦、恐怖を克服することからはじめます。比較的安全な地で段階を踏み、しっかりと慣らしつつ一人前になるのです」

言葉の途中で「戦地か」と騎士から手を放したルスランは、下唇を嚙みしめる。

「……まさか戦地へ行くなどとおっしゃいませんよね？　あなたはまだ十四の少年です」

改めて聞く十四という数字は、ルスランの気を逆撫《さかな》でした。幼い以外の何物でもない。

「戦地で死ぬような男ならば、ぼくはなにも守れない。弱い男でいてたまるか」

ルスランは走り出す。騎士の制止など、もはや耳には届かなかった。

──ぐずぐずしているわけにはいかないんだ。この戦争は、バルツァーかアンブロス、どちらかが滅びるまで終わらない。何年かかろうとも終わるものか。……ジア。

脳裏に焼きついて離れない少女、ジアは、彼のような高位の貴族ではなく、アンブロス国の村人だ。万が一クレーベ村に戦火が及べば、村人はひとたまりもなく、ごみのように殺される。彼らは家畜に等しい扱いだ。ジアの命は誰にも守られず、ろうそくの炎のようにたやすく消されてしまうだろう。

彼の焦りはそれだけではない。ひと月前、ジアは十三歳の誕生日を迎えた。遠く離れた彼女へ、おめでとうと伝える伝書鳩を飛ばしたが、鳩は手紙をつけたままルスランのもとに戻ってきた。それからは何度手紙を出しても、鳩はそのまま虚《むな》しく帰るだけ。日に日に不安は募り、夜もろくに眠れていない。

――なにがあった。手紙を欠かすなと、約束したじゃないか。いっしょに生きるんだ。

ルスランは、戦地から一時帰郷している父に、出征を直訴《じきそ》しようと駆けていた。

しかし、地に落ちる無数の影に、次第に速度はゆるまってゆく。胸は早鐘を打っていた。

辺りが妙に薄暗い――。異変を感じて足を止めれば、誰かが言った。

「なんだあれは……………。気味が悪い」

中庭にいる者は皆、揃ってあごを上向けている。ルスランも空を仰いだ。

とたん、目にしたものに肌が総毛立つ。

鳥だった。そのすべてが白い鳩だった。大群という言葉では片づけられないほど、空一面におびただしい数の鳩が飛んでいる。統制がとれているのか、東を目指しているようだ。

つい先ほどまで、まぶしいくらいに晴れ渡った空のはずだった。しかしいま、その青は逆光の鳩に遮られ、吐き気をもよおすほどに不吉で不気味になっている。まるで悪夢だ。

ルスランは、目を見開いたまま立ち尽くした。

日々、彼が待っているのは白い鳩だった。ジアの手紙を運んでくれる、二羽の鳩。

頭の片隅に、笑顔の彼女が浮かんだ。

一章

人は、死の間際になにを思うのか。ジアはまだ死んでいないからわからない。
けれど思うのだ。暗く、つらい気持ちでなければいい。少しでも安らかであればいい。
父は言った。『ジア、私はいつでもきみの味方だ』
母は言った。『かわいいジア、あなたは私の自慢の娘』
――〝強く、生きなさい〟
頭のなかに両親が残した言葉が消えずに残っている。
だから、ジアは前を向く。今日を精一杯生きるのだ。

まぶしい朝だった。小川の流れや、草木のふれあう音が拾えるほどの、静かな朝だ。

さく、さく、と土を踏みしめ、亜麻布の服を着た少女――ジアが小道を横切った。

彼女にとって晴れた日は最高だ。大きなブナの樹の下へ行くと、木漏れ日がきらきらと降りそそぐ。とたん、ちっぽけな自分が特別ななにかになれたと感じられるからだ。

太い幹を見上げたジアが「おはよう」と声をかけると、たちまち鳥が舞い降りた。それは白い鳩だった。まるであいさつをしているかのように鳩はジアのもとでうろついている。

最初は一羽だけだったが、ほどなくわらわらと現れて、すっかり白色に囲まれた。ジアの小さな肩や、頭、腕、さまざまな場所に鳩がのり、増えるたびにジアはそれぞれに会釈をする。ついにはうれしくなって顔がほころんだ。あっというまに百羽以上になっていた。

「みんな、ジアを祝ってくれているの？　ありがとう」

今日はジアの十一回目の誕生日だ。友だちがひとりもいないジアの誕生日を祝ってくれるのは、家族以外には鳩だけだ。両親はいたけれど二年前に亡くなった。祖父に引き取られたジアは、山あいの村クレーべで、ふたりきりで暮らしている。

「おまえたちはわたしの友だちよ。ジアはね、みんなのおかげでいつも元気なの」

ジアが鳩を友としはじめたのは両親が亡くなったあとだった。毎日泣いて過ごしていたが、ある日突然、周囲に鳩が集まりだしたのだ。祖父はそれを快く思っていないようだが、ジアは友だちがほしいと祈った自分に、神さまが与えてくれた贈り物だと信じている。

「いい？　おまえたち、わたしから少し離れていてね。洗濯物を干してしまうわ。近づいてはだめよ？　きのうみたいに糞《ふん》が落ちたらまた洗わないといけなくなっちゃうから」

言い聞かせると、鳩は、各々に動きはじめる。飛び立つ者、こんもりとうずくまる者、ちょこちょこと歩く者。その隙に濡れた布を広げたジアは、長い棒にかけてゆく。

ジアはひらめく布を見ながら考える。かつて、父が生きていた時、言ってくれた言葉を。

――お父さん、ジアは言われたとおりに毎日毎日物語を作っているわ。いっしょうけんめいがんばるから、いつか、最後まで出来上がったら、お母さんといっしょに読んでね。


『ジア、きみは王さまだよ』

いじめられたジアが泣いていると、父は、ジアの頭を撫でながらこう言った。

幼いジアは、この父の言葉がよくわからなかった。なぜならジアは王ではない。裕福な暮らしからはほど遠い、みすぼらしい服を着た村人だ。

うつむいたジアは、擦りむいて血がにじんだひざを見つめた。ひどくみじめで悲しい気分になってゆく。村の子どもたちに『気味が悪い』と背中を押されて転んだ時の傷だった。

『王さまじゃないわ。だって……』

『王さまだよ』と言われて、ジアは涙をこぼしながら父を見た。父はにっこり笑んでいる。

『人はね、一生をかけてひとつの物語を紡ぐんだ。きみの物語を作るのはきみだけなのだから、きみは王さまさ。……いや、ジアは女の子だから、女王さまと言うべきかな？』

ジアは毎日誰かに意地悪をされて、その上いつもおなかをすかせている。いじめられないようにすることと、おなかがいっぱいになるまで食べることだけを考えている毎日だ。ドレスなんか、見たことがない。人の目を気にしてめそめそしながら生きている。ジアの物語は、なんてつまらない、取るに足らない物語だろうか。女王などとはとても言えない。

樹の下でうずくまって泣くジアを、父はやさしく抱き上げた。

『ジア、見てごらん。太陽がかがやいている。きっときみを照らしたくて仕方がないんだ。雲も流れているよ。形も先ほどとは変わっているね。ほら、小川の音が聞こえる。あそこを見てごらん、鳥が歩いているよ。きみにあいさつをしたいらしい。手を振っておあげ』

ジアはいやいや顔を上げたが、赤い足をちょこちょこと動かす鳥に向け、父に従い、『こんにちは』と手を振った。相手は、白い鳩だった。

首をかくかくと前に動かしていた鳩は、動きを止めて、地面に丸まった。つぶらな瞳はじっとこちらを見ているようだった。すると、若干だけれど、ジアの心は上向いた。

『白い鳩はきみにとって特別さ。きみが生まれたばかりの時、毎日遊びに来ていたんだ。それからはたびたび現れているよ。不思議だね。それだけではなく、世界は説明できないような不思議に満ちている。どう？　いろんな不思議を見つけたくないかい？』

ジアは唇を尖らせ『べつに』と首を振ると、父は自身の額をジアの額にこつりとつけた。

『ジア、鳥だけではなく、太陽、風、雲、川。世界にはさまざまなものがある。世界は広い。この先多くのものがきみとの出会いを待っているんだ。だというのに、こんな鼻くそじみたちっぽけな村で起きた出来事を気に病むなんて、くだらないと思わないかい？』

ジアは、〝鼻くそ〟に、『ふふっ』と噴き出した。暗い現状が少しだけ軽くなった気がした。父はそんなジアの顔を見て、幸せそうに唇の端を持ち上げる。

しかし、ジアはすぐに笑みを消し、しょんぼりうつむいた。

恥ずかしがり屋で引っ込み思案のジアは、毒のない性格だ。にもかかわらず、いじめの標的になってしまうのは、その特殊な容姿のせいだった。

ジアの髪も眉もまつげも雪のような白色だ。肌も白く、産毛も白だ。両親は色を持つのに、なぜかジアには色がない。かろうじて父と同じ色の緑の瞳が、唯一ジアの持つ色だ。

村の子どもたちに『疫病神《やくびょうがみ》』と避けられるのは日常茶飯事だった。村の不作をジアのせいにされ、退治だと称して叩かれる。きのう蹴られた足や背はじくじくと腫れて痛かった。泥を投げつけられた身体は、感触が消えずに残ったままだ。しかも、ジアの長い髪は刃でざくりと切られてしまい、あごの長さで揺れている。

母に毎朝髪を結ってもらうのが、うれしくて幸せだったのに——。

涙に暮れたジアが、うっ、うっ、と肩を揺らすと、父の頬がジアの頭頂部に当てられた。

『いっそ引っ越そうか。ここではない遠くへ行くんだ。ジアを認めてくれる場所がいい』

『……白くても、ジアを認めてくれるところがある？』

『あるさ。言っただろう？　この村は鼻くそほどのちっぽけな村だって。世界はね、きみが想像するよりもうんと広いんだ。きみと同じ雪の精霊のような人もどこかにいるよ』

『雪の精霊？　ジアは気持ち悪いって、……醜《みにく》いってよく言われる』

『醜いものか。気持ち悪くもない。きみは清らかな、白い雪の精霊のような女の子だ』

かわいいよ、と付け足されて、ジアは父の首に手を回して抱きついた。

『でも、ジアは色がほしかった。お父さんのような黒色の髪かお母さんのような茶色の髪がよかった。どうしてジアには色がないの？　どうして白いの？』

しかも、白いせいなのか、ジアはあまり陽《ひ》のもとには出られない。体調を崩《くず》してしまうのだ。その事実が、余計に自分が欠陥品だと思えて、悲しくなって涙が止まらない。

『なにを言うんだ、無意味に白いものか。ジアにはジアの理由がある。それにきみは白いからこそきみなんだ。神さまが私たち夫婦に与えてくれた特別な贈り物、それがきみだ』

首をかしげれば、つうと頬にしずくが伝う。手のひらで拭《ぬぐ》っていると、父は言った。

『きみはいつか、本当のきみの価値を知ることになる。私やお母さん、おじいちゃん以外にも、きみのことが大好きな人が現れる。ジアもよかったと思う日が必ずくるよ』

そんな日がくるとは思えず目をまたたいていると、ジアと同じ色の父の瞳が細まった。

『私はね、きみの父でいられてうれしい。お母さんもそう思っている。ジアはどうだ？』

『……ジアもそう思うわ。お父さんとお母さんの子どもでうれしい』

『きみは泣いているよりも笑っているほうがかわいいよ。だから見せてくれないか？』

ジアは言われるがまま笑おうとしたけれど、うまく笑えたとは思えない。無理やり口角を上げた作り笑いだ。けれど父は満足したようで、『上出来だ、すてきだよ』と言った。

『よし、今日からきみはきみの物語を作るんだ。この先、困難があるかもしれない。けれどそれはいっときのことだ。うんとすてきな物語になる。私は確信しているよ』

父を見上げると、微笑みが返される。その笑顔は、小さなジアの眼裏に焼きついた。

ジアは早速物語を作りはじめたが、それは紙に書きとめるといったものではなかった。高価な紙を手に入れることはできないし、文字を学んでいないからそもそも記すこともできない。日々の出来事をせっせと記憶するのみだ。

もしも人がジアの頭のなかをのぞけるなら、物語の起伏のなさに辟易《へきえき》するだろう。『きょうは晴れていた』『川で魚がはねた』『虫がいた』『種から芽が出た』といった、どうでもいい内容だからだ。それを、ジアはひとりじめにはせずに、毎日父と母に報告していた。両親は、この退屈な物語を笑顔で聞いてくれていた。

けれど、悲劇は突然やってきた。

たとえ貧しくても、いじめられても、おなかがすいていても、父がいて、母がいる。それがどれほど幸せなことなのか、ジアが思い知ったのは九つの時だった。ジアたちが住む村で病が流行り、半数以上が儚くなったのだ。この時、両親もジアを残して旅立った。

ジアの世界は瞬時に闇に包まれたが、それだけではなかった。ただでさえ悲しみに打ちひしがれていたのに、ジアはその白い容姿から村人たちに『死神』と忌避され、冷たい視線に晒された。迫害されて、ぼろぼろになったジアを救ってくれたのは、遠いクレーベ村から訪ねてきた祖父だった。ジアは祖父に背負われ、すぐさまリービヒ村を後にした。

父と母はいっしょに天国へ行ったのだから、ふたりは幸せなのだと折り合いをつけたのは、クレーベ村で祖父と暮らしはじめてからおよそふた月後のことだった。思い切るのは簡単なことではなかったが、白い鳩たちがたくさん遊びに来てくれたし、同じ思いを抱えた祖父がいたから、めそめそせずに、強くあろうと決めたのだ。

　けれど、いくら時が過ぎようと弱気になる時がある。両親といっしょに逝《い》きたかったと思ってしまう時がある。悲しくて、恋しくて、仕方がなくて涙もこぼれる。そんな時、ジアは自分の両頬をぱちんと一度叩くのだ。

「お父さん、お母さん。今日ね、ジアは十一歳になったのよ？　おじいちゃんも鳩たちもいるからジアはだいじょうぶ。さみしくないわ。どうかジアたちを見守っていてね」

　さわさわと通りすぎる風にのり、小さな声は人知れず消えてゆく。同時に、ジアの髪も遊ばれたが、あごまでの短い髪はかすかに動いただけだった。

　女の子にしては短すぎる長さだが、ジアはいじめられてばっさりと髪を切られて以来、当時の長さで揃えていた。また誰かに同じことをされると思うと、伸ばすのが怖いのだ。

　洗い物を干し終えたジアは、晴れ渡る空を見つめる。どこまでも広く、どこへでも行けそうな気がした。

「白い雲、青い空、さわやかな風に、木がこすれあう音。久しぶりにいいお天気ね。こんな日はわくわくしない？　今日こそいつもとちがうなにかが起きるかもしれないって」

　それはひとりごとのようだったが、ジアは足もとにいる一羽の白い鳩に語りかけていた。

「そう思うのは、今日がジアの誕生日だから？　ジアの願いがそう思わせるの？」

　鳩はちょこんと土の上に立ち、ジアの声を聞いているかのようだった。その鳩はただの鳩ではなく、かつてジアが父に言われてあいさつをした鳩だった。そして、毎朝ブナの樹からいち早くジアのもとに飛来する鳩でもある。リービヒ村からついてきたのだろう。

「ねえヨハン、すこし雨のにおいがするわ。今夜、気をつけてね」

ヨハンは言葉を理解したかのように首をかたむける。微笑むジアは、ふたたび空を仰いで、太陽に向けて手をかざす。そろそろ陽射しを避けなければいけないと思った。

「わたしは太陽をあまり浴びてはいけないのに、ふしぎ。おまえたちは同じ白色なのに平気みたいだもの。このちがいはなにかしら。羽毛のおかげ？」

樹の根もとに座ると、ヨハンは一瞬羽ばたき、ジアのひざの上にのる。それを皮切りに、どんどん白い鳩たちがジアのもとに集まった。肩にのる者、腕にのる者、さまざまだ。

「ねえ、空を飛ぶってどんな気分？　すてきだわ。とってもあこがれる」

――もし、ジアも空を飛べたなら、ジアの物語はもっともっとすてきになるのに。

ジアが、すんと鼻を持ち上げると、鳩たちがそれぞれ自由にさえずった。決してきれいとは言いがたいが、低い味わいのある声だ。彼女はこれが大好きだった。

「おまえたちの鳴き声を聞いていると、なんだか眠くなってきちゃう。もしかして、これは歌なの？　子守唄？　……すこしだけ、お昼寝しようかしら。すこしだけね」

地面に寝転ぶジアを察して、鳩たちは羽をばたつかせて場所を空け、横たわればすぐにそばに寄り添ったり、ジアの身体の上にのったりした。遠目だと、ジアはふわふわな綿毛に包まれているように見えるだろう。彼らがぴたりとくっつくから、寒さは少しも感じない。いつも、ジアが外で眠ると、各々が身体を膨《ふく》らませ、こうしてあたためてくれるのだ。

「大好きよ」とつぶやきながら、ジアの緑の瞳は、ゆっくりと白いまつげに隠された。

人と鳩が共存するのは案外難しい。彼らの鳴き声が好きな者はそういない。

しかも、クレーベ村の白い鳩はやたらと頭が良く俊敏《しゅんびん》で、狩ろうとすれば、ばかにしたようにその者に糞をお見舞いするのだ。汚された村人たちは、怒りをふつふつと蓄《たくわ》えた。鳩を見るやいなや、いまいましげに石ころを投げつける者もいたほどだ。

『ジア、村人には決して鳩と戯《たわむ》れる姿を見せちゃいかん。わしもよくは思っておらんが』

祖父の言葉に、ジアは悲しくなった。

『おまえがこの村に来てからというもの、鳩はなぜかうようよと増えてゆく一方じゃ。おまえが鳩といる姿を見られたが最後、鳩の所業もおまえのせいにされかねん。しかもだ、村長が皆で大々的に鳩を駆除《くじょ》しようと言い出しおった。わかるな？　糞が原因じゃ』

『そんな。だったら、村が糞で汚れなければいいの？』

腕を組んだ祖父は考えこんで、『まあ、そうなるな』と言った。

『だが、事は複雑じゃ。村のやつらの真の目的は、今年の祭りの肉の確保にある』

『肉……？　いやよ、みんなを食べるつもりなの？』

『鳩の肉はうまい。おまえは友だと言うが、そもそも人にとってやつらは食料じゃ』

それは半年前の会話だ。ジアは危険を感じ、ヨハンに自分が呼ぶまで隠れていてと頼んだ。以来、鳩は言葉を理解したのか、目立たぬように息をひそめるようになっていた。

幸い、ジアが祖父と住む家があるのは村の外れだ。森が迫る奥まった地域にぽつんと建っている。そのため、村人を警戒するといっても、家の周辺は安心だった。ジアが鳩とともに、外ですやすやと寝入ることができるほどに。

風が吹き、眠るジアの上に被さる鳩たちが、いっそう身体を膨らませていた時だった。目を開けたジアは、開口一番「すごかったわ」とつぶやいた。

「夢を見たの。空を飛ぶ夢よ。心地よく風が吹いていたわ。全身に風が当たって……そして、青空と雲。雲がすごい勢いで通りすぎたわ。下を見れば、視界いっぱいに山々が見えたの。川のうねりも見たわ。どこまでもどこまでも続いていて、それでね、どう言っていいのか……とにかくすばらしかった。きっとこれは、おまえたちと同じ鳩になれた夢！」

最初はささやくほどの小さな声だったが、途中から興奮気味にまくしたてたジアは、急に身体を起こした。すると、のっていた鳩たちはすべてが地面に移動する。

「おまえたちが夢を見せてくれたの？　だってわたし空を飛んだことがないもの。こんな感覚、知るなんてありえない。森の緑がきれいだった。空の青も湖の青もすてきだった」

——ジアの物語は、きのうよりもすばらしいわ。とっても。

緑の瞳をきらきらさせたジアは「どきどきする」と自身の胸を押さえた。けれど、感動はおさまらず、すっくと立ち上がり、もう一度「すごかった」と足踏みしたあと、森の奥を目指して駆け出した。それはいつもと同じ行動で、鳩たちも皆、ジアの走る方向めがけて飛び立った。ばさばさとジアを追い越し先回りする者、少しずつ止まっては、ジアの速さに合わせる者と、いろんな鳩がいるなかで、ジアの側をぴたりと離れないのはヨハンだ。

ジアは器用にも、複雑に絡み合う木の根っこや苔《こけ》むした石を踏み越えて、ひた走る。はあ、はあ、と息が切れたが、それが気持ちいいと思った。

森が深くなるにつれ、木々が太陽を隠してゆく。薄暗い森のなか、ジアは次第に速度をゆるめた。

少しすると、木々が開けた向こう側に、青緑色の池が広がった。そのほとりで服を脱ぎ捨て、裸になると、それを木に引っ掛ける。ジアは池すれすれまで近づいた。透明度が高く、水中に生えた草、ごろごろと転がる石までよく見える。

水面に映る自分を見やれば、気分は次第に落ちこんでゆく。相変わらずすべてが白い。今日も色はなかった。けれど、十一歳になった自分はきのうよりも大人なような気がした。

立ち上がり、池のなかをじゃぶじゃぶ進む。腰まで浸かったジアは、すう、と泳いだあとに、底まで潜《もぐ》り、しばらくしてから、ぷはっ、と水面に顔を出した。

水に身体を落ち着けるのは至福の時間だ。ジアは日々の家事をする以外は、池で過ごすことが多かった。

一時間ほど泳いだあとで、水面に仰向けで浮かびながらつぶやいた。

「気持ちいい。水に浮かぶことと、空を飛ぶのは、なんとなく似ているような気がする」

浮力のおかげか、翼があるかのように身体が軽く感じられるのだ。

だが突如、聞こえてきた激しい羽音に、何事かと胸がざわめいた。

ジアは水底に足をつけ、飛び回る鳩を目で追いかける。なにかを威嚇《いかく》しているようだ。

緊張で背すじがぴりぴりしたが、やがて、茂みを揺らすのは、茶色の犬だと気がついた。

ほっと息を漏らしたジアは、犬に向かって、「おいで。お友だちになりましょう？」と微笑むが、犬は来なかった。しきりに背後を気にしている。

「痛っ、なんだこの鳩。――くそっ、ふざけるな！」

木々のあいだから現れた影がある。黒い髪の少年だ。少年は白い鳩たちに次々と突撃されて、腹を立てているようだった。鳩たちが彼をジアに近づけまいとしているのだ。

少年が腰につけた剣を引き抜こうとした時、ジアは慌ててさけんだ。

「やめて！」

少年はこちらを向いた。とたん、目を見開いて驚く様子を見せた。

「………おまえ、人じゃないな？」

息をのんだジアはうつむいた。心臓がきりきりきしみをあげていた。

脳裏にリービヒ村でのつらい日々がよみがえる。色のないジアは、普通の人から見れば人とは思えないのだろう。悲しいけれど、化け物や、死神に見えてしまうのだ。

急速に視界がにじんでいった。ぼたぼたと垂《た》れる涙をそのままに、ジアは肩を震わせる。

「泣いているのか？　下手な演技をしても無駄だ。おまえ、ニンフってやつだろ？　言っておくが、ひ弱なふりをしてもぼくはおまえなどには騙《だま》されない。攫《さら》えると思うな」

彼が話しているあいだも、鳩たちはがつがつと体当たりを続ける。少年は払いのけていたが追いつかず、ついにはジアに「ニンフ！　こいつらをなんとかしろ！」と怒鳴った。

「わたしはニンフっていう名前じゃないわ。ジアっていうの」

「――は。愚図《ぐず》め」

少年は肩をいからせながら池のほとりまでやってきた。ようやく彼がはっきり見える。すぐに村人ではないとわかった。身につけるものや髪型が妙に洗練されているからだ。白くきれいなシャツには黒いりぼんが結ばれ、ズボンも穴やほつれがなく新品同様だ。ただでさえ目を引く服だが、それ以上に目立つのは、その整った顔立ちだ。顔にかかる髪で右目は隠れているものの、ズボンを穿《は》いていなければ女の子と言われても違和感がない。

「ニンフってのは精霊のことだ。人に恩寵《おんちょう》を与える存在だと言う者もいるが違う。森のなかに迷いこんだ人々を陥れる。実際、ぼくは森で行方不明になった人間を大勢知っている。おまえたちは人を攫い、惑わせ、とり憑《つ》いて正気を失わせる化け物だ」

改めて剣の柄をにぎった少年は、鋭い顔つきで続ける。

「このぼくをどうにかできると思うな。そこから少しでも近づいてみろ、殺してやる」

「ちがうわ……。ジアは誰かにひどいことなんてしたことない。ニンフじゃないもの」

少年はいぶかしげに前かがみになった。ジアをよく見ようとしているのだ。

「うそをつくな。おまえのような白すぎる人間などいるものか」

それは、改めて化け物だと突きつけられているようだった。たまらずジアが「ちがうもの」と泣きじゃくると、同調したように鳩たちの攻撃が強くなり、少年は慌てて応戦した。

「おい、この鳩をなんとかしろと言っているだろ！」

しかし、言葉の途中で少年は勢いに圧《お》されて、ぼちゃん、と池に落っこちた。尻もちをついた彼は「くそっ、濡れた」と不愉快そうに言い捨てる。が、水が温かいことに気づいたようで、「……温泉か」とつぶやいた。池は年中、人肌ほどの水温に保たれているのだ。

「ええ、温泉があるわ。川沿いに奥へ行くともっと熱い水なの。ジアはここのほうが泳げるから好きなのだけれど、おじいちゃんは向こうのほうがいいって。腰にきくから……」

ぐすぐすと洟をすすりながら答えると、少年は眉をひそめた。

「おじいちゃんだと？」

犬が鳩たちに向かって唸《うな》るなか、少年はじゃぶじゃぶとジアのもとに寄ってきた。そして至近距離でジアを凝視する。彼の瞳はあざやかな青色だ。それがやけに目についた。

「おまえ、祖父がいるのか？　ニンフに家族や性別の概念《がいねん》はないはずだ」

彼の視線はジアの顔から下にずれてゆく。全身をくまなく観察しているようだった。

「身体は人そのもののようだが……。あ、女か。そうやって男を惑わせ攫うのか？」

「そんなことしないしできない。ジアがどうやってまどわしたりさらったりするの？」

「頭が悪いな。なぜ質問に質問で返すんだ。礼儀知らずめ、答えろ」

少年は続けて小言を言ったが、ジアはその内容よりも気になることがあった。

「あの、ちょっぴり言いにくいのだけれど……」

「なんだ！」

「あなたに、たくさんついているわ。その……すてきな服と、髪に……糞がたくさん」

血相を変えた彼は、怒りを押し殺しているのだろう、にぎったこぶしが震えている。

「全員丸焼きにしてやる！」

「やめて！　洗えばすぐにきれいになるから、みんなを怒らないで」

「なるものか！　汚らわしい、ぼくは潔癖《けっぺき》なんだぞ？　それを……！」

「一度水に潜ったほうがいいと思うわ。ジアがぜんぶ取ってあげるから。あの、あそこで服を乾かせるわ。気持ちいい風がよく吹くの。ほら、あそこ」

自分の服がかかった木を指差すと、ぞんざいにあごを上げた少年は、「あのぼろ切れが服？」と言ったが、ジアの悲しげな顔を見るやいなや付け足した。

「いまの言葉は取り消す。従えばいいんだろ？」

少年は素直に水に潜った。ジアは彼を待ち構え、浮かんできた黒い頭を抱えこみ、髪につく糞をせっせと取り去った。すると、彼が小さくうめく。

ジアは深く考えていなかったが、彼の顔に自分の胸をぴとりとくっつけている状態だ。息ができなかったのだろう。彼は顔はおろか耳まで赤くなっていた。ジアは慌てて離れた。

「あの、わたし……ごめんなさい。苦しかった？」

「体温があるな。おまえ、人か？」

「もちろんよ」とうなずいて、ジアはおそるおそる水に浸かった少年の肩や腕に手をのばし、服をきれいにした。彼は黒いまつげを伏せて、なにかを考えこんでいる様子だ。

「……なぜ、こんなに白い？　信じられない白さだ」

温かい息がジアの胸にかかった。彼はそのまま顔を上げ、こちらを仰ぐ。その背はジアよりも明らかに高いが、先ほどからずっと屈んだままでいるのだ。

「おまえ、肌も髪もまつげも、なにもかも白い。ぼくは、おまえのような人を知らない」

「生まれた時から白いの。どうして白いのかわからないわ。白くなりたくなかった」

話している途中、ジアは邪魔になると思って、彼の顔にかかる髪をどかした。すると、隠れていた右目があらわになった。その瞳は驚くほど見事な金色だ。

「左右で色がちがうのね。わたし、はじめて見たわ」

「この目が怖いか？　呪われたバルヒェットの悪魔の目だ」

どこかが痛いかのように目をすがめる彼に、ジアは「バルヒェット？」とまたたいた。

「この目って金の目？　青の目？　それとも、両目の色がちがうことを悪魔の目と言うの？　でも、まったく気にしないでいいわ」

少年が立ち上がると、ジアの背は軽々追い越された。頭ひとつ分ジアより高い。先ほどまで見上げられていたが、今度は見下ろされている。ジアは鼻先を持ち上げた。

「なぜ気にしなくていいなどと言う。おまえにぼくのなにがわかる」

「だって、ジアは好きだもの。ふたつも色を持つのはすてきだわ」

「すてき？　こんな金の目、気味が悪いだろう。父に隠せと命じられているほどだ」

「気味が悪いなんて思わないわ。気味が悪いのは、白くて色を持たないジアのほう……」

しょんぼりとうつむくジアは、少年に背を向けた。そのままとぼとぼ歩いていると、いきなり腕をつかまれる。

「おまえ、ぼくの言葉に傷ついたのか？　おまえをニンフと言った。化け物とも言った」

首を横に振れば、彼は「そうか」と息を落とした。

「ジアは、みんなに言われて慣れているもの。化け物や疫病《やくびょう》神、死神って……」

過去を思い出し、ぐずぐずと涙をにじませると、少年は自身の黒髪をかきむしる。

「くそ、じゅうぶん傷ついてるじゃないか。その、ぼくは、おまえを傷つけたくて言ったわけじゃない。ニンフと間違えただけだ。つまり――おまえは人離れしているから本で読んだニンフだと思った。仕方がないだろう。ぼくはおまえほど美しい人間を知らない」

続けて彼は、ニンフとは総じて人を惑わせ、とりこにする容姿なのだと本の中身を説明したが、ジアはろくに話を聞かず、まばたきを忘れたように目をまるくしていた。

「……美しい？　ジアが？　ほんとう？」

彼は、「はあ？　めんどうなやつだ」と眉間にしわを寄せる。

「だって、醜いってたくさん言われたけれど、美しいってはじめてだもの。ほんとう？」

彼をうかがえば、「いちいち聞くな、ガキが」と舌打ちされた。それでもジアはうれしかった。言葉や態度がきつくても、彼の顔も声音もジアを嫌ったものではないからだ。

「ガキじゃないわ。だって、今日、ジアは十一歳になったもの」

「なんだ、ぼくよりもひとつ年下か？　ちびのくせに意外に年食ってるな」

彼は首もとを飾る黒いりぼんを外すと、「頭をよこせ」とすげなく言った。首をかたむければ、手際よくそれをジアの髪にくくりつける。彼に結ばれているあいだ、わくわくがおさまらなかった。

「なあに、りぼんをくれるの？　ジアの誕生日の贈り物？　ありがとう」

「しかたなくだ。おまえが今日誕生日などと言うから。それよりおまえ、なぜ女のくせに髪が短い？　女は伸ばすものだ」

ジアが唇を尖らせて、「髪は、怖くて伸ばせないもの」とぼそぼそ告げると、彼はこちらをのぞきこみ、「なんだそれ」と鼻を鳴らした。

「恐怖は成長を妨《さまた》げる。怖がりはろくなことにならない。打ち勝つべきだ。伸ばせ」

ジアがおずおずと見返せば、彼の口もとが弧を描く。

「意気地なしの卒業記念に、しかたなく聞いてやる。おまえの名は？」

ジアは素直に「ジア」と名乗った。

「それはもう知っている。おまえはジアジアとうるさいからな。ファーストネームを聞いている」

「ないわ。あなたの名前は？」

「ないなんてあるのか？　ファーストネームだぞ？　……まあいい。ぼくはルスラン・クラウス・ランベルト・ニクラウス・ノイラート・オーム・バルヒェット」

それには、ジアは目を瞠《みは》らざるをえなかった。

「びっくりするわ。ふしぎの国の呪文みたい……。それで、長い名前のあなたをなんて呼べばいいの？　ルス？」

「勝手に略すな。しかもなんだそのださい呼び名は。気分が悪い。ぼくはルスランだ」

ジアは、「ルスラン」と復唱する。彼の名前は不思議で特別なひびきがあると思った。

特別だと思うのも無理もない。ジアは、誰かに名前を名乗ってもらったことがないのだ。

「なんだ？　ぼくの顔を見つめすぎだ。もうやめろ。――おいっ」

ジアがいきなり抱きつくものだから、彼は慌てたようだった。たじたじになっている。

「ぼくに抱きつくな！」

だが、怒鳴りはしたが、彼はくっついているジアを振り払おうとはしなかった。

「だって、ぎゅっとしたくなったから。あの……ジアとお友だちになってくれる？」

いかにも嫌そうな顔でこちらを見たルスランは、「友だちって」とため息をこぼした。

「おまえはなぜ裸で平気なんだ？　そのせいで責任を取らなければならなくなったんだぞ」

「責任って？」

「おい、おまえ、質問に質問で返すのはとんでもなく悪い癖《くせ》だ。ぼくの質問に答えろ」

「裸なのは泳いでいるからだわ。ルスランは水に入る時は服を着たまま？　あっ、そうだわ。ルスランも裸になるといいわ。早く服を脱いで。ジアがあの木にかけてきてあげる」

彼は驚愕《きょうがく》に目を見開いて、いまだにくっつくジアを引き剝がし、距離をとる。

「この期《ご》に及んでぼくに脱げだと？　おまえ、男と女が裸になればどうなるか——」

「ジアは、おじいちゃんといっしょに裸でお湯につかるけれど、どうにもならないわ」

ルスランは、埒《らち》があかないとばかりに額に手を当てた。

「おまえに羞恥心《しゅうちしん》や常識が備わっていないのはよくわかった。でもいいか、たとえ常識知らずでも守るべきことがある。金輪際《こんりんざい》、祖父とは湯に浸かるな。ひとりで入れ」

「それはいや。さみしいわ。お湯につかりながらおじいちゃんとお話しするのが好きなの」

「寂しくても好きでも、だ。十一にもなる女のくせに、ガキのままでいるなよ、ガキが」

ぎりぎりと奥歯を噛みしめた後、彼は咳払いをした。

「ところでおまえ、文字を読めるか？　書けるか？」

ジアが「読めないし書けない」と首を振れば、彼は「やはりか……」と肩を落とした。

「教えてやるから必死に覚えろ」

その言葉に、ジアはまつげを跳ね上げる。

「ほんとう？　教えてくれるの？　ねえ、ルスラン。うそじゃなくてほんとうに？」

「うっとうしい、聞き返すな。何度も同じことを言うのはだるい」

「うれしい……。ルスランのおかげでジアの物語はとってもすてきになるわ」

ジアはあまりにも幸せで跳びはねた。一度だけでなく何度もだ。それにはルスランも呆れたようで、「やめろ、しぶきがかかる」とたしなめられる。

「なんなんだおまえはぴょんぴょんと。女はおとなしくしているものだろ」

「だってうれしいもの。あのね、文字はずっと書きたいし読んでみたいって願っていたの。おじいちゃんは知らなくて……。でも、ルスランが叶えてくれる。——そうだわ。じゃあジアは泳ぎを教えてあげる。森のどこにおいしい果物があるのか教えてあげる。きれいなお花が咲くところもあるし、すてきな古木もあるの。そこに登れば辺りが見渡せるのよ」

「おい、落ち着け」

ジアが興奮気味に、はあ、はあ、と息を吐くと、彼にまた落ち着けと、注意を受けた。

「ねえ、ルスラン。わたしたち、もうお友だちでしょう？」

ジアの頬はうっすらと桃色に染まっている。彼はジアを見返していたが、目を逸らす。

「へんなやつ。どうせ退屈だ。仕方がないから相手してやる。ありがたく思え」

「わたしたち、毎日会える？」

「文字を教えてやるって言ったろ？　会うに決まっている」

それは、ジアの心をうち震わせるものだった。

「あのね、わたし、今日はいつもとちがうなにかが起きるって、予感がしていたの。ほんとうに起きるなんて夢みたい。ルスラン、あなたのおかげだわ。ありがとう」

見つめれば、ルスランはむず痒《がゆ》いような痛いような、どっちつかずな顔をしている。彼は、ぷい、とそっぽを向いて、「大袈裟《おおげさ》だ」と言った。

風が吹き、彼がつけてくれた黒いりぼんが揺れるのを感じる。ジアは胸が熱くなり、たまらずルスランに飛びつくが、体勢を崩した彼は、ぼちゃんと転んで沈んだ。

「くそっ、おまえ。いきなりなにをするんだ！」

水面から顔を出した彼に、「だって……」と、ジアはぎゅうとしがみつく。

「だってじゃないだろっ、ふざけるな！　水を飲んだじゃないか！」

「ごめんなさい。ルスラン、大好きよ」

「はあ？　おまえ、会ったばかりなのにばかか」

彼の、青い瞳と金の瞳に白いジアが映りこむ。言葉とは裏腹に、その目に悪意は感じない。それは在りし日の父と母のようで、ジアの心に染み入るものだった。

「大好き」とまたつぶやいて、頬を彼にぺたりとつければ、ため息が落とされる。けれど、ジアは背中に回された手のぬくもりに、知らず笑顔になっていた。

——これが、ジアの新しいお友だち。

ジアは、誇らしげな気持ちでルスランを見つめる。

育ちのよさからか、ぴんと背すじがのびたルスランは、佇まいが洗練されている。相変わらず右目を黒髪で隠しているが、白いシャツの上には瞳と同じ青空のような色の上着を羽織り、真新しいズボンを穿いている。当然、靴も泥まみれではなく、ぴかぴかだ。

ジアは、このすてきなルスランとなんでも共有したくなった。彼がきらきらしているのは、太陽が照らしているせいだけではないだろう。

おそらく彼は、周りをきらめかせる人なのだ。現に、彼が連れている茶色の犬は、なんの変哲《へんてつ》もない犬だが、ひどく高貴な犬に見える。

ジアは、早速ルスランをお気に入りのブナの樹の下に誘った。

「この子がヨハンでこっちがカール、右から順番にデニス、エッポ、マルク、ロータル」

ジアが集結する白い鳩たちの名前を意気揚々と指差しながら読み上げると、めんどくさそうなルスランが「やめろ、知りたくもない」と遮った。それればかりか、彼は鳩たちのほうへ威嚇《いかく》するように「散れ」と足を踏みこみ、飛び立たせた。その後、鳩はルスランを警戒し、枝にとまってこちらをうかがう者、遠巻きに顔を出している者、さまざまだ。

「陰気なやつらめ」と腰に手を当てた彼に、ジアは頬を膨らませる。彼は見た目は優美でも、素行がすこぶる悪いのだ。

「ルスランひどいわ、せっかくジアのお友だちを紹介しているのに」

「誰が鳩を紹介しろと言った。そもそもやつらは皆、昨日ぼくを襲撃してきたくずどもだ。それに、鳥に興味がないぼくにやつらの見分けがつくはずがないだろう？　全員同じだ」

鼻を鳴らした彼に、「余計な知恵を使うくらいなら、ほかのことに有効利用する」と続けて言われ、ジアはルスランなんか嫌いと思った。けれど、即座に否定する。昨日のことを思い出せば、やっぱり好きだという気持ちが湧いて、腹立たしさは消えるのだ。

昨日、ジアはあれから彼としばらく会話した。その時、妙に気が合った。

ジアが色を持たずに生まれたことに劣等感を抱いているせいもあるが、彼もまた、両目の色が違うことを気に病んでいるようだった。それは傷の舐《な》め合いなのかもしれないけれど、互いに痛みを知るからこそ、理解できることもあるとジアは思う。

それに、彼はとても威張《いば》っているが、ほのかな思いやりを持つ人だ。こうして今日、わざわざ本と紙を抱えてジアのもとにやってきた。当初、彼は『家に来い』と高圧的に指示をしたが、ジアが訪ねるのを渋《しぶ》ったとたん切り替えた。

ジアは二年前にクレーベ村に来て以来、いまだに村に馴染めていない。以前の出来事が村人たちの住む集落に向かう足を竦ませる。そんなジアを、彼は察してくれたのだ。

「ぼくがこの村にいるあいだは守ってやる。ありがたく思えよ？」

祖父の手作りの机を挟み、ジアはルスランと向かい合う。

「この村にいるあいだって？　ルスランはずっといないの？」

「いるわけがないだろう。ぼくは父に罰としてここへ追いやられた。二年の期限つきだ」

「たったの二年だけ？　そんな……」

「ぼくにとっては二年も、だ。ここに来てまだ一週間。先を思えば長すぎる」

ふてくされているルスランは、このアンブロス国のとなりにあるバルツァー国の貴族らしい。どんな問題を起こしたのかは知らないが、反省しろと追放されたとのことだった。

ジアは、この二年がずっと続けばいいと思った。すでに彼と離れがたいと思っていた。

「それでルスランは反省したの？　もし反省しなければどうなるの？」

——反省しなければ、ずっといっしょにいられるのかしら。だったら、しなければいい。

「反省などしてたまるか。一生するものか」

　願ったとおりの答えに、ジアは笑顔になったが、彼の面ざしに心が冷える。研ぎ澄まされた刃物を連想させる表情だ。青い瞳には、光の加減か、うろんな影がちらついている。

「なんだか怖い」

　彼はその言葉に、ふっ、と相好《そうごう》を崩した。

「なぜおまえが怖がる必要がある。関係ないのにばかなやつ。だが、このクレーべ村にぼくが追いやられているのはその理由だけじゃない。ぼくが心変わりしないからだ」

「心変わり？」

「父はどうあってもぼくを騎士にしようとしている。なると宣言すれば、帰国させてやるって手紙に書いてあった。ふん、お断りだ。この村で、意地でも二年耐えてやる」

「騎士にならないのなら、ルスランはなにになるの？」

「ぼくは本が好きだ。戦いより政《まつりごと》に興味がある。とにかく、騎士ではないなにかになる」

　政――幼いジアにはぴんとこないが、彼は手の届かない人だとわかる。きっと、二年後の彼との別れは避けられないことなのだろう。泣きたくなったが、必死にこらえる。

「なんだ渋い顔をして。おまえもぼくに騎士になれとでも言いたいのか？」

「言わない。ルスランの物語はルスランのものだもの。ジアはなにも言えない」

「物語って」と彼は片眉を持ち上げた。

「よく考えれば、わたし、お貴族さまのルスランとこうして話しているのは奇跡なのね」

「やめろ。おまえにお貴族さまなどと言われたくない。二度と言うな」

なぜだめなのかわからなかったが、問う前に、「だが」と言葉が続けられた。

「おまえと話すのは奇跡、というのは一理ある。すべては偶然の集まりだ。ぼくが家を出され、国を出され、道中、こいつを拾わなければ、おまえと会うことはなかった」

ルスランは、足もとでおとなしく寝そべる茶色の犬に目を向ける。普段は非常に活発で、縦横無尽に駆けて苦労しているらしい。彼は昨日、犬を追ってジアのいた池に来たのだ。

「ルスランは、この村に来たくなかった？　国を出たくなかった？　ジアはルスランに会えてうれしくてしあわせだけれど……」

「たしかに最初はこんなみすぼらしい村にいるなどぞっとした。得体の知れないアンブロスに来たくなかった。早く帰りたくてたまらなかった。国には読みかけの本もある」

ジアが悲しくなって唇を曲げると、彼は「最後まで聞け」と言った。

「そのなかで、おまえとの出会いは悪くない。唯一ましだと思える点だ。ぼくはいま家に勤める下男の実家に滞在している。しかも、その下男の顔を見たことがない。赤の他人だ。どういうことかわかるか？　ぼくはこの村で、知らない男の両親に腫れ物に触るように扱われている。粗末な家にはまったく慣れない。挙げ句の果てに毎日汚らわしい虫を見る始末だ。退屈だし、帰りたいと思うのは当然だろう。こいつがいなければ終わりだった」

彼が足先で犬をいじれば、犬は一旦顔を上げたが、またすぐにごろりと転がった。

「ジアに会ったのは悪くないの？　ルスランは、ジアに会ってよかった？」

「いちいち聞き返すな、めんどくさい。それよりおまえ、自分をジアと言うのはやめろ。それはガキのやることだ。十一の女がしていいことではない。いますぐその癖を直せ」

突然言われて、ジアは目をまるくする。自分の呼び方を指摘されたことなどなかった。唇をまごつかせ、ジアは「努力するわ」と曖昧《あいまい》にうなずいた。

「だったら、ルスランもジアを……ううん、わたしを『おまえ』って呼ぶのはやめて」

「はあ？　なんだと？」

「だって、わたしはおじいちゃんに『おまえ』って言われるから、そう呼ばれると、なんだかおじいちゃんに呼ばれているみたい。だからね、『ジア』か『きみ』って呼んで」

ブナの樹から落ちる木漏れ日が、舌打ちする彼をちらちら光らせる。表情は小憎らしいが、そのさまがやけに絵になった。

ジアが、その一瞬を覚えようと目を凝らしていると、彼は風で紙が飛ばされないように押さえつつ、羽根のペンを動かした。すると、そこに流れるような美麗な文字が現れる。

「すごいわ……きれい」

「は？　普通だろ。ジア、まずはこれを覚えろ。書いて慣れるんだ。ぼくの文字を写せ」

彼に呼ばれる自分の名前は、とても耳触りがいいものだった。たくさん呼ばれたいと思いながら、差し出された彼の手本を受け取った。

はじめて手にする高価な紙にどきどきした。インク壺に向かうペンの先が震える。

「そんなにどっぷりとつけるな。インクは少しでいいんだ」

「この、すごくきれいな文字、なんて書いてあるの？　教えて」

「ルスラン・クラウス・ランベルト・ニクラウス・ノイラート・オーム・バルヒェット」

「えー、それってルスランの長い名前じゃない」

ルスランは、「おまえ」と言いかけて、咳払いをひとつする。

「きみが最初に覚えるべき文字だ。――くそ、きみだなんて言いにくい。慣れない」

「『おまえ』を『きみ』にするだけでやさしいかんじになるのね。すごくいいと思うわ」

ジアがにこにこと彼を見つめると、「早く写生しろ」とどやされる。

「言っておくが、ぼくがここにいる二年間で、きみが覚えるべきことはたくさんある。まずは文字を覚え、読んで書けるようにならなければならない。ぼくが国に帰れば手紙を」

ルスランは盛大にため息をついた。

「もういやだ。おまえって呼ぶ。おまえには絶対に手紙を書いてもらうからな」

ジアはペンをにぎりながら夢心地になった。ぼた、と紙にインクが垂れたが気にしない。

「すてき。ジアはルスランに手紙を書くのね？」

二年がすぎても彼とのつながりが消えないことを確信し、ジアは未来に思いを馳せた。

「でも、どうやって手紙を届けるの？」

「伝書鳩だ。ぼくは父の命令で定期的に日々の報告をしている。その鳩を置いてゆく」

「鳩？　それは必要ないわ。ジアには鳩のお友だちがうんとたくさんいるもの」

「ふん、伝書鳩は訓練された特別な鳩だ。おまえが飼っている愚かな鳩どもとは器《うつわ》が違う。

それより、自分をジアと呼ぶなと言っただろ。なにを堂々と言っているんだ。学習しろ」

「ルスランだってジアを『おまえ』って呼んでいるわ。ジアばかりずるい」

彼は噴き出したが、すぐに笑みを消した。

「とにかく鳩でやりとりをする。さぼるなよ？　ぼくがいるあいだに読み書きを覚えろ」

「わかったわ。がんばる」

椅子から立ち上がったルスランは、足もとの石ころを拾い、それを遠くのほうへ投げやった。すると、犬が石をめがけて、一目散に駆けてゆく。ジアはそれを目で追った。

「あの犬、なんていう名前なの？」

「ヴォルフだ。ジアが文字を覚えているあいだに、ぼくは犬のしつけをする。わからなければ本を見ろ。で、書いて頭に叩きこめ。文字に触れ、見て、慣れて身体で覚えろ」

ジアは、彼が持参した本をちらりと見た。豪華な装丁の分厚い本が二冊ある。彼が言うには、一冊は辞典で、もう一冊はバルツァー国にむかしから伝わる寓話《ぐうわ》とのことだった。

「でも……わたしは本を読めないわ」

「だからぼくがいるんだろ。そういえば、きみの祖父は？」

「おじいちゃんはきのこを採りに行ったわ。帰りに温泉に寄るって。……そうだわ。ルスラン、あとで池に行っていっしょに泳ぎましょう？　わたしが泳ぎを教えてあげる」

気むずかしげに眉をひそめるルスランを見て、ジアは続きの言葉を止めた。

「おまえは全然わかっちゃいない、おまえのせいでぼくは昨日眠れなかった。一睡もだ」

「どうして眠れなかったの？　わたしはなにもしていないわ」

「聞くな。これだからガキは嫌いなんだ」

嫌い――。それは、ジアの胸をずたずたに引き裂く言葉だ。じわりと緑の目がうるむと、それに気づいた彼は、片手で自分の両目を覆った。

「ほら泣く。ガキはすぐに涙に逃げようとする。それは最低な行いだ」

「……泣かないから……だから、嫌いにならないで。ルスランに嫌われたくない」

「だから泣くなって。わかったから、ぼくも池に行く。それでいいんだろう？」

「うん、……それでいい。うれしい」

身を乗り出した彼は、「調子のいいやつ」と、人差し指でジアの頭を小突いた。

「おまえ、ちゃっかりしてるな。もう笑いやがって。この先、泣くのはやめろ。……まったく、このぼくに指図できるやつはおまえくらいだ。先が思いやられる。ほら早く書け」

結局ジアは、彼の名前ばかり書き連ね、その長い名前をすらすらと言えるようになった。


「ねえ、ルスラン。早く、脱がないの？」

文字の練習を終え、ルスランと池にやってきたジアは、早速服を脱いで裸で彼を待っていた。存外文字を覚えることは楽しくて、お礼に泳ぎをたくさん教えたくなったのだ。けれど彼は、頑《かたく》なに服を脱ごうとはしなかった。刻々と時間がすぎるばかりで、ジアがふたたび急かせば、挙げ句の果てには「ひとりで泳げ」と言われる始末だ。

「いやよ、いっしょに泳ぎたい。ルスランが脱ぐまでずっと待つわ」

「ふざけるな、おまえ裸で待つのか？　……くそっ、ガキすぎる」

真っ赤な顔をした彼は、半ばやけくそで水色の上着を脱ぎ捨てた。

「どうなっても知らないからな。いいか、いまから起きることは、すべてジアのせいだ」

彼はぶつぶつと文句を言いながら、靴を脱ぎ、複雑なボタンを外して服を脱いだ。後に残されたのは金の首飾り。刻まれた複雑な模様は、彼の家の紋章とのことだった。色白の華奢な身体は、股間の部分はジアとはまったく違うが、他に大きな差は見られない。

「おい！　どこを見ている。いやらしい女だな！」

「おじいちゃんやお父さんとはぜんぜんちがうのね。おじいちゃんたちのはへんだと思ったけれど、ルスランのは、なんだかかわいいわ。ねえ、ちょっとさわってみてもいい？」

「ばか！　触らせるわけがないだろう！　ぼこぼこに張り倒すぞ！」

ジアは憤慨《ふんがい》する彼の手をにぎり、「怒らないで。池に入りましょう？」となだめつつ誘った。彼の機嫌を直したくてうかがうと、「じろじろ見るな」と返される。

「おまえ、ぼくの裸を見たんだ。必ず責任をとってもらうからな」

「ルスランもわたしの裸を見たわ。だからおあいこ」

彼は、ジアの手をぎっ、とにぎり返して引っ張った。

「おあいこなものか。ぼくのは見たとは言わない。おまえに見せつけられただけだ」

「あ、だめよ、ちゃんと足もとを見て。石がぬるぬるしているから危ないの。ほら」

ふたりは足をちゃぷ、と水に入れ、すぐに腰まで浸かった。手はつないだままだった。

彼の手は、小さなジアの手にしっくり馴染む。それがうれしかったし、幸せだった。

心はふわふわと浮き立つようだった。ジアは顔をほころばせながら、池のほとりでこちらを見ている白い鳩たちや犬のヴォルフに目をやった。手を振れば、ルスランは怪訝な顔で「あいつらいつのまに。なぜあんなにたくさん鳩がいるんだ？」と言った。

「ジアのむかしからのお友だち」

「そうは言ってもおかしいだろう。鳩には色々な色のやつがいるのに、ああも白い鳩ばかりが集まって。昨日の行動も説明つかない。なぜぼくが襲われた？　やつら全員でだ」

「たぶんジアを守ったの。でも、ルスランを知ったから、今日はみんなおとなしいわ」

「守る？　鳩に人を守る概念などないはずだ。……あるのか？」

ジアは首を横に振る。難しいことはよくわからない。ただ、言えることは、ジアにとって白い鳩たちは特別であり、大切で大好きな存在だということだ。

「すごくいいこたちなの」

「どこがだ。糞を撒《ま》き散らしやがって。で、おまえは手をつなぐ意味を知っているか？」

その問いに、ジアは手に伝わる彼のぬくもりを意識した。

「意味は考えたことがないけれど、おじいちゃんとはよくつなぐわ。お父さんやお母さんともよくつないでいたわ。ジアはね、ルスランともつないでいたいって思うの」

「そうじゃなくて、家族ではない男と女が手をつなぐ意味だ。いまのこの状態のことだ」

「つなぐ意味……。よくわからないけれど、ジアはルスランが大好きよ。つないでいるとすごくうれしいわ。胸がぽかぽかする。ルスランは？　ジアと手をつなぐのはいや？」

のぞきこむと、彼は目を逸らし、「べつに」とこぼした。

「……あれは、子どものうちは小さいんだ。じきにもっとでかくなる」

「なんのこと？」

彼は「聞くな」と、ジアの手を放し、すい、と水をかいて泳いだ。どうやら、ジアが教えなくてもじゅうぶん泳げるようだった。後に続くと、ほどなく彼は水底に足をつく。

「はあ、おまえってへんなやつ。……そばに来いよ」

言われるがままそばに寄ると、彼はジアをくまなく観察した。あまりにも見つめられるものだから、ジアも彼を見つめる。その目はジアの知る青空よりも澄んだ色だと思った。

「これが精霊《ニンフ》じゃないなんてな。おまえって、本当にへんなやつ」

青い瞳がまぶしげに細まった。

折り重なる枝の隙間から帯状の光がふたりの上に落ちていた。ジアは、改めて見る彼に目を奪われていた。陽に照らされた彼は、自ら発光しているかのように神々しい。背後に迫る森の緑も相まって、透明度の高い池に佇む彼は絵になった。彼は、ジアをニンフと言ったが、ジアには彼こそがそう見えた。

「おまえはいま十一で二年後は十三だ。ぼくは十二から十四になる。ぼくたちは二年で仕度をする。つまり、おまえは十三で女になり、ぼくは十四で男になるんだ。この国の事情は知らないが、ぼくの国では普通のことだ。義務とも言える、当たり前のことなんだ」

「十三にならなくてもジアは女だし、ルスランはいまでも男の子よ？　普通って？」

彼は、「そういう意味じゃない」と、ジアの手を取った。ジアは彼の手をにぎる。

「おまえ、なぜ男と女の性器の形が違うか知っているか？」

「知らないわ。そんなの、疑問に思ったことない。どうしてちがうの？」

「交わらなければいけないからだ。つまり、男の性器は女に刺さるようにできている。男の性器が尖っているのに対して、女の性器はへこんでいるだろう？　そこに男は刺す」

「交わらなければいけないのね。男って……おじいちゃんとルスランがジアに刺すの？」

「はあ？　なぜ祖父がおまえに刺すんだ。ありえない。ぼくが刺す」

ジアは、水中にある彼の股間を見下ろした。そこに刺すような要素はあまりみられない。

「ばか、見るな」

「ルスランのは尖っているってわかるけれど、ジアのはへこんでいるの？　刺さる？」

「おまえの性器には穴があるはずだ。気になるなら確かめてみろ」

なにげなくジアが足のあいだに手を当て、もぞもぞと探っていると、彼が「どうだ？」と聞いてきた。「ない」と首を振れば、強くこすったせいなのか、鋭い刺激が走った。

「ないわけがないだろう」

「よくわからない。でも、さわっちゃだめなところがあるみたい。びりびりってした」

「触っちゃだめって。なんでおまえは自分の身体を把握していないんだ。貸してみろ」

ルスランの手が伸ばされて、秘部にあるジアの手が払いのけられる。そのまま、取って代わった彼の指が、形を確かめる。襞《ひだ》のあわいをこそこそ探られ、ジアはごくりと唾をのんだ。肌にじんわり汗までにじむ。人には触られたくない箇所だと思った。

「いまのところはだめ。びりびりするから」

「は、なんだそれ。女の性器は複雑だな。たしかにわからない。……あ」

彼に、「たぶんこれだ」と指で押されて、指先がそこに入ったようだった。さらにぐっと深く抉られ、ジアはあまりの痛みに「やめて、もうやだ」と首を振りたくる。

すぐにジアから手を離した彼は、自身の指をちらと見た。ジアに入れていた人差し指だ。

「いまのところが刺す穴だ。覚えておくから、ジアも覚えておけ」

「いや。覚えたくない。痛いもの」と言いながら、ジアは、ぱしゃりと潜水し、泳いでルスランから遠ざかる。まだ彼の指の感触が残っているから、気もそぞろになっていた。

――なんだか怖かった。もう二度とさわらせない。すごく、どきどきしたし。

水面から顔を出せば、追ってきたルスランが同じように顔を出す。思ったよりも距離が近くてびっくりしたが、彼が髪をかき上げたとたん、あらわになった金色の右目に警戒心は霧散する。左右の瞳の色が違うのは神秘的で、ぞく、と背すじになにかが走った。

「ルスランの金の目は王さまの目みたい。きれいでとても威厳があるわ。好き」

彼は自嘲するように鼻を鳴らした。

「言っただろ、呪われたバルヒェットの悪魔の目だ。ぼくを産んだ母親さえ忌《い》む目だ」

「バルヒェット？　忌むって……お母さんに？」

息を漏らした彼の手が、ジアの白い頭にのせられた。

「ああ。父によれば、ぼくは母に乳を与えられなかったどころか抱かれたこともないそうだ。母は生まれたばかりの息子の右目を見るなり、子を窓から捨てさせようとした。父に止められなかったらぼくはとっくに死んでいた。以来、母は生家に帰って戻らない」

「そんな……」

「だが、貴族の離婚はご法度《はっと》だ。嫡男を殺しかけたくせに、あいつはいまだにバルヒェットの女。うわさでは愛人が大勢いて渡り歩いているらしいが、あいつの話はぞっとする」

彼の言葉を聞いていると、心にずっしり錘《おもり》がのったようだった。ジアは皆からいじめられてつらかったが、そばに両親がいて幸せだった。その亡き両親を思えばなおのこと、彼からはひどく孤独を感じる。ジアは、自分にできることはないかと必死に知恵をしぼった。

「ルスラン……」

ジアはぴとりと彼にくっつき、ぎゅうと身体を抱きしめた。すると背中に手が回される。

「ジアをお母さんだと思うといいわ」

「は？　なにを言っているんだ？」と顔をしかめる彼に、わずかに身体を離したジアは、つん、と小さな白い胸を突き出した。

「お乳をもらえなかったのでしょう？　だったらジアがあげる。抱かれたことがないのなら、ジアが毎日抱きしめるわ。ルスランのお母さんがルスランを嫌ったのだとしても、ジアは絶対に嫌ったりしない。だって、大好きだもの。ずっとジアがそばにいる」

彼の視線はジアの顔から、胸に落ちてゆく。ジアは、自身の頂《いただき》を指差した。

「吸って」

「………は？」

目を瞠る彼を見つめながら言う。

「ジアのお乳じゃいや？」

「いやとかそういう問題じゃないだろ。意味がわかっているのか？」

ジアはこくんとうなずき、「来て」と両手を広げた。

「うそだろう？」

「うそじゃないわ、あげる。でも、どんな味かあとで教えてね？」

「いや、おまえ……」と、渋る彼の手を引っ張って、ジアは自身の胸に誘導する。

彼は困ったように眉をひそめていたが、ジアが急かすと、肩に彼の手がのせられた。

ルスランと知り合ってからというもの、ジアの世界は明らかに変化を見せていた。

一日、一日、と日々を過ごすうち、より視界が開けて明るくなってゆく。それは気の持ちようなのかもしれないけれど、ジアの表情や思考はたしかに陽気になっていた。

　朝起きて、鳩におはようとあいさつをして、洗濯物を干し、祖父といっしょに食事する。そこまではいつもと変わらない日常だったが、その後、待ちに待ったルスランが、犬のヴォルフを連れてやってくる。

　ジアは彼との時間が大好きだ。ジアがせっせと文字を書いて覚えるあいだ、彼は犬のしつけをしているか、難しそうな本を読む。その本を広げた時の頬杖をつく姿がすてきで、時々彼を盗み見た。彼が視線に気づいた時に見せる、鼻先をあげるしぐさが特にお気に入りだった。

　文字を覚えるのは大変だったし、彼は甘えをゆるさずきびしかったが、節々でやさしさを感じていた。彼は、ジアが座る前に椅子を引いてくれるし、移動する時は先回りして、ジアに手を差し出した。その手に手を重ねれば、ぎゅっとにぎられて、当たり前に手をつなげるのがジアはうれしくてたまらない。

　示し合わさなくても、彼がインク壺の蓋《ふた》を閉じればそれが合図だ。心待ちにしていたジアは、広げていた紙と本を家の隅に片づけて、ルスランと手をつないで池に行く。

　はじめのころは、彼は池に行くのも裸になるのも乗り気ではなかったが、時が経ち、ふた月経ったいまでは吹っ切れたようだった。ジアが服を脱いで裸になると、彼も手早く服を脱ぎ、惜しげもなく肌を晒す。ジアが股間を見ても気にしていない様子だ。

「恥ずかしがらなくなったのね……」

「改めて言うな、ばか。どうせジアしかいないんだ。隠す必要がない」

しゃがんでヴォルフの頭をくしゃくしゃと撫で、「おとなしくしていろ」と命じたあとに、ジアと自身の服を木に吊るした彼は、枝にとまる白い鳩たちにすごんで言った。

「いいか、服に糞を落とせば容赦はしない。もれなく丸焼きだ」

鳩は、聞いているのかいないのか、思い思いに丸まったり、首をかしげる。

「ルスラン、みんないいこよ。そんな悪さをするこはいないわ」

「よく言う。つい三日前に汚したばかりじゃないか。なぜ我慢ができないんだ。ぼくのヴォルフを見習え。揃いも揃ってこらえ性のないやつらめ」

話の途中で、手を引かれて池に入ると、すぐに彼が振り返り、ジアを軽々抱き上げる。水のなかは重みを感じないからなのか、彼は抱えて移動するようになっていた。ジアはそれがうれしくて、彼にぴとりと頬を擦りつける。

「おじいちゃんが言っていたわ。ルスランの本、一冊で宝石が買えるほど高価だって」

「ああ、たしかに高い。知らなかったのか？」

「ほんとう？　冗談だと思っていたのに、どうしよう……。インクを落としちゃった」

しゅんと沈むと、額に彼の息が吹きかかる。笑っているのだ。

移動を終えたルスランは、石に腰掛け、ジアを自身のひざに座らせた。ジアは、うつむけていた顔を彼の指に上げさせられる。青い瞳に映るのは、眉根を寄せた自分の顔だ。

「ばかだな、インクごときでそんな情けない顔をするな。……ジア、するぞ？」

わずかな甘みを帯びた声に、ジアは、彼がお乳をのみやすいよう、つんと胸を張る。彼の手がジアの腰を固定して、その形のいい唇が小さな頂にくっついた。

ジアは、両手で彼の頭を抱えこみ、いいこ、いいこと黒い髪を撫でた。

「ねえルスラン。お乳、おいしい？」

「……そうだな、ジアも飲むか？」

うなずけば、後頭部を持たれて不思議に思う。けれど次の瞬間、唇がやわらかなもので塞がれた。それが彼の唇だとはっきり認識できたのは、口内にとろりとなにかが流れてきてからだ。ジアは、それをごくりと飲みこんだ。

彼がもぐもぐと口を動かし、ジアの唇をこねて食む。しばらくそうしていたが、息継ぎが大変でじたばたすると、熱が音を立てて離れていった。

「——どうだ？」

至近距離で問われて、唇に彼の息を感じる。ジアは、心臓がどうにかなりそうだった。

「これがそうなの？　なんだか……よくわからない。ルスラン、もっと」

応えるように彼の口が押し当てられる。唇を舌で開けられ、彼になかを舐められた。ジアも真似して舌を動かし、彼のなかを確かめる。はじめて同士でぎこちない。けれどわからなくても、もっともっとと、やめる気はしなかった。

口を離して息継ぎしても、彼に追われてふたたび唇と唇が隙間なく塞がった。いつのまにか固く抱き合い、ひたすら舐めて、口を吸う。

「……気持ちいい。口をくっつけるの好き」

告げたとたん、彼はより深く舌を入れ、ジアの舌を攫おうとする。ジアも負けじと彼の舌を攫おうとすれば、より舌は擦り合わさって絡みつく。その熱が、感触が、生々しくて、ジアを夢中にさせていた。まるで彼をさらに知れたような気になった。

しかし、生々しいからこそ浮き彫りになるものがある。ジアの舌は次第に力を失った。

「どうした？」

彼が、「なんでも言え」と、暗い顔のジアの額に額をこつりとつけた。

「……二年後に、離れたくない。ずっといっしょにいたい。だって、大好きだもの」

ルスランとの別れが決まっていることがジアの胸を苛んでいた。物わかりよく、別れを受け入れることができない。ジアはもう、手紙の約束だけでは物足りないのだ。

「どうすればいっしょにいられるのか、考えてもぜんぜんわからない。二年後が怖い」

「ジア、ぼくはバルヒェット侯爵家の嫡男だ。この村に長くいるわけにはいかない。きみにはわからないかもしれないが、ぼくは生まれながらに責任がある。領民の命運を背負わなければならない。それにここはアンブロス国で、ぼくはバルツァー国の人間だ」

ぐす、と洟《はな》をすると、「泣くな」と親指で涙を散らされた。しかし、別れを意識し、唇を曲げたジアが、うっ、うっ、と本格的に泣きはじめると、唇に彼の口がつけられた。

「正直、この村はくそだと思っているが、ここにはきみがいる」

「おじいちゃんや、鳩たちもいるわ」

「ああ、いる。だが、いまそれは関係ない。よく聞け、ぼくたちの別れはそう長くない。

きみを迎えに来る。だから待っていろ」

すん、と鼻を上向けたジアが、「ほんとう？」と、つぶやくと、ふたたび彼の口がジアの口にくっついた。

「きみはとっくにぼくのものだ。ぼくの女じゃなければ乳など吸うわけがない。決してくちづけたりなどしない。あんなところに触れられるものか。ぼくは潔癖なんだ」

「あんなところ？」

彼はなにも答えず、教えるように、指の先でふに、とジアの脚のあいだを押した。

「……ジアは、待っててもいいの？　ルスランを」

「ああ、最初に責任を取ると言ったはずだ。それに、ぼくだけじゃなくジアも責任を取るんだ。未婚の男と女は付き人なしで会ってはならない。女が男に肌を見せるなどもってのほかだ。見たのなら、男は責任を取るものだ。逆も然《しか》りだ。ジアはぼくの肌を見た。きみは、一生ぼく以外の男を選べない。ぼくたちは、なにがあっても結ばれるしかない」

ごしごしと手の甲で涙を拭い、ジアが「結ばれるしかない」と復唱すると、彼はジアから身を離し、自身の首にかかる首飾りを取った。それをジアの首にかけ、金の飾り部分を指で押す。ジアは、その手の上に自分の白い手を重ねた。

「これは家で受け継がれているものだ。バルヒェットの嫡男が生まれた時に父から授かり、息子が生まれた時に子に渡す。ぼくはこれを失うわけにはいかない。いわば、嫡男の証だ。ジアが肌身離さず持っていろ。一旦別れが来ても、首飾りごときみを迎える。必ずだ」

ジアの頬にぼたぼたとしずくが伝う。今度は悲しみの涙ではなく、幸せの涙だ。二年後の別れが来ても、またルスランに会えるという喜びが、ジアの胸を打ち震わせる。

そのさまに、ルスランは顔を崩して笑った。

「この泣き虫。なぜ泣きやませようとしたのにさらに泣く？　泣く要素がないだろう」

「だって……うれしい。また、必ず会えるのだもの。ジアを迎えに来てくれるのだもの」

「当然だろ」と言った彼に、また唇を塞がれる。

ふたりは抱き合ったまま、日が暮れるまでそれを続けた。


「へえ、よくできたじゃないか」

ジアがはじめてルスランから褒められたのは、出会って十か月が過ぎようとしているころだった。いつもは駄目出しをされてばかりだったが、どうやら読み書きが彼の思う合格点までできたらしい。得意げにジアが胸を張ると、「いい気になるなよ」と鼻をつままれた。

「言っておくが、きみの字は下手くそだ。見られたものじゃない。だが、なんとか読める。もちろんこれからも文字の練習は続けるが、常識の勉強もはじめる。はっきり言うが、きみは世間知らずだ。ぼくが生きる社会では通用しないし、一日たりとも対応できない」

「わたし、勉強が好きよ。もっとたくさん学びたいし、もっとたくさん教えてほしいと思っているわ。文字を書くのももちろん好きよ。でも、ルスランはもっと大好き」

　いまにも抱きつき、くちづけしようとしているジアを、彼は押しとどめる。

「わかったから。きみが素直なのは、最大の長所であり致命的な短所だ。いまの言葉や態度、表情は、ぼくといる時にだけゆるされる。きみはきみを使い分ける必要がある」

　ジアはおとなしく椅子に座って、神妙にうなずいた。

「第一きみは子どもすぎる。ぴょんぴょんと飛び跳ねるのは論外だ。いくら好きでもぼくに所構わず抱きつくのもいけない。キスもだめだ。すぐに泣くのもよくない。感情を抑える必要がある。作法も覚えなくてはならない。覚えることは膨大にある。それをこなし、父が認めざるをえないもうひとりのジアを作る。ただ、池ではいつものきみでいい。ぼくの国では、ぼくの部屋でだけ、いつものジアでいい。むしろ、このまま変わるな」

　彼が「できるな？」と付け足せば、ジアは決意をこめて唇を引き結ぶ。

　しかし、滔々《とうとう》と言い聞かせる彼の話が終わっていないにもかかわらず、ジアは目の端に祖父が歩いているのを捉えて目を逸らす。まだ幼いジアは、注意力が散漫なのだ。

　祖父のもとに駆け寄り、飛びつこうと思っていた時だ。ルスランの手が肩にのせられる。

「そういうところだ。いま『おじいちゃん』とでも言って、抱きつこうとしていただろ。きみはわかりやすすぎる。人には自分の心理を読ませないようにする必要がある。すべてを明らかにしては危険だ。世のなかはいいやつばかりじゃない。しばらく見ていろ」

　ルスランは、ジアを置いて祖父のもとに歩いて行った。彼は人が変わったように善良な少年に成りすまし、礼儀正しくあいさつをして、祖父を見事な笑顔に変えていた。祖父は、彼を気に入ったのだろう。わざわざ家からとっておきの果物を持ってきて渡す始末だ。元来、祖父はどケチで、ジア以外の人に物を分け与えるような人ではないのに。

ジアは、祖父からもらった果物を得意顔でかじるルスランを見ながらつぶやいた。

「どういうこと？　おじいちゃんはルスランを嫌っていたわ。鼻持ちならない気取ったやつだって。ジアがどんなにルスランがいいこだって言ってもぜんぜん聞かなかったのに」

「あいつ」と、ルスランは黒い髪をかき上げる。彼は、右目があらわになるのを好んでいないが、ジアにはたびたび見せてくれるのだ。その、左右違う色の瞳が同時に細まった。

「ぼくだって、きみの祖父をいけ好かないくそじじいだと思っている」

「それはひどいわ。ジアの大好きなおじいちゃんなのに、くそじじいだなんて」

「最後まで聞け。だが、どれほど胸糞悪いくそじじいだと思っていても、ぼくのような貴族は仮面を被ることに長けているし当たり前に演技ができる。つまり、自分を隠し、相手に合わせてそつなく場を切り抜ける技能、これが必要なんだ。きみが覚えるのはこれだ」

「なんだかむずかしそう」

「ぼくがみっちり鍛《きた》えてやるからだいじょうぶだ。ほら」

彼は、食べかけの果物をジアに渡した。ちょうど半分かじってある。ジアの好きな半分こだ。胸を弾ませながら、ぱく、とそれをかじると、彼が耳に口を寄せてきた。

「ジア、今日は仕舞いだ。池に行こう」

彼に手を引かれて歩き出す。すると、犬のヴォルフもとことことついてくる。もちろん鳩たちも池めがけて飛んでゆく。ジアは、右手に果物をにぎり、左手は彼の手をにぎる。

時を経て、ふたりの手のつなぎ方は変化していた。すべての指を絡めあうようになっていた。ジアはどきどきしながら彼に目をやり、張り出す木の根っこや石で転びそうになることがしばしばあった。そのたび彼に助けられる。

「きみはぼくに夢中すぎる。少しは抑えろ。ちゃんと前を見て歩くんだ」

「でも、ルスランはすてきだもの。大好きすぎてむずかしい」

あまりにもジアが大好きだと言うものだから、彼はそれを当たり前のことだと捉えているようだった。もう、『ばか』などとはぐらかさない。彼に返事をもらったことはないけれど、それでもジアは満足だった。ふたりで過ごせる毎日が、奇跡であり幸せだ。

手早くジアが残りの果物を食べると、彼に芯を奪われて、その芯は下に控えるヴォルフの口のなかに消えてゆく。しゃくしゃくとした咀嚼《そしゃく》の音が聞こえるなか、ジアの口の周りに熱いものが這《は》い回る。果物の汁でべたべたになったところを、彼が舐めてくれたのだ。

「ふふ、ヴォルフみたい。ねえ、わたしはルスランに夢中だけれど、ルスランもジアに夢中なの？　ジアと同じようにルスランもジアが大好き？　だとしたらすごくうれしいわ」

にこにこと問いかけると、彼にげんこつをお見舞いされた。

「ばか、きみがだらしなく汚しているから見かねて舐めてやったんだ。いまの場合は『ありがとう』だろ？　上品さのかけらもないやつめ。ジアの課題がひとつ増えた」

「でも、あの果物は、名前は知らないけれど大好物なの。わたし、下品だった？」

「大口でかぶりつくのは褒められた行動ではない。女は小さな口で少しずつだ」

口をすぼめ、「気をつける」とうつむくと、「ジア」と呼ばれて、彼の顔が近づいた。

「男はいちいち心の内を明かさない。態度で示すものだ。二度とぼくの心を推し量るな」

すぐに声を出そうとしたけれど、唇をまごつかせて閉じる。彼に突き放された気がしてさみしくなったのだ。いまだにつながれている手のぬくもりにすがりつきたくなる。

「ジアも言わないほうがいいの？　ルスランが大好きでも、だまっていたほうがいい？」

「男と女は違う。きみは男じゃないだろう？　だからだまる必要はない。いつでも言え。だが、心を明かすのは誰もいない時だけだ。ぼく以外の人がいれば我慢だ。いいな？」

「うん、わかった」

やがて視界が開けて、目当ての池にたどり着く。森の深い緑に、池の神秘的な青緑。靄《もや》がかかって幻想的な光景だったが、ふたりの目に映るのは、互いの姿だけだった。

どちらからともなく唇を合わせ、熱を伝えあう。池のゆらぐ音の合間に、ふたりの音が立っていた。ジアも彼も当たり前のようにくちづける。

ジアが夢中になりすぎれば、彼がジアの粗末な服を引っ張った。それが、このところ服を脱ぐ合図になっていた。

一糸纏《まと》わぬ姿になったふたりは、手をつないで池に入ってゆく。だが、池で過ごすといっても泳ぐ時間はわずかだけ。大半の時間は抱き合いながら、長いキスで過ごすのだ。

しかし、それだけではなかった。ふたりは好奇心のおもむくままに互いに触れて、毎日確かめあっていた。

「今夜は雨が降るかもしれないわ」

ジアが雨のにおいに気がつき、切り出したのは、二時間ほど過ごしたあとだった。

大きな岩の上に座るジアは、となりで寝そべる彼を見下ろした。黒い髪を乱した彼は、気だるげに長いまつげを持ち上げる。ジアは、天気を外したことがなかった。

「また雨のにおいか。明日は勉強は無理だな」

ジアは、雨の日は勉強を休んでいる。外にある机と椅子が濡れてしまうからだ。けれど、池に来ることは変わらず、彼とは欠かさず会っていた。

「でも、雨が降れば長くいっしょにいられるわ。だからうれしい。ルスランは？」

「こら、男は態度で示すと教えただろう？　いちいち気持ちを聞くな」

ふたりの肌には、無数の赤い痕が散っていた。先日、彼が肌を吸えば痕がつくと大発見をしたからだ。ジアは、満たされた気分で自分につくたくさんの赤いしるしを確認し、それから彼の肌につけた痕を目で追った。彼の手が差し出され、誘われるまま仰向けの彼の上に、ぴと、と身体をくっつけると、その火照った熱に、独占欲がむくむくと湧いた。

――わたしのルスラン。

彼の口に口を重ねれば、後頭部に手がのせられて、ちゅ、ちゅ、とキスがはじまる。ジアは、途中離れた隙に「ねえ、ルスラン。聞きたいことがあるの」とささやいた。

「あのね、ジアはお乳を出せないっておじいちゃんが言ったの。ちがうわよね？」

出るでしょう？　と同意を求めれば、彼はかすかに震えた。唇が弧を描いていた。

「やっと気づいたか。出るわけがない。女の乳が出るのは子を産んだあとだけだ」

「え？　そうなの？　ほんとう？」

「ガキだな」と、白い髪をゆっくり撫でられ、その手がジアのまるい頬に移動する。

「きみは得意げにぼくの母親になりきっていたし、乳を吸われたがっていたから事実を言うとがっかりしただろう？　互いのために誤解したままのほうがよかった」

　彼の手が背中に回り、より、ふたりの身体が密着する。

「ジア、きみを十三で女にしようと思っていたけれどやめた。一年早める」

「女にするって？」と首をかしげれば、上半身を起こした彼は、ジアを見下ろした。心なしか、青い瞳の色が濃い。胸に迫るものがある。

「ジアが完全にぼくの女になるということだ。ぼくの一部になる。ぼくたちは、こんなに互いを知っているんだ。あとは刺すだけだ。……それにぼくの事情もある」

　刺す、の言葉に、かつて彼に指を入れられたことを思い出す。

「あれ、痛かった」

　首を振ると、彼は「絶対に痛くしない。その努力をする」と真剣な顔つきになった。

「ジア、ぼくはいままで我慢していたけれど限界なんだ。だが、日が決まっているのなら耐えられる。でないと自制できずにきみを襲うかもしれない。きみには隠していたが、ぼくはけだものだ。金の目は、ただ恐れられているわけじゃない。理由がある」

彼は続けて、バルヒェットの金の瞳は狂気の証であり、実際、金の目を持つ歴代のバルヒェットの男は全員、激昂すればなにをしでかすかわからない性格だったと説明した。

「ぼくは自分を恐れている。箍《たが》が外れれば、自分を抑えることができないからだ。だから、絶対に騎士にならないと決めていた。むかしから心を穏やかに保つことを心がけてきたんだ。けれどジア、きみだけは例外だ。すまない、抑えようとしても、どうにもできない」

ジアは、苦しげに眉をひそめる彼をのぞきこむ。彼が謝るのははじめてだ。

彼があまりにも切羽詰まっているように見えて、ジアはその頬に手をぴたりと当てた。

「刺したら、ジアはルスランのものになるの？　ルスランは？　ジアのものになる？」

彼の手が、ジアの肌で光る首飾りをいじくった。そして、同じようにジアの頬に触れる。

「ああ、ぼくはジアのものだ」

〝刺す〟というのは、指以上に痛いとたやすく想像できる。未知のことで恐怖もある。しかし、それ以上にジアにひびいた言葉があった。彼がジアのものになる。

「ルスラン、いいわ。刺して？」

ジアが刺しやすいように脚を広げると、「いや、いまじゃない」と彼に閉じさせられる。

「まったく……きみはきみだな。まだ我慢できるから、我慢する」

彼はジアの口に口を当てる。角度を変えて、もう一度。ふに、ふに、とくっついた。

「きみの誕生日がいい。絶対に忘れない日だ。その日に刺す。どうだ？」

彼の黒いまつげがジアの白いまつげにふさりと当たった。

「すてきね、わくわくするわ。誕生日の贈り物……。うん、すてき」

ジアは、彼の青い瞳を見つめていたが、黒い髪をつまみ上げ、金の瞳をあらわにする。

ジアとは違い、色をたくさん持つ人だ。脳裏には、彼との出会いの日がよみがえり、自然に笑みがこぼれる。ぞんざいな態度をとられていたけれど、すぐに大好きになった。

「わたしね、ずっとルスランがほしかったの。叶えてくれてありがとう」

「ありがとうだなんて、きみが言うな。ばか」と強く抱きしめてくる彼の耳もとで言う。

「ねえルスラン。大好きよりも、もっと大好きな場合は、なんていうの？」

彼は、ジアに頬ずりをして、口を当ててくる。頬、鼻先、そして唇に。もぐもぐと唇を食まれた後に、わずかに隙間が空けられた。

「愛している、だ。大好きよりも好きならば、愛してるって言えばいい」

ジアは、彼の髪をくしゃくしゃと撫でて、教わったとおりに口にした。


その日の夜、ジアはいつも以上にそわそわしていた。自分の誕生日を指折り数えると、勝手に頬がゆるんでしまう。ルスランがジアのものになれば、ずっといっしょにいられる。それを思えば、ふわふわと身体が浮かんでいるような気さえした。

ごろりと床に寝そべると、視線を感じてそちらを向いた。しかめ面をした祖父だった。

「なにをさっきからにやにやしておる。早く寝んか。子どもは寝る時間じゃ。めっ！」

「子どもじゃないわ。ジアは十一だもの。あと二か月で、おとなの十二歳……」

「大人？　ばかもん、どこから見てもガキはガキじゃ。尻を叩かれたくなければ寝ろ」

祖父の手もとには、けものを捕まえる罠がある。先ほど出来上がったばかりのものだ。うまく捕まえられれば、ふたりは肉にありつける。しかし、不発続きで、食事は木の実や粥《かゆ》のみだ。貧しい暮らしだったが、当たり前のことだったし、ジアに不満はなかった。

「ねえおじいちゃん。あのね」

ジアは、池の帰り道にルスランと話し合ったことを伝えようと思った。けれど言いかけて唇を結ぶ。というのも彼に、池での会話や行動は、ふたりの秘密だと念押しされていたからだ。そのため、いま、祖父に話していいのかわからなくなった。

「ううん、やっぱりなんでもない。おじいちゃん、おやすみなさい。大好きよ」

しっ、しっ、と手で払うしぐさをされて、ジアは口をもごもごとさせながら奥に続く戸を開ける。すると、隙間風がぶわりと吹いた。家はあばら屋で建てつけが悪いのだ。

だが肌寒くても、亡き母お手製の毛布に包まれれば平気だ。それを被って考える。

ルスランは、あと一年と二か月で帰国してしまう。しかし、いずれ迎えに来てくれるという。最初は喜んでいたジアだったが、だんだん祖父や鳩たちのことが気がかりになり、彼に、『みんないっしょがいい』と思い切って伝えた。すると、いっしょに来ればいいと、なんでもないことのように言ってくれたのだ。

――ルスラン大好き。すごく愛してる。

心はぽかぽかしていた。彼と出会ってからというもの、ジアの世界は色鮮やかだ。ジアが首もとに手を突っこんで金の首飾りを取り出せば、それは小さなろうそくに照らされ、きらきら光る。ジアは毎晩必ずこうして彼を思う。そしてその日一日を嚙みしめる。幸せだった。ジアはこの時、この先も続く幸せを固く信じて疑わなかった。ルスランがいて、祖父がいる。鳩たちがいる。犬のヴォルフも。大好きな人たちに囲まれて、ジアの物語は言葉にならないほどすてきになると確信していた。

けれど、それは突然やってきた。夢を破るかのように、外の扉を叩く音がした。

「なんじゃ、どこのばかもんじゃ。こんな時間に。……おまえは」

「ジアに至急話したいことがあります。取り継ぎを」

なんと、ルスランの声がして、ジアは毛布を剝《は》ぎ取った。ずっと彼のことを考えていたからうれしくなった。微笑みながら、「ルスラン」と戸を開ければ、物々しい黒いマントを付けた外出姿の彼がいた。黒い髪は乱れていた。息を切らして慌てているようだった。

「ジア、ぼくはいますぐに国に帰らなければならない。時間がないからざっと説明する」

咄嗟《とっさ》には反応できず、ジアは緑の目をまるくする。

「ぼくの国とこのアンブロス国のあいだで戦争がはじまる。父の部下がぼくを迎えに来た。いまを逃せば生きてこの国から出られなくなる。それればかりか、ぼくがこの村に留まれば、ぼくを匿《かくま》った罪を問われてここは焼き払われてしまう。きみがいる以上、それだけは避けねばならない。そうなる前に、ぼくはいまからここを離れる」

あまりのことに声が出ない。ジアが唖然《あぜん》としていると、彼は、夜が広がる外へ振り向き、あごをしゃくった。

「おい、マテウス。あれを」

すぐ近くに控えていたのだろう、くまのような大柄の男が本を十冊ほど抱えてやってきた。ルスランが鼻で合図を送ると、マテウスは床に本をどしりと置いた。

「これはぼくの本だ。バルツァー国の本はまずいが、他国の本ならばここにあっても問題ない。前に言ったな？　本には宝石の価値があると。本を売り、日々の足しにしてほしい。これで家の補修を。日用品を買い、毎日不足のない食事をするんだ。それからこれ」

彼はマントの内側に手を突っこんで、小袋を取り出した。

「ぼくのボタンやブローチ、宝石だ。これらもそれなりの値がつくはずだ。ジア、手を」

ジアが、かたかたと震える手を前に出すと、そこにそっと袋がのせられる。とたん、ジアは顔をくしゃりとゆがませた。

理解したいのに、うまく理解できない。後から後からこぼれる涙を彼の親指が拭い取る。

「……ルスラン。行っちゃうの？」

「ああ、行かねばならない。行きたくなくても絶対に。ジア、手紙を書くから。国に着いたら必ず書く。欠かさず書く。だからジアもぼくに書くんだ。欠かさず書け。約束だ」

ジアがこくんとうなずくと、彼の背後に控える大男が、「ルスランさま、お早く。夜明けまでに関所を通らなければ一巻の終わりです」と急かした。ルスランは、男をひとにらみして、ふたたびジアに向き直る。眉をひそめて、必死になにかに耐える様相だ。

「ジア、必ずきみを迎えに来る。どんなに離れていてもだ。だから、ここで待っていろ」

彼はきびすを返した。そのあとを、よたよたとジアが追う。景色がにじんでよく見えない。それはけぶるように降る霧雨のせいではなかった。何度も袖《そで》で目を拭う。

彼は一度こちらを振り返ったが、吹っ切るように、用意されていた芦毛《あしげ》の馬に跨《また》がった。

「あ……、ルスラン。ルスラン」

ぐっ、と彼が手綱をにぎる。

「ジア、ぼくが来るまで必ず生きていろ。ぼくも生きる。生きていれば、必ず会える」

彼が馬の腹をかかとでつつくと、馬は数歩歩いた。そして駆け出す。蹄鉄《ていてつ》の音が鳴る。

――いや、いやっ！

ジアは走った。走ったけれど、いくら駆けても追いつけず、すぐに足がもつれて転んだ。ひざを擦りむき、血が出たが、また走ろうと前を向く。けれど、彼の姿は見えなくなっていた。ただ、森に囲まれた闇が広がるだけだった。

ジアはむせび泣いていた。その震える肩に、祖父のしわのある手がのせられる。

「ルスランが……う……、ルスラン。ふ」

祖父に抱きつく泥だらけのジアは、ようやく現実を理解していた。心が引き裂かれるようだった。心の準備はできていない。まったくできていないのだ。

これから、彼が側にいない世界がはじまる。

二章

地上に無数の影が落ちていた。空を飛ぶ、おびただしい数の鳥の影だ。

騎士たちは、絶望に満ちた目でそれを見上げる。横切る鳥は、すべてが白い鳩だった。

人は、鳩を平和の象徴として捉えるが、もはやバルツァー国では別の意味を持っている。

白い鳩は呪いだ。不吉で不気味、そして、不幸を呼ぶ死の使い。

というのも、この白い鳩の大群が空を横切れば、バルツァー軍は数日以内に敗北するからだ。勝ちを確信した戦であっても必ずだ。それが何度も続いたため、鳩の飛来は、騎士たちを容赦なく混乱と恐怖の渦《うず》に陥れるようになっていた。

これからアンブロス国と戦おうという騎士たちは、空を見て愕然《がくぜん》としていた。精鋭揃いだったこともあり、士気は異様に高かったが、白い鳩の姿を認めるやいなや威勢はみるみるしぼんでいった。騎士長ですら、ひざの震えが止まらなくなっているほどだ。

しかし、その空を目の当たりにしても、決して怯むことのない騎士がひとりいた。

それは黒い鎧《よろい》を纏った騎士だった。彼は空を埋める白い鳩を見ていたが、目を逸らし、被っていた黒い兜《かぶと》を取り去った。黒い髪、そして青い瞳が現れる。

「ばかか。揃いも揃って戦う前から怯んでどうする腰抜け。おまえたちは負けると思っているのか。だとしたら邪魔だ。家に帰って、母親の胸に顔をうずめて震えていろ。帰れ」

ぞんざいに言い放った彼は、周りの騎士よりも年若の青年だ。しなやかな筋肉を纏っていても、他の騎士に比べて身体も出来上がっているとは言いがたく、ほっそりしている。顔も中性的で、幼さが抜けていなかった。武骨な騎士から見れば、子どもの部類だ。

「なんだと小僧、もういっぺん言ってみろ。その整った鼻と歯を粉砕《ふんさい》してやる！」

いかにも屈強そうな騎士に凄まれても、青年は眉すら動かすことはなかった。ますますいきり立つ騎士を、「おい、やめろ」と、すぐ近くの騎士が三人がかりで引き止める。

「このばか。おまえ、知らないのか。彼はバルヒエット侯爵家の嫡男、ルスランさまだ」

バルヒエット侯爵とは、バルツァー国の騎士の頂点に立つ者だ。その嫡男のルスランといえば、顔は知らなくても名を知らぬ者は騎士のなかにはいない。なぜなら、彼の右目は狂気の証。悪魔侯ディーデリヒと同じ金色だと伝わっているからだ。

だが、ルスランが一目置かれるのは、なにも血すじばかりが理由ではなかった。彼の初陣は十四歳。同じ歳のころの騎士見習いたちが怯えるなかで、熟練の騎士にまじって、果敢に敵に突っこんだ。彼は、恐れを知らぬかのように次々と敵を討ち取ったのだ。

以降も箍が外れたように戦い、そのさまは狂気を感じさせ、騎士のうわさの的となる。のちに、彼がバルヒエット侯爵の息子だと知れ渡ると、居合わせた騎士たちは納得した。

金色の目は、悪魔の目。

ルスランに突っかかっていた騎士の怒りはなりを潜めた。それを後目《しりめ》に、ルスランはくまのような体軀《たいく》の騎士長のもとに歩いて行った。そして唇の端を持ち上げる。

「まさかとは思うが、おまえともあろう男が震え上がっているんじゃないだろうな」

椅子に座り、額に手を当てていた騎士長は、ルスランに気づくと立ち上がる。

「これはルスランさま、お父上に命じられたのですか？　まさかあなたが来られるとは」

騎士長は、五年前にクレーベ村にいたルスランを迎えに来た、父の部下のマテウスだ。

「いや、命じられたわけじゃない。おまえがいると思って勝手に来た」

ルスランは、戦いに向かう騎士たちを見回した。及び腰で、すでに負けが見えていた。

「来て正解だったな。精鋭のはずが見る影もない。マテウス、ぼくはウッベローデの砦《とりで》を必ず奪還したい。うまく武功を立てれば、あの計画に選ばれる」

あの計画とは、バルツァー国王の名のもとに、腕の立つ騎士を集め、アンブロス国王、エーレントラウトを暗殺する計画のことだった。

「まさか……、あなたはまだアンブロス行きを諦めていなかったのですか？　お父上に固く禁じられているではありませんか」

ルスランは、その話に取り合わず、彼の耳に口を寄せた。

「白い鳩が現れた以上、皆の士気はどうあっても低いままだ。ならば作戦を変更すればいい。攻めるとみせかけ、引きつけて徹底的に防戦だ。相手の油断を誘い、敵を分断し、将を討つ。このぼくも奇襲の隊に入れろ。どうあっても勝つんだ。勝利をおさめ、鳩への恐怖を払拭しなければ、いくら優勢でもいずれこの国は負ける。そうだろう？」

「たしかにそうですが……。待ってください、あなたを危険な奇襲の隊に？」

「当然だろ。ぼくは強い」

騎士長はなにかを言いかけたが、ルスランはつれなくその場を立ち去った。

白い鳩。彼が白い鳩に抱く心証は、死に関するものではなかった。彼は、鳩が呪いとして扱われるのがゆるせない。なぜなら、彼の知る白い鳩たちが懐《なつ》いていたのは、争いとは無縁の静かな森にいた少女。その存在は、心のなかで強い光を放ったままだ。

——ジア。

もう、ずいぶん会っていない。彼女が生きているのかさえわからない。

彼は四年前、ラースに命じ、彼女のもとへ手紙を届けさせたが、二か月後、家はもぬけの殻《から》だったという報告を受けていた。のうのうと手ぶらで帰ってきた彼を、『無能！』と罵《ののし》ったが、それがやつあたりであるのはわかっていた。ラースにとってはしょせん他人事であり、真剣には取り組まない。やはり、直接出向かなければだめだ。あのころの自分は腹が立つほど力がなかったが、十八歳のいまでは、彼女を守れる力はついた。

ルスランは、なんとしてもアンブロスへ行き、王を殺すつもりだ。誰にも手柄は譲らない。その後、必ずジアを見つけて連れ帰る。そう固く心に誓っていた。

足を止めたルスランは、ふたたび空を仰いだ。

白い鳩の大群はいつのまにか消えていて、空の青がまぶしく映えていた。

「ルスランさま、酒はいかがですか？　杯をどうぞ」

彼は、大勢の者から代わる代わる酒を勧められたが、ことごとく断った。いままで傷口に酒をかけたことはあっても、口で試したことはない。酒を飲めば大人になってしまう気がしたからだ。ジアを置いて大人になどなりたくなかった。

村を出て、五年の時を刻んでいても、心はあの日に置き去りのままだ。将来を考える気もなく、成長したいなどとは思わない。彼女を待っていたかった。がむしゃらに戦い、武勲をたてながら、ただ、彼女とふたりでいられるだけの絶対的な力がほしかった。

バルツァー国の王城は賑わいを見せていた。シャンデリアから落ちる幾多の光は、絢爛《けんらん》豪華な壁や柱、着飾る貴族や騎士、取り巻く空気をもきらびやかに染め、大広間を非日常に変えていた。いかにも王侯貴族が好みそうな、おぼろな夢のなかのような光景だ。

今宵は、騎士長マテウス率いる隊が、見事、敵から砦を奪還した祝勝会が催されていた。白い鳩の因縁を覆したことが王に評価され、盛大な宴が開かれることになったのだ。ルスランもまた、敵将を討った武功を称えられ、勲章を手に入れた。

大広間では、酒を嗜《たしな》む者、談笑する者、音楽に合わせて踊る者と、皆、思い思いに過ごしていた。中庭で女をはべらせ、いかがわしく戯れている者もいる。

ルスランは、いまいましげに前を見据えた。ざわめきは耳ざわりなものでしかなかった。

しきりに話しかけてくる貴族をいなし、父をも避けて、彼は壁際に移動する。

――ここで無駄な時間を過ごすくらいなら、ひとりでも多くの敵を葬り戦果をあげたい。

ぐっとこぶしをにぎれば、手の動きに合わせて衣装の飾りがかすかに音を出す。

彼が纏う衣装は漆黒だ。ジアが好みそうだという理由だけで選んだ色だった。その胸には勲章が三つ並んでいて、彼はそれを見下ろした。簡単に手に入れられたわけではなかった。死を意識したこともある。けれど、死ぬものかと歯を食いしばって生きのびた。

あといくつの戦いで力を示せば、王に選ばれ、アンブロスへ乗りこめるだろうか……。

――わずらわしい。

人混みを避けたというのに、ルスランが壁際で気配を消しているあいだも、何人もの貴族が笑みを浮かべて寄ってきた。大抵が年ごろの女やその父親、そして妹を持つ兄だ。

ルスランは若い上に独身で、おまけに国で有数の名門貴族。結婚相手としては極上と言える部類だ。貴族という生き物は野心を隠さない。ルスランの背後にある資産や地位、人脈に目をつけている。このところ活躍しているせいか、声をかけられることが多かった。どれほど冷たくあしらおうとも、めげないのだから始末が悪い。

こんな時、彼はいつもしていることがある。

「ぼくに近寄らないほうがいいと思います。ぼくは父とは違い、これですから」

黒い髪をかき上げると、金色の右目が現れる。決まって彼らは息をのむ。

彼らの怯えを肌で感じながら、頭をめぐるのは彼女にはじめて出会ったあの日のことだ。

『この目が怖いか？　呪われたバルヒェットの悪魔の目だ』

『この目って金の目？　青の目？　それとも、両目の色がちがうことを悪魔の目と言うの？　でも、まったく気にしないでいいわ。だって、ジアは好きだもの』

彼女の瞳、表情、しぐさにうそや偽りはなかった。彼女の白い姿どおりにまっさらだ。

『わたしね、思うの。ルスランに出会えてよかった。誰にお礼を言えばいいのかしら』

彼はしばらく額に手を当て、押し寄せてくる感情を抑えた。それは、発作に似たものだ。

——限界だ。ジア、会いたい。

足を踏み出せば、誰かに話しかけられたが、彼はなにも応えなかった。否、切羽詰まって耳に届かなかったというのが正しいが。

彼は、扉を開けて喝采《かっさい》に沸く大広間を出て行った。


ルスランは、自身の右目——金の瞳がむかしから恐れられるわけをたびたび感じたことがある。己が狂っているとわかるのだ。はじめて人を殺した時は高揚したが、戦地で人を殺してもなんの感慨もなかった。そこに善も悪もない。肉を無造作に切っている感覚だ。

気づけば自分の周りに敵の死体が山積みになっていた時がある。よほど残虐だったのか、味方の騎士が怯えた目をこちらに向けていた。あろうことか意識が飛んで、そのあいだに敵をひたすら殺戮《さつりく》していたのだ。血に染まったルスランは、この時決まって己の血潮がたぎるのを感じていた。〝楽しかった〟……そう、楽しかったのだ。

——けだもの、か。

今宵は満月だ。道は月明かりに照らされて、馬を駆るのにちょうどいい。

蹄鉄の音をひびかせ、たどり着いたのは、王城にほど近い丘陵だ。両脇に樹が植えられた道を越えれば、瀟洒《しょうしゃ》な屋敷が建っている。バルヒェット侯爵家の所有の家のひとつだ。

広い玄関ホールを横切ると、父の部下であるリヒャルトがルスランに気がつき寄ってきた。リヒャルトは、かつてルスランに剣を教えてくれた騎士である。

彼は、被っていた帽子を脱いで、「ルスランさま、お久しぶりです」と丁重に礼をした。

「あなたのご活躍はマテウスより聞いております。四年前にはじめて戦地に立った時から、破竹《はちく》の勢いで成長なさっている。このリヒャルト、我がことのように誇らしく思います」

ルスランは、ぎろりと彼をにらんだ。

「そのマテウスからぼくも聞いている。妻が産気《さんけ》づいているのにここでなにをしている」

「あなたの傷を診《み》にきたのです。お怪我をなさっているそうですね。服を脱いでくださいますか。あなたを診た後、すぐに家に戻りますので、妻のことは心配無用です」

ふん、とルスランは鼻を鳴らし、後ろに続くリヒャルトに歩きながらマントを手渡した。

ルスランは、ウッベローデの砦で敵将を討ったが、その際、斬られて負傷した。応急処置で今日までしのいでいたが、見かねた騎士長マテウスが、リヒャルトに相談したのだろう。リヒャルトは騎士だが、医術の心得があるからだ。

「傷を放っておくと大変なことになります。死に至ることも。道具は揃えていますので」

「酒をかけたから問題ない」

樫《かし》の扉の前に到着すると、それを開けたのはリヒャルトだ。普段は客人用の部屋だが、彼が言うとおり、机にはハーブや布、塗り薬などが並んでいた。準備は万端のようだ。

「酒で消毒されたのはご立派です。ですが、服を脱いでよく見せてください」

ルスランは、言われるがまま服を脱いでゆく。彼はいまだにほっそりしているものの、身体には鍛えられた筋肉がついていた。陶磁器《とうじき》のようにすべらかだった肌には、古い傷や新たな傷が散っている。それは、四年の歳月の過酷さを物語るものだった。

リヒャルトに、腕や脚、背中の当て布を取られると、とたん、ため息が聞こえた。

「深い傷です。痛いでしょうに、よく我慢なさいました。その精神力は大したものです」

「ばかか、王城へ出向いていたのに痛がるわけがない。選ばれなくなるだろう」

「まだアンブロス国行きを諦めておられないのですか。かの地は死地です。ご存知だとは思いますが、あの国は古くは呪術国家。なにが起きるか……得体が知れません」

ルスランは、リヒャルトに促されて寝台に座った。同時にぎし、と音がなる。

リヒャルトが言うとおり、アンブロスは奇妙で不可思議な国だった。四百年前よりエーレントラウトと名乗る王が君臨する宗教国家。王は、四百年以上生きる神らしい。しかも、王は城を出ることがなく、つねに鳥の頭巾で素顔を隠しているという。その王の出で立ちから、アンブロスは別名『鳥の王国』と呼ばれていた。

鳥の王国とは名ばかりではなく実際にそうだった。アンブロスの兵と交戦する数日前に、必ず大量の鳥が戦場付近に押し寄せるからだ。白い鳩のほかにも、これまで鴉《からす》、梟《ふくろう》、鷹《たか》、白鳥などが飛来した。鳥の種類にどのような意味があるのか定かではないが、敗北を喫《きっ》するのは、白い鳩を見たあとだった。それもあり、バルツァー国は白い鳩を恐れている。

「ルスランさま、あなたにはお父上がお決めになった婚約者がおられるではないですか。身分の差はどうにもなりません。もうクレーベ村の娘のことなど忘れて……」

「だまれ！　おまえまで父と同じことを。――ふん、父に頼まれたか」

　侮蔑の目で鼻先を突き上げるルスランに、リヒャルトは「それは」と言いよどむ。

「クレーベ村からここに戻った日、父は、ぼくが騎士になり勲章を得られたらジアに会ってやると言った。それまでは村娘など門前払いだと。ぼくは騎士になった。勲章を得た。だが、あの男は法螺《ほら》吹きだ。ジアに会う気は毛頭なく、そればかりかアストリットとの結婚を押し進めようとしている。だったらぼくはあの男が求める以上の騎士になるだけだ。アンブロスの王を討ち、最高の武勲をたて、望みを叶える。誰にも文句など言わせるものか。ぼくの先祖、悪魔侯ディーデリヒの妻は奴隷だった。彼は周囲の反対を押し切った」

　リヒャルトは、ルスランの傷口にハーブの葉を貼りながら言った。

「しかし、あの方の妻は奴隷とはいえ元貴族。そして、侯に陵辱されたため子を身ごもった哀れな方。婚姻は仕方のないことでした。あなたの場合は、現在、肝心の村娘は生死すらわからず、しかし、アストリットさまはあなたの訪れを何年もお待ちになっています」

「話のわからない男だ」と、ルスランは立とうとしたが、リヒャルトに引き止められた。

「傷口はすべて縫《ぬ》わねばなりません。よほど血が出たのではないですか？　派手に動けばまた多量に出血します。これほどの深手では、なかなか傷は塞がりません」

ルスランは、傷に貼りつくハーブをつまみ、床にぴしゃりと投げ捨てた。

「おまえの治療を受ける気は失せた。帰れ」

「ルスランさま、あなたは非常に危険な状態なのです。どうか、お考え直しを」

「ぼくの傷が？　大袈裟だ」

「そうではありません。王は腕の立つ騎士を十名選び、アンブロスの王城へ送りこもうとなさっていますが、白い鳩の謎が解明されないかぎり、敵の懐に入りこむなど愚策です。あなたのお父上は、暗殺が成功するとは思っておられない。私も、同じ意見です」

ルスランは、いらいらと「なにをもってそう思う。言え」と奥歯を嚙みしめる。

「これまでわが国からアンブロス国へ放たれた密偵は二百を超えます。しかし、戻ってきた者はいません。まだあります。王は以前、停戦協定の使者をアンブロスへ送りましたが、その使者は後日、国境で五体を切り離され、打ち捨てられていました。かの国は考えられないほど野蛮な国。あなたが行きたい場所はその中枢です。入国してしまえばどうなるか。せめて密偵がひとりでも生還し、内部の情報を得るまでは近づいてはなりません」

リヒャルトは話している途中で、こちらに杯を差し出した。が、ルスランは受け取ろうとはせずに、ただ、見返すだけだった。

「芥子《けし》の実の汁を配合したものです。鎮痛効果がありますので、お飲みください」

「いらない。おまえはぼくがいまの話ごときで怯え、諦めるとでも思ったか。覚悟はとうにできている。ジアとの身分に絶望的な隔たりがあることなどはじめから知っている。ぼくが彼女を妻にできる唯一の手段があるとするならば、王の計画にのることだ。絶好の機会を逃してたまるか。ぼくが討つ」

「ルスランさま」

咎めるように言うリヒャルトに背を向け、彼は寝台にうつ伏せに寝そべった。

「傷を縫え。鎮痛薬など飲まずとも耐えてやる」

「それは無茶です。どれほどの激痛があなたを襲うか。拷問に等しい。飲んでください」

ルスランとて、好んで痛みに耐えるわけではないのだ。この思いが生半可《なまはんか》なものではないと、他者にも己にも見せつけたかった。これまでの血のにじむような努力を、覚悟を、なにがあろうと立ち向かう意志を。痛みを刻み、必ずやりとげる不屈の誓いとしたかった。

「ぼくが耐えられないのはジアを失うことだけだ。いいから縫え。早く！」

以降、なにを話しかけられても口を結んでいたルスランは、ろうそくのゆらめく炎をひたすら見ていた。が、突如、顔を激しくゆがめて、ぐっとシーツをわしづかみにした。こわばる身体から、暑くもないのに汗が噴き出す。治療がはじまったのだった。

『ねえ、ルスラン。今日は元気がないのね。どうしたの？』

物思いにふけっていると、ジアは決まって問うてきた。心配そうにこちらをのぞきこむ。

ルスランは、クレーベ村についたばかりのころは、一日中考えをめぐらせていることが多かった。彼女に語りかけられても答えなかったこともある。虫の居所が悪くてやつあたりをしたのだ。けれど、ジアはめげたりしなかった。ただ、だまってそばにいた。

『おまえ無視されてるのに気づかないのか？　怒らないのか？　言いたいことを言えよ』

『そばにいられるだけでいいと思うから。ジアも、お父さんとお母さんから話しかけられても答えなかった時があるの。でも、そばにいてくれてうれしかった。……ルスランがあっちいけって思うのなら、姿を見せないようにする。ジアは白くて気持ちが悪いから』

『ばか！』と怒鳴れば、ジアは緑の瞳をまるくする。その後、ぱちぱちとまたたいた。

『気持ち悪いなんて思っていない。ぼくの心を勝手に推し量るな。いいからそばにいろ』

『……うん。そばにいる』

ジアは、自分が失敗したと感じたらくり返さないよう努力する。うれしかったことや幸せだと感じたことは人にもそうする。たまにいきすぎてしつこくなりすぎる。怖がりで、意気地のないところもあるけれど、心を開いた相手に対して、どんなことでもしようとがんばる。虫が苦手なルスランのために、勇気をふりしぼって退治する。言葉に忠実でいようとする。髪を伸ばせと言われれば、せっせと伸ばす。心を隠さず、すべてをさらけ出す。

『ルスラン、大好きよ』

『なんでおまえ、思ったことをなんでも言うんだ？　いくらなんでも言いすぎだろ』

『大好きな人はね、いくら大好きでも、いつ消えてしまうかわからない。そう思うから』

それは、流行り病で早逝《そうせい》してしまった両親のことを指しているのだろう。

『ジアもそう。いつ消えるかわからないし、ルスランも、おじいちゃんも。それを考えると泣きたくなるしつらくなる。こうすればよかったってすごく後悔もするわ。だから、いまできることを全部するの。伝えたいことはすぐ伝えるし、できる時にできることをするの。そうすれば、悔いはないわ。心を隠すのは、しないって決めたの』

舌足らずなしゃべり方をする彼女は見るからに子どもだ。しぐさも考え方も幼い。しかし、それでも大人だと感じる時がある。癇癪《かんしゃく》を起こさず感情は一定だし、意見を押しつけずに聞く耳を持っている。希望を言えば極力合わせる。そして、いっしょにいると、自分の毒気まで抜かれて人格を変えられる。

彼女と過ごした日々は、天邪鬼《あまのじゃく》でひねくれ者のルスランが、唯一素直に過ごした時間だ。

――いつ消えるかわからないなんて言うな。だからきみは消えてしまったんじゃないか。

うっすらとまぶたを開ければ、ろうそくの光が視界に入る。人の気配がして目を凝らすと、リヒャルトが短くなったろうそくを替えていた。

全身が痛かった。喉がからからに渇いていた。息をするだけで刺されたように感じた。

「水をくれ」と言えば、リヒャルトは、「目を覚まされたのですね」と安堵の息をこぼし、水差しをかたむけた。手渡された杯を、きりきり痛む傷をおして、一気に呷る。

「熱が出ていますよ。おそらくは明日も続くでしょう。お気をつけください。……しかし、あなたは本当にお強い。縫うあいだ少しも声をあげませんでした。屈強な男でももんどりうつほどの痛みであるのに、壮絶な覚悟をお持ちだ。よほどその村娘が大事なのですね」

空の杯を差し出すと、リヒャルトは受け取った。

「ルスランさま、自室でお休みになってはいかがですか。ここは落ち着かないでしょう。部屋の前までお連れします」

その言葉に、ぴく、と鼻先を動かし、ルスランは、瞳に影をたたえて彼をにらんだ。

「……そうか。そういうことか。——ふん。リヒャルト、おまえの魂胆がわかった」

「なんのことでしょうか」

「おまえも父も、妙にアストリットをぼくに勧める。身分、それだけではないな？」

リヒャルトの喉仏が動いた。唾をのんだのだ。

「アンブロスの王城に乗りこむ騎士は目覚ましい活躍を見せる者が選ばれる。だが、条件は独身者。生きて帰れないかもしれないからだ。ぼくは、公表されてはいないがすでに騎士に選ばれているのではないか？　だからおまえはアストリットを勧める。父に命じられたか自発的かは知らないが。祝勝会で、マテウスが何度も家に戻るように言ってきた。父にも話しかけられたが、今夜は早く寝ろと命じられた。いま、ぼくの部屋にはアストリットがいるのだろう。おそらく裸で寝台にいる。ぼくが部屋へ行けば、誰かが訪ねてくる算段か。既成事実のもと、ぼくを既婚者にし、王に考えを改めさせるためだ。違うか？」

リヒャルトは長いため息の後、「すみません」と謝った。

「リヒャルト、召し使いを引き連れ、いますぐぼくの部屋へ行き、アストリットをつまみ出せ。同時に召し使いにはシーツの替えを命じろ。他人が裸で寝たシーツなどむしずが走る。部屋中の清掃も忘れるな。ぼくの部屋にあの女の髪がひとすじでも落ちていようものならゆるさない。終えればすみやかに家へ帰れ。身重の妻の世話でもしろ」

「ルスランさま、私は、あなたに生きていてほしいのです。どうか」

聞く耳を持たず、あごをしゃくると、リヒャルトは未練を残しつつも出て行った。

ひとりになった彼は中空を見ていたが、深く息を吐いた後、まぶたを閉じた。

＊　＊　＊

「そなたらは、余の栄えある騎士である。見事使命を果たし、わが国に、世界に、その名を存分にとどろかせよ。野蛮な輩《やから》に余すところなくその力を見せつけるがよい」

威厳をたたえた声は、厳粛《げんしゅく》な空気に満ちた大広間にひびいた。

豊かなひげを蓄えた赤毛の男が、黄金の豪奢な椅子に座っている。まるで自身を神と思っているかのような傲岸不遜《ごうがんふそん》な面ざしだ。その金の衣装は必要以上に光を反射し、男の富や権力を辺りに撒き散らす。男はバルツァー国の玉座に陣取る、ループレヒト王である。

ダイヤモンドにエメラルド、ルビー。五本の指すべてに宝石のついた手が掲げられた。

「余は命ずる。悪しきアンブロス国、その王、エーレントラウトを討て」

王の前にひざまずくのは計画に選ばれし十名の騎士だった。その百戦錬磨《ひゃくせんれんま》の騎士たちのなかには、異質と言えるほど若く、美しく、騎士にしては細身な男が混ざっていた。ルスランだ。周りは、猛獣をもひとひねりで殺せそうな強面の騎士ばかりだからより目立つ。

なぜこのようなやわな子どもが選ばれたのかと眉をひそめる者もいた。父、バルヒェット侯爵の威光で選ばれただけだと邪推《じゃすい》した者もいた。しかし、ルスランは他人の目などどうでもよかった。計画に選ばれさえすればよかったのだから。

「各々には、ヘルナーの間に移っていただく。今宵の宴席を存分に楽しまれよ」

王の傍らにいた宰相が告げると、騎士の目の色が変わった。

ヘルナーの間の宴。それは王が開催する特殊な晩餐会のことだった。王が世界より集めさせた馳走や美酒が気前よく振る舞われる。特徴的なのは世話をする男と女の美しさだ。

ほどなくルスランは本当の意味を知る。これは晩餐会とは名ばかりの、娼館まがいの催しだ。ある騎士は、広げた脚のあいだに女をひざまずかせ、股間に顔をうずめさせているし、気に入った女や男を選び、いかがわしいことをはじめる者もいる。

まともにテーブルについている騎士は四人のみだった。そのうちの一人、がつがつと料理の皿を平らげる肥《こ》えた騎士が、しゃぶっていた骨を取り出した。ご満悦といった表情だ。

「聞いた話、性欲と武力は比例するらしい。本当かな？　ルスランどのはどうだ？」

話を振られ、彼はまるまるとした男を、だまれでぶ、と一蹴した。

「俺は若者の考えが知りたい。きみ、女と試したことがないわけではないだろう？」

「試したことはない。二度と聞くな」

目をまるくして驚かれるのも無理はない。この国の男は学問の一環で、性交の仕方を実践で学ばせられる。十四歳以上の男で経験のない者はいないと言ってもよかった。

「……そんなことがありえるのか？　二百年前にわが国で疫病が流行った。一歩間違えば国が滅ぶところを、以降、産めよ増やせよと、課せられた義務だと俺は習ったぞ？」

鼻であざけるルスランは、顔にかかった髪を耳にかけながら言う。

「ばかげた義務だ。本来男は子を産ませる女以外と交わるべきではない。皆、考えなしに盛《さか》るから性病が蔓延している。この国の死因の大半は性病だ。『淫行をならわしにする者は、己の身体に対して罪を犯している』とは真理。人は高い代償を払い続けている」

「たしかに性病は大問題だが、ルスランどの、きみは若いわりには古風だな。妻のために貞操を守るつもりか？　そういえば、きみのお父上が戦地で女を買っているところを見たことがない。家訓か？　――ああ、名乗っていなかった。俺はロホスだ。よろしく」

と、貫禄《かんろく》のある太った男はいまさら名乗ったが、ルスランは興味がなくて聞き流した。

「父だけではなく、うちの者は女を買わないのが常識だ。家の特性上、毒を盛られかねないからだ。女に殺された先祖は多い。性交中の男は、知能がかぎりなく零《ゼロ》になる」

「はは、言えてる。たしかに知能はなくなるなあ。思い切りばかになる。貴公に同意だ」

話に割って入ったのは、ふくよかなロホスのとなりに座るそばかすだらけの男だった。

整えられた金茶色の髪に、首には優雅なレースをつけている。見るからに貴族だ。

「私はラインマー。レークラー伯爵家の三男坊だ。この計画に選ばれた貴族は貴公と私だけだよ？　貴族同士仲良くしようじゃないか。しかし驚いた。よくぞ今日まで童貞を死守したものだ。私の場合、父に命じられた女が、寝ている私の上に裸でのってきたんだよ」

　このラインマーの言葉を、ルスランは聞こえないふりで無視をした。しかし続いた。

「そういえば、先日酔って屋敷に帰ると、たまたま兄の情事を見てしまった。それがなんと、相手は貴公の母、バルヒェット侯爵夫人でね。絶世の美女と名高いが、本当に美しい。貴公は夫人に似ているな。黒い髪に青い目。なんとも言えない色気があり、妖艶だ」

「似たくもない。あいつは他人だ。金輪際あの女の話はするな」

　話を切り上げたいというのに、ラインマーは人差し指を立てた。先ほどより小声で言う。

「ひとつ聞かせてもらいたい。貴公がこの暗殺計画に参加するのはなぜだ？　もはや、名声などどうでもいいといえるほど貴公の家は名門だ。そもそも貴族の嫡男は計画に選ばれないはずだが、貴公は選ばれた。なぜ参加をゆるされ、なぜ危険を冒すのか」

「それは王にとってバルヒェット侯爵家は危険だからだ。先の内戦でバルヒェットは王家の側についたが、歴史的には敵対勢力。もしクーデターが起こるとしたら真っ先に起こしかねない家だとされている。しかし、跡取りのぼくがいなくなれば話は早い。父の没後、いとこが侯爵家を継ぐだろう。いとこの妻は王族だ」

「ははあ、いとこならば懐柔できるというわけか」と、ラインマーはうなずいた。

「つまり、王にとって貴公は生きても死んでも得にしかならないというわけだ。いや、暗殺計画が成功し、貴公が散れば王にとって理想の形だな。バルヒェット侯爵家は力がありすぎる。もし侯爵が決起すれば、従う貴族は多いはずだ。彼が弱くなるとするならば、それは息子の貴公が失われた時。……聞いた話、侯爵はもう子が作れないのだろう？」

　ラインマーの話のとおり、父は戦中の怪我が原因で生殖機能を失った。それもあり、慌てて息子をクレーベ村から連れ戻させた過去がある。だがそれは、極秘のはずだが。

「そうだ。だからいま、このなかにぼくの暗殺を請け負っている騎士がいるとしても驚かない。だがぼくは死なない。この手でアンブロスの王、エーレントラウトを討つ」

　この大胆不敵な発言に、ラインマーだけでなく、太っちょのロホスも目を瞠ったが、これまで同じ机を囲みながら押し黙り、酒を呷っていた騎士が過剰に反応した。落ちくぼんだ瞳が特徴的な、弓の名手、騎士ディルクだ。

「ばかを言っちゃいけねえ、坊ちゃん。見たところ、あんたの実力は俺たちよりもはるかに下だ。あんた以外の騎士が王を討つに決まっている。筆頭はあそこで腰を振るヴィム」

　ディルクは、部屋の隅でふたりの女と行為にふける好き者の騎士を指差した。

「もしくはあっちで小僧を抱くローマン。それかこの俺だ。あんたは手柄を立てられない。道中、あのローマンの慰み者になるのが関の山。せいぜい貫かれる仕度でもしておけ。なまめかしく喘ぐ練習も怠るんじゃねえぞ？　弱者は弱者らしく強者の下に敷かれてろ」

「おい、ディルクやめろ。酔っているのか？　戯言とはいえ言いすぎだ」

ふくふくとした手でディルクを遮るのは、ロホスだ。

「少しは頭を働かせろ。俺たちの社会はよほどの力を持たないかぎり、美形にとっては生き地獄。毎日犯され、男娼に成り下がるか、それを苦にして死を選ぶ。彼ほどの容姿だ、絶好の標的だったはずだ。しかし、彼が犯された話を聞いたことがない。ルスランどのは、あのフーゴにも目をつけられていたんだぞ？　それがこうして無事でいる」

フーゴとは、王の計画に選ばれるのが確実視されていた英雄だ。しかし、素行が悪く、お気に入りの騎士を見つければ、へびのようにしつこく絡んで手篭めにしていた。それが、ひと月前にこつ然と姿を消している。代わりに選ばれたのがこのルスランだった。

ふいに、じっとりとした疑念まじりの視線を感じ、ルスランは肩をすくめた。

「その顔、〝フーゴとやらがあまりにもしつこいから殺した〟とでも言ってほしいのか」

「てめえ……」と、ディルクは威嚇するように鼻にしわを寄せた。が、ルスランは、意に介さず額に手を当てる。そして、かすかに笑った。

「それとも、〝計画に選ばれる必要があった。だからフーゴを殺した〟と言えば満足か」

「きさま、あいつを殺りやがったのか！」

がしゃん、とけたたましく机が倒され、皿は割れ、料理や酒が飛び散った。フーゴと仲がよかったのだろう、ディルクはこめかみに血管を浮き上がらせて、ルスランにつかみかかった。が、彼は避けようとはしなかった。硬いこぶしが、思いっきり頬にぶち当たる。

通常、大の男でも吹き飛ぶだろう威力だったが、上体がずれたものの、ルスランは踏んばった。彼は、口から出た血を袖で拭うと、次の瞬間、ディルクを真正面から殴った。

一発ではない。胸ぐらをつかみ、がっ、がっ、と右のこぶしを顔面めがけて叩きこむ。

そのたびに、血が飛び散った。

ルスランは、無表情で殴り続ける。黒髪で隠れていない青の瞳は、なにも映していないのか、硝子玉のようだった。怒りを宿すというよりも、ひたすら静かだ。

「ルスランどの、これ以上は。相手は酔っ払いだ」

もしもロホスに止められていなければ、どうなっていたかわからない。ルスランは、ようやくひとつ深呼吸をする。

彼はなにもなかったかのように、ローンのハンカチを取り出し、血塗《ちまみ》れの手を拭いた。

そして、床に投げ捨てる。

皆の視線を身に受けながら、彼はきびすを返して会場を出て行った。


かつん、かつんと靴の音が鳴りひびく。回廊に影が長く伸びていた。

ルスランは、血が混じった唾を吐く。手で口を拭うと、かすかな虫の声に気がついた。

以前の彼は、この音を聞くなり眉をひそめていたが、もう、ひそめることはない。

思い出すのは、虫が嫌いな彼のために、せっせと虫退治をしてくれたジアのことだ。

『だいじょうぶよ。ジアが絶対にルスランを守るわ』

これは、彼女がたびたび口にした言葉だ。騎士の気分でいるのだろうか、毎回すまし顔だった。蟻《あり》の行列を、手でぱっ、ぱっ、と散らしたり、ルスランに虫が近づかないよう果敢に戦った。蜂《はち》を追い払った時には逆に刺されてしまい、痛みをこらえて、うっ、うっ、と泣いていた。さすがに百足《むかで》や毒蜘蛛《どくぐも》は怖かったようで、その時ばかりは震えていた。ちびのくせに、精一杯の勇気をふりしぼっていたのだろう。

へびがどうしても苦手なようで、見つければ、慌てて彼の背中に隠れていた。彼もまったく得意ではなかったが、良いところを見せようと、ぎゅっとへびをにぎって『こんなものが怖いのか？』と強がった。結構な太さのへびにも、必死に平気なふりをした。

見栄をはり、ひそかに取り繕ったり、あくせくしたり。我慢するのは、余裕がなくて大変だったが、彼女がはじけるような笑みを浮かべてくれるから報《むく》われた。

彼女をひざにのせると、必ず髪をかき分けられて、両の瞳を見つめられていた。

『ルスラン、わたし、この金色の目が好きよ。こっちの青色の目も好き。とてもきれい。ねえ、このふたつの目で見る世界は、どんな色をしているの？　いままでこの目でなにを見てきたの？　きっと、ジアが想像もできないすごい世界を見てきたのね。ルスランの物語は、一体どんな物語なのかしら。いつか、聞いてみたい』

──いつかと言わず、聞きたいのなら、いくらでも聞かせてやる。

彼はかつて、なぜ金の瞳を持って生まれたのかを考えたことがある。意味などない。それが導きだした答えだったが、しかし、近ごろは、意味はあると思うようになっていた。

右目が金色でなければ、彼女と出会えていなかった。幸福とは言いがたい出自も、置かれていた境遇も、いまとなっては、出会いのために欠けてはならない要素のひとつだ。

彼にとって、金の瞳はおぞましいものだった。己のすべてを壊してきた元凶だ。

人から聞くに、両親は、政略結婚だったが大恋愛をしたらしい。絵に描いたような幸せな夫婦で、息子が生まれるのを心待ちにしていたそうだ。しかし、待望の息子の片目が金だと知ると、亀裂が走る。父も母も互いから目を逸らし、それぞれ愛人のもとへ走った。

それもあるのだろう。幼少のころより、ルスランは他人に興味がない。母に捨てられ、父は家に寄りつかず、金の瞳に怯える者に囲まれて育ったのだ。当然とも言える。

かつて、犬をたくさん飼っていたことがある。正しくは、父が飼っていた番犬だ。特に懐かれなかったし、興味もなかったが、ある日、唸られ、がぶりと噛まれて血が沸き立った。視界が真っ赤に染まったようだった。気づけば犬を殴り殺していた。その時父はすみやかに、家から残りの犬を遠ざけた。

金色の目は、悪魔の目。それが、その日はっきり形となって現れた。

それでも彼は人に逆らうことなく、従順な息子だったといえるだろう。父の言いつけどおり毎日剣の稽古に勤しみ、また、侯爵家の跡取りとしての自覚を持ち、習得すべき学問もおろそかにしていなかった。それしかやることがなかったからだが、責任感は強かった。

転機が訪れたのは、剣を捨てる決意をした六歳の時だった。屋敷に男が侵入した。奇《く》しくも事件は、父が番犬を遠ざけた数日後。喉が渇いて夜中に起きたルスランは、見知らぬ男と対峙した。返り血を浴びていた男は、召し使いを次々犯し、殺した帰り道だった。

男は、自分の顔を目撃した少年に少しも容赦はしなかった。しかし、襲い来られても、なんら恐怖を感じない。殺される気はしなかった。手近の棒を手にした身体が勝手に動き、自分の強さを感じただけだ。剣を奪えば、男が情けない声を上げたものだから、それがおかしくてたまらなかった。

男に命乞いをされてわくわくした。助けるはずがないだろうと蔑んだ。少しの希望を見せてやってから、すぐに絶望を味わわせるのは、なんとも言えない高揚感があった。

ルスランは、夜が明けるまで、ぐちゃ、ぐちゃ、と、とうに事切れた男を刺していた。我に返ったのは、起床した女のつんざく悲鳴を聞いたあとだ。

剣を捨てたのは、罪のたぐいを感じたからではなかった。衝動を抑えられない自分の力のなさにうんざりしたからだ。金の瞳に負けたのだ。自分をのっとられる気さえした。本を選んだのは、他人ではなく、己の狂気に打ち勝つためだった。

それからのルスランは、外を好まず極力屋敷のなかにいた。金の右目のせいなのか、たまにわけもわからず血が煮えたぎることがあったが、その苛立ちを、知識を求める力に変えた。自分は勝てると信じていたし、少なくともあの日までは勝っていた。

『おまえ、いらない子なんだろ？』

十一歳。父に連れられ王城に行き、王に謁見した帰りのことだった。よく知らない子どもに突然話しかけられた。わずらわしかったが、父はほかの貴族との会話にいそしんでいたし、終わりを待たねばならなかった。ルスランは、動くわけにもいかずに無視をした。
　突っかかってくる子どもは、同じく貴族の子弟で、本日の式典に出席していたようだった。それは、バルツァー国の貴族の男が、十二を迎える年に必ず参加せねばならないたぐいの催しだ。ようは、この日を境に成人し、女を抱く権利と義務を課せられる。ルスランは、早速父に『今夜から女を向かわせる』と宣言されていた。
《我らが家系は古いせいか子に恵まれにくい。私が若くしておまえを得たのは数をこなしたからだ。おまえも早く女を覚え、アストリットを娶れ。指導の女が孕もうとも構わない。あちらも了承済みだ。生まれた子は終生バルヒェット家が援助する。多く励め》
《いやだ》
《おまえはバルヒェットの嫡男だ。弟がいない以上替えはない。どれほど母親を憎もうとも、おまえはあの女の血を引いている。あれの尻拭いはおまえがするのが道理だ。少なくとも男児を三人、アストリットに産ませろ。それがおまえの義務であり、血の償いだ》
　――くそ、なにが義務だ。
『きさま、このぼくを無視するなっ』
ただでさえ、ルスランはこの上なくむしゃくしゃしていたのに、子どもの顔が近づいた。
『おい、悪魔。隠してもむだだぜ？　おまえの髪の下の目は、悪魔の金色なんだろう？』
　ぼくは知っている、と続ける少年が言い切る前に、ルスランは、彼の胸ぐらをつかんでいた。その手は知らず震えていた。剣を捨ててから、平静を心がけてきたというのに。

『誰に聞いた』

屋敷には箝口令《かんこうれい》が敷かれているし、父も言うはずがなかった。それに、ルスランは物心がついた時から、右目を髪で隠している。この金の瞳を、他人は知らないはずなのだ。ルスランが、『言え』と鼻先を少年の鼻に寄せれば、彼は『放せ悪魔』とはき捨てた。

『おまえの母親からさ。いまあの女はぼくのお父さまの愛人だ。酔って話していたぜ。悪魔を産んでしまったって。右目が金だそうだ。なあ、金の目といえばバルヒェットだろ。おまえしかいないよな？　早くその髪をどかしてみろよ』

さらに首もとをひねり上げてやると、うめいた少年は、押し殺すように笑った。

『……おまえなんか怖くないぞ？　ぼくのお兄さまは先の武道の会で四位だったんだ。すごく、すごく強いんだぞ？　ぼくが言えばおまえなんかこてんぱんにやっつけてくれる』

『四位？　だからどうした、うじ虫め』

うじ虫という言葉が気に入らないのだろう。少年の顔がみるみるうちに真っ赤になった。

『このぼくをうじ虫だと？　ふざけるな！　おまえなんか母親に生んだことを後悔されるいらない子じゃないか。悪魔。男のくせに女のような顔をしやがって。おまえなんか男になりそこなった男だ！　うじ虫よりもはるかに劣る道端に転がる糞。それがおまえだ！』

ぺっ、と顔に唾をかけられた。血がぐつぐつと煮えるのがわかった。しかし、その後の記憶ははじけ飛んだ。

自分を取り戻したのは、父に思いっきり殴り倒されたあとだった。床には血だまりがあり、そのなかで、子どもが小刻みに震えながら転がっていた。口を押さえているようだ。

『ルスラン！　おまえはなんということを……。まずは彼に謝りなさい！』

じくじくとした手の痛みに気づいて見下ろせば、白いかけらがついていた。歯だろうか。

『死んでも謝るものか。こいつはゆるさない。そこまで謝らせたいのなら、ぼくを殺せ』

その夜だった。父により、強制的にアンブロス国送りになったのは。

当初、ルスランは女を抱かずに済んでほっとしていた。潔癖の彼には耐えがたく、吐き気をもよおすことだったからだ。しかし、用意された馬車が侯爵家の黒塗りのものではなくひどいぼろ馬車だと知った時、調子が狂う。馬は二頭ではなく一頭だけで、しかも、見たこともないほどの、みすぼらしい毛のぶち馬だ。彼は、女で吐かずに済んだと思っていたが、地獄のような馬車酔いで、何度も吐くはめになった。

道中、野良犬を拾ったのは完全な気まぐれだ。とぼとぼと歩くぼろきれのような犬を見て、眉をひそめたもののなぜか手を差し伸べた。御者にがしがしと洗わせても犬はぶさいくで、汚れだと思っていた毛は地毛だった。毛艶も悪く、およそ貴族が連れるにはふさわしくない犬だ。しかし、尻尾を振りたくるさまは、なかなか愛嬌があると思った。

『いいか、ぼくを怒らせるな。おまえの飼い主はけだものだ。主従をわきまえろ』

一言一句、つぶらな瞳を見据えて言う。ずぶ濡れの犬が応えるようにぶるんと身を震わせると、辺りに水しぶきが飛び散った。派手に浴びたルスランは、恩を仇で返されたとしか思えなかった。怒鳴りつけたかったが、わななきつつも怒りを抑えて自分に勝った。

『早速主従の誓いを破りやがって。ばか犬め。……だが、ぼくは大人だ。特別にゆるし、おまえに名を与えてやる。ヴォルフだ。ありがたく思え』

ルスランの当時の誤算といえば、ぼろ馬車が信じられないほどの田舎に到着し、荷物を下ろしたとたん、勝手にバルツァー国へ戻ったことだった。彼は、見も知らぬクレーベ村にぽつんと取り残されることになった。心底、犬を拾って良かったと思った。

毎日が退屈で、しけていて、気が狂いそうだった。本を読むか、犬をしつけるしか選択肢はなかった。村には同年代の子どもが複数いたが、ともに遊ぶような性格ではなかった。それればかりか、『薄汚いガキどもめ、ぼくに近づくな』と悪態をつき、早々に嫌われた。

普段の彼であれば、走り回る犬を追いかけたりなどしなかっただろう。しかし、未開の村が投げやりな彼を外に出向かせ、歩かせた。ぼこぼことむきだしになった木の根っこや、苔がむすさま、不気味な花やきのこに、濃厚な青い空。虫が湧いているのにはぞっとしたが、これが村の日常なのだと次第に受け止めた。

つい、森の奥深くに入りこんでしまった時だった。うそのように美しい青緑色の池を目にしたとたん、息をのんで見惚れたが、どこから来たのか、すぐさまたくさんの白い鳩が、勢いよく体当たりしてきて驚いた。苛立ちながら腰につけた剣に手をやった。すると、『やめて！』とすかさず止められた。

ルスランは、この日、ニンフのような真っ白なジアを見つけたのだった。

ジアと過ごしたのは十か月――。正しくは、三百七日だ。

出会ったその日に、彼女はずかずかと彼の内に入りこみ、勝手に頭のなかを占拠した。初っぱなの夜から、彼女が浮かんできて大変だったし、夢にまで現れ、夢精した時には、うそだろう？　と心底落ちこんだ。しかし、ジアに会わない選択肢はまったくなく、翌日彼女を訪ねれば、無邪気な顔を向けられて、沈んでいた自分がばかばかしくなった。

ジアは、ことあるごとに『たくさん教えてくれてありがとう』と言ったが、教わったのは自分の方だ。冷めきっていた彼は、喜びと、高揚と、かがやかしさ、せつなさといった、抱いたことのない思いを知った。

だが、その充足感がいまは消えていた。なにもかもが虚しくて、褪せていて、すべての五感は味気なくなっていた。

彼女が生きていると確証が持てない以上、気は張り詰めたままでいた。ろくに眠れず、薬を使う時もある。時々、最悪の事態を考えて、絶望が襲ってくる。

黒い髪の隙間からのぞく青い瞳は、疲労を宿しているが、その下に刻まれているくまは、彼の闇を表しているかのようだった。彼は、色濃い悲壮を纏っている。

――もしもあの時、きみを連れて国に帰っていたらどうなっていただろう。

それはくり返し自問自答することだった。しかし、毎回だめだと首を振る。クレーベ村からバルツァー国への道程は命がけだった。騎士のマテウス以外にも、父の部下が合流したがほぼ死んだ。また、道中追っ手をごまかすために、見知らぬ人を盾にした。その過酷さに、自分の力のなさを思い知り、四年前はラースに手紙を託すしかなかった。

だが、力をつけたいまなら自信を持って言えるのだ。ジアを捜し、連れ出せる。

――ぼくが、絶対に見つけて守る。

＊　＊　＊

旅立ちの日としては、考えうるなかで最悪な日であった。まだ朝だというのに、まるで黄昏《たそがれ》時だった。ざあざあと雨が地を打ち、視界は悪い。時折ひらめく稲光。蹄鉄の音は、轟《とどろ》く雷鳴と止まぬ風雨にのまれて消えていた。

雨は、三日間降り続いているため、橋は流され、迂回を余儀なくされていた。気温が急激に下がったようで、吐く息は白かった。マントを着ようが、ローブを重ねようが、効果はない。全身もれなくずぶ濡れで、底冷えがひどかった。

馬上のルスランは、どんよりとかすむ山を眺める。あの山を越えればアンブロスだ。四年前、ラースに手紙を届けさせた時よりも、状況はすこぶる悪かった。いま、アンブロスは完全なる鎖国状態だからだ。

バルツァー国とアンブロス国の戦争は、すべてがバルツァーの地で行われる。それはアンブロスの国土がバルツァーよりも極めて小さいこともあるが、かの国は絶壁と深い森と海に囲まれた、秘境と言える土地だからだ。ようは国全体が天然の要塞だと言える。入国するためには限られた道しかなく、また、要所要所に罠も張りめぐらされており、攻め手に不利すぎる国だった。バルツァーは、アンブロスよりもはるかに国力がありながら、終わりのない戦いを強いられている状態だ。それを打破すべく向かうのが十名の騎士たちだ。

ようやく国境付近の砦にたどり着いた十名の騎士たちは、雨をやりすごすことにした。

砦の内部は薄暗く、陰気な空間だ。壁には大きな蜘蛛の巣がはっていて、床は不気味に黒かった。ほのかに腐ったにおいが鼻につく。腐乱した死体特有のものだとわかる。

潔癖なルスランは、汚れた砦が気に食わなかったが、雨に当たるよりはましだと考えた。古ぼけた椅子に濡れたマントを置いて、服を脱ぐ。布で髪を拭っていると、よこしまな視線を感じて目をやった。騎士のひとりがこちらに熱い視線を向けていた。

「ぼくを見るな。目玉をえぐり出すぞ」

すげなく告げると、騎士は意味深長な表情を浮かべたが、その場を立ち去った。

舌打ちをすると、近くで全裸になり、身体に香水をつけるラインマーが口出しした。

「あいつはローマンだ。やつは男が大好きでね、暇さえあれば誘ってばかりいる。ちなみに、私も女の気分を味わいたくて男と寝てみたことがあるが、屈辱的だった。好き者でないかぎりおすすめはしない。余計な好奇は捨てるべきだ。返すがえす寒気がするね」

くだらない、とばかりに無視していると、ラインマーは話を切り替えた。

「貴公は、なぜわが国とアンブロスが争っているのか知っているだろうか。七年前に、王のいとこのペトロネラさまがアンブロス国に嫁いだのは覚えているだろう？　エーレントラウト王の第三の妃になったんだ。しかし、彼女は処刑された。罪状は不貞だ。これが公《おおやけ》の見解だが……解せない。あの方は不貞を働けるような方ではないからだ」

わかるだろう？　と同意を求められたが、ルスランにはさっぱりだ。興味がないからだ。

「大きな声では言えないが、ペトロネラさまは大変な醜女《しこめ》だ。男が相手をするとは思えない。莫大な金でも積まれないかぎりは無理だ。よって、不貞はうそだと推測できる」

ルスランは、エーレントラウト王のことを考えた。四百年を生きる神だと言われている。

「四百年というのは疑問だ。じじいが子を作れるはずがない」

「そうだな。四百歳は性欲など枯れ果てているに違いない。とんでもないじじいでミイラ。しかし、王にはつねに五人の妻がいて子が生まれているのは確かだ。妻は二十五で引退し、新たな妻が迎えられるらしい。ペトロネラさまは初の国外からの妻だった」

ラインマーは、「まだある」と続ける。

「本来、エーレントラウト王の妻になるのは、ペトロネラさまの妹、マリーアさまだったが、実際に嫁いだのはペトロネラさま。勝手に美女から醜女に変更されたのだから、アンブロス国の怒りのすさまじさは想像に難くない。しかも、マリーアさまはメーベルト公爵に嫁いだが、長きにわたりわが国の王の愛人だ。貴公の母君もそうだったが」

「あいつのことを話に出すな」

「はは、冷たいな。で、つまり王は、マリーアさまをそばに置きたいがために、嫁ぐ娘を変更したというわけだ。あちらの国にしてみれば、これほどばかにされた話はない。事実、ペトロネラさまは嫁いで一年足らずで処刑だ。その後、小競り合いからついには戦争へ」

ルスランは、ぎりぎりと奥歯を噛みしめた。

「そのようなくだらない理由で戦争が？」

「これしか理由が見当たらない。まあどのような理由があるにせよ、われら騎士は存分に戦い勝つだけさ。さてさて、計画では各々が自由に進み、二週間後の朝までに城下町で合流する、だったな。どうだ、旅は道連れ。貴族同士ともに行動しようじゃないか。ん？」

「断る」

ラインマーは目を瞠る。まさか、ぴしゃりと断られるとは思っていなかったのだろう。

もの言いたげな彼が口を開く前に、ルスランは濡れたマントと服をわしづかみにし、奥のほうへ歩いて行った。


十名の騎士のうち、もっとも早くアンブロスに入国したのはルスランだった。彼はほかの騎士たちが酒盛りするなか、雨が弱まる気配を見せるやいなや、人知れず砦を後にした。

夜は深く、月も分厚い雨雲に隠されて、辺りは必要以上に暗かった。しかし、彼は生まれながらに夜目が利く。それでいくつも武勲をたてた。

馬を国境まで走らせ、乗り捨てる。その後は闇に紛れて徒歩でゆく。

途中でアンブロスの兵の一行を見つければ、彼らの後を追いかけて、一番後ろを歩く男の首を折る。すみやかに死骸から身ぐるみを剝がし、アンブロスの兵になりきった。

纏ったアンブロスの服は特徴的なものだった。『鳥の王国』と呼ばれるだけあって、遠目で見れば鴉のようだ。バルツァー国ではアンブロスを蛮族の国として扱うが、装飾などは凝っていて、文化水準の高さがうかがえた。

兵のあいだで私語はない。まるでひとつの魂を共有しているかのようだった。宗教国家らしいといえるが、彼にとっては寡黙は都合がよく、難なく罠や門を通過できていた。

国境付近にある町はなかなか大きな町のようだった。彼は、かつてクレーベ村まで行き来はしたものの、往路は馬車のなかでふてくされていて、ろくに景色を見なかったし、復路は命がけで余裕がなくて、町の様子は記憶に残っていなかった。

兵とともに行動するルスランだったが、途中で彼らと距離を取り、道を外れて身を隠す。高い建物のくぼみに入り、簡素な服に着替えた後で、じっと空を見上げて夜明けを待った。

空が徐々に白んでいくと同時に、町の全容が現れる。

建物よりも、町の中心にそびえ立つ石像がよく目立つ。真っ先に、雲間から顔を出す朝日が、神々しくかがやかせるのはその白い像だった。

それは、人々が信仰している神である王、エーレントラウトの像だった。王の顔は、すっぽりと鳥のようにくちばしがある頭巾で覆われ、隠れている。長いローブに羽の形のマントをつけて、立ち姿はいかにも鳥の神のようだった。手には長い杖を持ち、その先端には翼を広げた黄金の鳥があしらわれ、台座にも鳥の像が集っていることから、アンブロスの鳥へのこだわりは異常に思えた。まさしく鳥の王国だ。

それを後目に道を進めば、多くの鳥が目についた。灰色のまだら模様の鳩や、雀《すずめ》や鶏。ルスランは、首をひねりたくなっていた。クレーベ村では、ジアは鳩と仲良くしていたが、村人は興味を示さず、そればかりか邪険にしていたほどだった。しかし、いまいる町では、建物に鳥の紋章や鳥の木彫りがあちらこちらに飾られており、人々が着ている服の模様も、鳥に関連しているものが多かった。通りすがりの女の髪留めまでそうだった。

食事処も異様な光景だ。牛や豚、よくわからないけものの肉はあっても、鳥の肉だけは存在しない。人はたまごをやけにありがたがって食べている。

その後、食事を終えた彼は、旅の仕度を調えるべく露店に行った。店を渡り歩いて、女性ものの服を買う。服のほかにも、緑色のマントと、ジアの髪を飾るりぼんも用意した。

ひと通り目当てのものを購入し、歩いていると、鋭い視線に気がついた。気配をたどれば、高台や木の幹に止まっている鴉や鷹が目に入る。猛禽たちは、町全体を監視しているかのようだった。目の端にちらつく王の像をふたたび見やれば、錫杖《しゃくじょう》を持つ王が、鳥そのものに見えてきた。

妙に頭がくらくらする。早く王を殺してジアを連れ、この国を出て行きたいと思った。

ちょうど大きな屋敷の前を通った彼は、思いついたかのように厩《うまや》にしのびこみ、足が速そうな馬をかすめ取る。それに跨がり、かかとで腹を小突けば、見込んだとおりに馬は颯《さっ》爽《そう》と駆け出した。

目指すは、ジアがいるクレーベ村だった。

道中、犬が鳴いていた。ルスランは、拾った犬のことを思い出す。

ヴォルフと適当に名づけたが、見た目は小汚くても愛嬌があり、それが個性になっていた。五年前、急遽村を去ることになり、夫婦に託し、置き去りにするしかなかった犬だ。

これまで彼は、ヴォルフのことを考えていなかった。大抵の思案の時間はジアに費やしていたからだ。馬を走らせるなか、この時ばかりは、唯一自身が手を差し伸べた犬のことも考えた。尻尾を振る姿を。座る姿を。しかし、不穏な影を感じて思考を止めた。

——追いはぎか。

馬を下りたルスランは、腰から剣を引き抜いて、いまにも襲って来そうなごろつきに目を走らせる。六人だ。

とまどいや容赦のない者はいやでも強くなる。敵は敵、彼は躊躇《ちゅうちょ》などしない。潔癖は直らなくても、返り血を浴びることには慣れていた。血のにおい、断末魔。すべてがどうでもいいものだ。邪魔な追いはぎたちをすべて片づけ終えたころ、ヴォルフが自分を覚えているのなら、連れ帰ってやるかとぼんやり考えた。

彼は、小川のほとりで服を脱ぎ、汚れを洗う。相手の剣がかすめたのだろう。腕がしみたが、ぺろりと舐めてごまかした。その後、なにもなかったかのように馬に跨がった。

途中でジアが好きな果物を見つけて、ポケットにつめこんだ。その後、仕掛けられた罠にかかって馬が使い物にならなくなったが、また、誰かの馬を強奪し、クレーベ村までひた走る。兵と戦い、山賊と戦い、村にたどり着いたのは五日後だ。

彼は、五年のあいだジアを思い続けて、己を律して力をつけた。村に近づくにつれ、もうすぐ彼女に会えるという期待から沸き立つ心をひたすら抑えていたが、限界に達して我慢を諦めた。ジアならば、いまの自分をすべて受け止めると確信していたからだった。

――ジア。

相変わらずの舌足らずな声で、『ルスラン』と、笑顔を向ける彼女が見えた気がした。

馬を下りた時、彼は首をひねった。違和感を覚えたからだった。具体的に言葉にできるたぐいのものではなく、なにかがおかしいといった直感だ。

木々は依然としてもっさりしていて、古ぼけた水車がのどかに回る。土や草のにおいを感じる。あひるの群れを小さな子どもが蹴散らす姿があり、だらりと寝そべる牛や豚、畑を耕す者や、談笑する者がいた。五年前とさして変わらない、クレーベ村の日常だ。

だが、辺りをうかがう彼は、釈然としない面もちで歩いていた。

そして、ほどなく気がついた。いままで見た景色のなかで、知った顔がいないのだ。ひとりたりとも存在しない。心臓が嫌な音を立てはじめ、大股で道をゆく。

彼は、人付き合いが盛んだったとは言えないが十か月を過ごしている。毎日ヴォルフと散歩していたため、朝、岩に座る老人やふくよかな婦人を見かけた。しかし、それらが一切ない。老夫婦が住んでいたはずの家には、若い夫婦が和気あいあいと花を植えているし、村長がいるはずの家には、骨のような細い男が我が物顔で「ただいま」と入っていった。それは、ルスランは、ジアのもとに駆けたい足を無理やり自身が過ごした家に向かわせた。それは、父が雇っていた下男の両親の家だった。近づけば、格好良いとは言いがたい蔦のアーチやベンチが現れる。かつて、犬の散歩後あのベンチに腰掛けていた。

足を踏み出そうとしたルスランは、しかし、すぐにやめた。見たこともない少年が、家から出てきたからだった。彼は、「おい」と呼び止める。十歳ほどの少年だ。

「ここはおまえの家か」

すかさず「そうだよ」と答えが返り、彼は眉をひそめたが、話を続ける。

「いつからここに住んでいる」

「いつからって……、ずっと前から。生まれた時からここにいるよ」

頭の整理が追いつかなくて、身体がこわばった。背中から汗もにじみ出る。まるで、村全体の住人が、すべてすげ替えられているようだ。

ルスランは、話しかけてくる少年を無視し、ジアの家へと駆け出した。

そして、それを見たとたん、彼は、くずおれそうになった。

ジアが祖父と住んでいた家は、以前も村で一番とも言えるあばら屋だったが、いまはさらにひどかった。けものが体当たりをしたのか、壁には大きな穴が空いていた。

懐かしい大きなブナの樹はあるが、ジアが勉強していた机はくずれて倒れていた。

ルスランは、震える手で家の壁に手をつき、穴からなかをのぞきこむ。やはり、けものが壊したのだろう、独特の野生的なにおいがした。

屋内はひどいありさまだ。壁にかかる布はびりびりに裂け、荒らされていた。床には道具や、縄が散らばり、人が生活している様子はない。長年放置されているようだった。

「ジア！」

さけんだけれど声がひびくだけだった。返事はない。ルスランは、もう一度彼女を呼びながら、奥の部屋へ進む。扉を開ければ、差しこむ光に浮く埃がちらついた。部屋は、彼女と祖父が去ってから誰も入っていなかったのだろう。ふたりの毛布は確認できるが、長い時を経ているようだった。

彼は、池を目指して地を蹴った。確認せずにはいられない。頼む、いてくれと、懇願しながら、彼女の名前を口にした。

道は悪路だ。うねった木の根っこが見えないほどに、草は生え放題だった。

『この道はおじいちゃんがね、定期的に草をとっているの。草をとらないと、道が塞がっちゃうのですって。だからね、ジアもたまに手伝うわ』

ルスランは、違う、と首を振る。頭のなかでは、誰もいないから道がないと理解はできても、拒否をした。すべてがわかっていても、認めたくないのだ。絶対に。

草をかき分け、ひたすら道なき道の奥を目指して歩く。かつてふたりで手をつないで歩いた道だった。息を切らせてたどり着いた先にあるのは、深い森に囲まれた、幻想的な青緑色の池だった。あの時のまま、ひっそりとそこに広がる光景だ。

ジアが座っていた岩がある。ふたりで互いを確かめあった場所がある。ルスランは、気づけば池のなかに立っていた。

いくら辺りを捜しても、ジアどころか人の姿は見られなかった。ジアの名前を呼べば、声は森にこだました。

祖父が気に入っていた温泉を捜してもだめだった。日が沈みかけた時、上流まで進み、彼女の

アが住んでいたあばら屋に戻った。身体は疲弊し、汗だくで、泥まみれになっていた。

壁に手をつけば、肌には小さな傷が無数にあった。草や木が擦れて傷がついたのだ。その痛みに少しも気づけないほど、彼には余裕がなかった。

鬼気迫る勢いで、彼は家のなかを物色する。手がかりを見つけるためだった。辺りが暗くなっても、ろうそくに火をつけて隅々まで捜す。

彼女が寝ていた部屋へ行き、毛布をまくりあげた時に、ジアの言葉が脳裏に浮かんで手を止めた。あれは、彼女と出会って三か月ほどしたころの、たわいない会話だ。

『きのうね、おじいちゃんがやっと作ってくれたの』

『なにを作ってもらったんだ。おまえはいつも目的語がない。言えって言っただろ』

『ルスランが前、黒いりぼんをくれたでしょう？　あれ、ジアの宝物なの。宝物はたくさんあるわ。お父さんが作ってくれた木彫りの鳩に、お母さんが作ってくれた服とハンカチ。あとね、おじいちゃんが作ってくれた木彫りのくまに、それからおばあちゃんのブローチ。

ジアはおばあちゃんに会ったことがないけれど、でも、おじいちゃんがくれたの』

『おまえは祖父に、木彫りのくまをやっと作ってもらったのか？』

ジアは、ううん、と首を振る。ジアの話は要領を得ず、回りくどいのが玉にきずだ。

『くまじゃなくて宝物をしまっておくところのこと。床にね、ぜんぶ入れられるの。夜眠る前に眺めてから眠るのよ。それが好きなの。するとね、いい夢を見られる気がする』

ルスランは、「床……」とつぶやいた。

彼は早速、床に置かれたものや布をどかして、埃を被ったそこを手で掃いてゆく。部屋に塵が舞い、目にごみが入るし、喉がいがいがして大変だったが、やめずにいた。すると、ほどなくして、床に小さな取っ手を見つけた。引いて開ければ、最初に目に飛びこんだのは、村を去るルスランが彼女に渡した高価な本の数々だ。十冊、まるまるあった。

「なぜ……。本は売れと言ったのに。家の修繕や日用品を買えって、言ったのに。食費にしていないのか……服を、買っていないのか……。金もなく、貧しいくせに」

ジアと彼女の祖父は痩せていて、村で一番貧乏で、栄養状態がつねに心配だったのだ。だから、下男の両親が作ったパンや食事をこっそり持ち出してはジアに食べさせようとした。しかし、彼女はひとりじめを好まずに、必ずそれを半分こにし、祖父に残すような性格だった。わかった上で、彼は金になる物をすべて置いていったのだ。売れば、ゆうに村一番の金持ちになれたはずだった。

——きみはばかだ。本は宝物なんかじゃない。しまうのではなく、売らなきゃだめだ。

彼は、床の底にしまわれたものを次々と取り出した。ひと目見て、唇を噛みしめる。

別れの日に渡したボタンやブローチ、宝石は手つかずのまま布に大切そうに包んであった。彼女が言っていた、木彫りの鳩にくま、服とハンカチに古いブローチも大切そうに置かれていた。きれいな石や木の実にどんぐり、形のいい葉っぱは、拾い集めたお気に入りのものだろう。おびただしい数の白い風切羽は、鳩たちだ。そして、古いりぼんがいくつも出てきたが、彼女の両親が用意したものだと思われた。ルスランが伝書鳩につけて飛ばした手紙も、宝物扱いしていたようで、乱れないようりぼんで束ねてあった。

彼が字の練習に渡した紙もきれいに揃えて置かれていた。一枚目には、ぐりぐりと下手な文字が綴られていて、彼はそれに目を走らせる。自分宛ての手紙の下書きなのだろう。

【ルスランおげんきですか。ジアはげんきです。おじいちゃんもヨハンも鳩たちもげんきです。うれしいです。ヴォルフが家族になりました。すごくいいこで、果物をたべました。いつもルスランのことを考えています。きのう、夢に出てきてくれてありがとう。今日も夢に出てきてね。いつも大好きよ。愛してる】

彼は、ぐしゃりと髪をかき上げる。ジアがせっせとこれを書く姿が想像できた。

――ジア、どこにいる。迎えに来たんだ。

その後、何度も手紙を読み返したが、床下の奥にある、幾重にも包まれた小さなものに気がついた。なかを確認したとたん、彼は目を瞠って息をのみ、床にこぶしを打ちつけた。

「ばか、肌身離さずつけておけと言ったのに……なぜ宝物扱いなんかしているんだ」

彼の手にあるのは、金の首飾り。ジアを妻にすると誓って、彼女の首にかけたものだ。

家の紋章が刻まれたその首飾りは、悪魔侯ディーデリヒが唯一愛した女性のために作らせたものだった。しかし、女性は子を産んだと同時に儚くなってしまった。打ちひしがれた侯は、彼女が産んだ我が子に、彼女に渡せなかったそれを渡し、子を生涯慈しんだという。以降、その秘宝は代々バルヒェット家の嫡男の証となっていた。

――首飾りごと、きみを迎えると言ったじゃないか。

ルスランは、ぐっとそれをにぎりしめた。そして、もう一度こぶしで床を叩いた。


彼は、朝まで一睡もすることなく、ジアが使っていた部屋にいた。次の日も、その次の日も、寝食を忘れ、村一帯を捜してさまよった。

家がけものによって穴を開けられていることから、最悪な想像が頭をよぎったが、それだけはだめだと可能性ごと排除した。もはや、生きているとしか信じたくはなかった。

このまま彼女を捜したかったが、時間がそれをゆるさない。王の暗殺計画の集合時間は、刻一刻と迫っていた。彼は、またここに戻ると決めてクレーベ村を立ち去った。

途中で疲労のあまり落馬しそうになったが、この時、ろくに食事をしていないことに気がつき、身体につめこんだ。眠れず、芥子を入れた薬をのんで無理やり目を閉じた。

王都までの道のりは検問の連続で、彼は、奪ったアンブロス兵の服を纏ってやりすごした。気づかれそうになればすかさず相手を片づけたが、情報収集も忘れなかった。

「二日前、鳥王さまに御子がお生まれになったそうだ」

鳥王とは、アンブロスの王エーレントラウトのことらしい。出産したのは第二の妃だ。王には五人の妻がおり、四百年のあいだに数えきれないほど子が生まれているという。

アンブロスの各地を治める領主は、いずれも王の子どもで、貴族も皆、王から派生した子孫だそうだ。つまり、この国の特権階級は王の血族のみで構成されている。

「御子をお産みになったばかりのフリーデさまは、本当に引退されるのだろうか」

「ああ、例外なくだ。あの方は二十五になられたからな。妃替えの儀は行われる。新たに第二の妃の座につくのはイジドーラさまだ」

知らず、ルスランの眉間にしわが寄っていた。彼らの話によると、王の妃は特権階級から選ばれる。つまりは王の子孫だ。その子孫が王の子を産み、それがくり返されている。余計な雑味を入れずに、血統を守るためなのだろうが、ルスランには不気味で理解ができないことだった。

七年前、バルツァー国の王のいとこがエーレントラウトに嫁いだが、彼女は処刑されずとも、王の子を産むことはなかったのだろう。王の血を引かない王女は、資格を有さない。

「おい、貴族が貴族以外と結婚することはありえるのか」

ルスランは、アンブロスの兵のなかでも、比較的おとなしそうでまぬけに見える者を選び尋ねた。本当にまぬけだからか、いかにも怪しいこの新参者を疑っていないようだった。

「なんだ、きみはお貴族さまに恋でもしたのか？　ああ、やめとけ、完全に不毛だ。なにがあろうとお貴族さまはお貴族さまとしか結婚しない。天上のお方たちは、皆、神の血を引く清き方だ。罪人《つみびと》である穢れた俺たちなど視界に入るものか」

　それは、いかにも宗教国家に住まう者らしい言い回しだった。どうやらアンブロスは、王だけではなく、王の血族間でも、近親婚がはびこっているらしい。

「鳥王は、四百年以上生きていると聞くが、王の子も長寿なのか？」

「それは違う、俺たち罪人と同じ寿命さ。鳥王さまの御子は人として地を治めてくださっているが、鳥王さまは神として四百年以上もわれら穢れた罪人をお導きくださっている」

　話の途中で、なぜか男が目をまるくする。ルスランの背後を注視しているようだ。

「見ろ。宰相さまだ。お出ましとはめずらしい。相変わらずうるわしいお方だな」

　言葉につられて男の視線を追うと、二頭立ての馬車が見えた。その開いた扉から降りてきたのは、長い銀色の髪の男。白い衣装は、どことなく鳥を意識しているようだった。

　二十代半ばほどだろうか。遠目に見ても、整った容姿であるとわかった。

　銀の髪の男は、車内の者をエスコートしているようだった。続いて登場したのは、金の髪の小柄な娘だ。どうやら、馬を替えるためにひとまず下車したらしい。

「ああ、なるほど。宰相さまは、鳥王さまの新たなお妃をお迎えに上がられていたらしい。見てみろ、新たな第二の妃になられるイジドーラさまは、ああも愛らしいお方だ」

　とはいえ、他人に興味を持てないルスランは、きびすを返して場を去った。

二章

　雨が降っていた。しかし、雲間からは光が差していた。

　やわらかな雨に打たれ、無心で馬を走らせていると、心は過去に引き戻される。どれほど現実が進んでいても、知らず過去にすがるのだ。

　くるくると変わる表情と、大好きだと紡ぐ唇と。彼女を象《かたど》るすべてのものが、日を追うごとに色濃くなった。いまでは抱えきれずに、頭のなかではじけてしまいそうだった。

　ルスランは時折馬を止め、自身の首もとに手を当てた。衣服の下にあるのは、過去、彼女にあげた金の首飾り。また、渡したいのだどうしても。

　――ジア。

　気づけば雨はあがっていた。

　眼前に大きな城が見えると同時に、彼は、ジアがいない現実に立ち返る。

　家々の背後にどっしりと構えている城は、複雑に入り組んで、総じて高い壁に囲まれているようだった。城にたどり着くまでの道は細く、曲がりくねって難解だ。敵に攻め入られた際、民を犠牲にしてでも容易には城までたどり着かせないようにするためだろう。

アンブロスは古都なだけあり、こぢんまりとしていて風情があった。宗教国家といえども、外見的には他の城との違いはさして見られない。

王都では、青い屋根を目指せと言われていたが、それはすぐにわかった。円すい形の古ぼけた屋根が、少し突き出ていたからだ。

一見普通の家だったが、扉を叩いて、開かれた瞬間、出てきた女の鋭い視線で悟った。この女は密偵だ。五十ほどの歳だろうか。女は「入りな」とあごをしゃくった。

「あんた、若いね。騎士にしては細すぎる上にきれいな顔だ。当然恋人もいるだろう？　あたしはいま、ひとりでこの家に住んでんだ。最初は仲間が二十人以上いたよ。みんな腕の立つ者だった。それがいまはひとりだ。ガキの戯れじゃない、いますぐ帰りな」

答える気がなく黙っていると、女は絨毯をまくりあげた。あらわになった床の戸を開くと、下に続くはしごが現れる。

「いいかい？　あたしは帰れと忠告したよ。はっきり言って王城に行けば死ぬ」

女がはしごを降りてゆくと、ルスランも続いた。次第に地下から話し声が聞こえてきた。どうやらルスランは十名の騎士のうち、もっとも遅い到着だったらしい。否、騎士は十人ではなく、九人になっていた。騎士のカイが道中、罠にはまって落命したという。

ひときわ背の高い騎士ジーモンが、まずはルスランを一瞥し、皆を見回してから言った。

「誠に残念ながら、ひとりの命が早速失われたわけだが、志半ばで逝くとは無能の極みと言わざるをえない。諸君らには、私の足を引っ張るなと言わせていただこう」

「最弱の貴様がなにを言っている。おまえこそおれの足を引っ張るな」

と、すかさず騎士ローマンが嚙みつけば、腹を立てたのだろう、ジーモンが彼の首もとをひねりあげる。そのままいがみ合う彼らを後目に、騎士アルノーが淡々と言った。

「まずは手順を確認しておこう。ではアダリズ、詳細を頼む」

アダリズとは、ルスランを出迎えた密偵の女のことらしい。女はずいと前に進んだ。

「明日、王の妃替えの儀式がある。しのびこむにはうってつけだよ。あそこは鉄壁の城だが、見張りの交替とともに北の壁に隙ができる。今日中に登るんだ。侵入してからは近衛兵を殺して服を奪いな。やつらは白を着ている。ようはなりすまして王に近づくってわけ。妃替えの儀式の際、王の居城の扉が開かれるはずだ。そこを目指すんだ。なかのことはあたしも知らない。うまくやりな。あとね、絶対に宰相とは関わるな。あいつは化け物だ」

「……化け物？」

「あの宰相と出くわして生きている者は誰ひとりいない。だから、化け物だ」

女は肩をすくめると、「話は終わりだ」と言い残し、はしごを登っていった。


アンブロスの城下町では、人々は団体行動を固く禁じられ、きびしい兵の目があるだけでなく、人々は相互監視の状態に置かれていた。

その日は妃替えの儀式の前日だけあって、祭りが催されていた。人のあいだをすり抜けて、騎士たちは散開しつつも各々が城を目指して歩いていた。

見上げた城は、近づくにつれ圧迫感を覚えるほどに大きなものだった。そびえ立つ城壁には細やかな彫刻がなされていて、鳥の神とおぼしき世界を表しているようだった。

女の説明どおりに城の北側から侵入を試みるも、警備に隙は見当たらない。一行は、長い時間身を潜め、見張りの交替を見計らい、ひとりずつよじ登った。それは命がけの作業だった。落ちれば死ぬし、見つかっても死ぬからだ。

真っ先に内部へ侵入したのはルスランだ。目的を前に、彼には怖いものなど存在しない。見張りの兵は、鳥を模した黒い頭巾に黒いローブを身につけている。よって、王を守る近衛の白い服ではない。ルスランは、近衛兵を捜すため、まずは黒を纏った兵を殺してその者が着る服を奪い取った。それは咄嗟の判断だ。服を着替えて奇妙な頭巾を被れば、見張りの兵そのものだ。続いて彼は殺した兵に自身の服を着せ、さも死体が侵入者であるかのように装った。その彼の案に他の騎士も倣い、同じように服をぶんどった。

「まったく嫌になる。不気味な格好だな。見ろよ、全員道化のようだ」

騎士が小言を言うのも無理はない。頭巾には大きなくちばしがつき、目もとの部分に小さな穴が空いている。その目の部分に特徴的な刺繍がされているだけでなく、金属で装飾までされているから、さらに薄気味悪くなっていた。

文句を言いながら、騎士たちはローブの上に羽を模したマントをしぶしぶつけていた。

「頭のおかしな国だ。なぜこれほどまでに鳥にこだわるんだか。見ろよこれ、鳥だぜ？」

「知るか。全員無事か？」と騎士のひとりが問えば、別の騎士が無言で首を横に振る。

背の高い騎士のジーモンが、壁を登る際に油断したのか落下して、志半ばで死んだのだ。

その時、騒ぎになるとともに見張りの兵の数が一気に増えて、騎士アルノーは登れずじまいになっていた。よって、暗殺計画の参加者はあえなく七人となった。

「まじかよ、戦う前から七人だと？　ありえねえ。で、アルノーはどうなる？」

眼下では、黒い鳥の兵たちがうじゃうじゃと、躍起になってアルノーを捜索している。

「ひでえ、百はいる。ジーモンめ、ろくなことをしでかさねえな。無能の極みだ」

騎士たちは皆、黒い鳥の頭巾を被っているため、誰が誰かはわからない。ただ、ふくよかな者と弓を抱えた者だけは特徴的だった。

「なあ、おれたち頭巾を被ってちゃわけがわからねえ。このままじゃここの兵に紛れちまう。味方を殺っちまうかもな。落ち合う場所を決めようぜ。合図かなにかを決めねえと」

ルスランは、騎士たちの会話に参加せず、壁にもたれかかっていた。しかし、ふいにひとりの騎士がこちらに近づいてきた。その男の所作を見ていると、誰であるかがわかった。

「貴公はすぐに見分けがつく。他の騎士よりもほっそりしているし、まだ少年から大人になりきれていない体軀だ。なによりも佇まいが優美だからね。そうだろう？　ルスラン」

ルスランが顔を上げると、くちばしが持ち上がる。

「騎士ラインマー、おまえも見分けがつく」

「はは、にじみ出る育ちの良さとみなぎる筋肉はやはり隠しきれないものだね。少し辺りを散策しないか？　正直、そろそろ身体を拭きたいね。私はきれい好きなんだ」

ルスランは他人と行動するのは好まない。しかし、この時は誘いにのった。

ラインマーという男は、調整能力に長けていた。彼はしばらくアンブロスの兵を観察すると、兵たちに話しかけて溶けこんだ。色々会話をしていたようだが、ほどなくしてルスランのもとにやってきて、得意げに胸をこぶしで、とん、と打つ。

「さすがは私だろう？　早速情報を仕入れてきた。貴公、私を相棒に選んで大正解だよ？　なんと、優秀な私は医術の心得まである。万能とは私のために用意された言葉だ」

相棒に選んだつもりはないので、ルスランは頭巾のなかで眉をひそめた。

「彼らはずいぶん信心深い。普段は私語はゆるされないようだが、私が十七であると偽ると態度が変わった。『今回だけだ』と言い含められたが、色々教えてくれたよ」

歩きながら話しているため、こつ、こつ、とふたつの靴の音がこだまする。

「この城は圧巻だね。うちの城とは違い、どこまでも神聖で、どこまでもまがまがしい」

言葉を受けて、ルスランは辺りを見回した。とたんエーレントラウトの像が目に入った。町の中央に据えられているものと同じ格好、同じ杖を持つ像だった。

アンブロスの城は大きな柱が並び立ち、天井は高く空間を広くとってある。バルツァー国の王城のように金や水晶に彩られた絢爛豪華な建物ではなく、白を基調としていて余計な飾りはひとつもない。城というよりも静謐な神殿だ。全面にあしらわれている彫刻は城壁と同じく神の世界を表しており、祈りを捧げるために建てられているようだった。

「彼らは一日に何度か聖水で禊《みそぎ》をするらしい。思えば鳥も水浴びが大好きだ。鳥になりきるとはさすがは宗教国家だね。で、一階に水が引かれているそうだ。つまり身体を洗える。ごしごし洗ってありがたい聖水とやらを存分に穢してやろう」

くく、と喉を鳴らすラインマーに、ルスランは淡々と「他にはなにを聞いた」と言った。

「密偵のアダリズ女史が言っていただろう？　『宰相とは関わるな。あいつは化け物だ』ってね。宰相の名はアウレール。アンブロスの兵も言っていたよ。宰相には誰も勝てないと。どうやら、斬れないものはないらしいが……それって本当かな？　疑わしいね」

ラインマーは足を止め、こちらを振り返る。

「ルスラン、貴公の戦いを私は見たことはないが、強いと確信しているよ。キレた貴公は〝悪魔侯の再来〟とも言われているらしいね。ぜひ見られたらと思っている。貴公は王を殺すと言っていた。仕方がない、手柄は譲るよ。私は貴公よりも大人だからね」

向かい合うふたりの黒いローブと羽のマントが流された。風が吹き抜けたからだった。

「ここでやるのか」

ルスランが声をあげると、ラインマーは「ん？　やる、とは？」と首をひねった。

「バルツァー国の王、ループレヒトに、ぼくの暗殺を命じられているのはおまえだ」

「はは、いきなりなにを言い出すんだ」

「おまえがぼくにすり寄るのは目的があるからだ。信用させて油断を誘い、殺すつもりなのだろう。だが悪手だ。ぼくは人を信用しない。おまえがいま行っていることは無駄だ」

なにも言わないラインマーに、ルスランは一歩近づいた。

「いや、先ほどの言葉を取り消す。おまえはここでぼくをやるんじゃない。ぼくがエーレントラウトを殺しているところでやるつもりだ。手柄を奪い、ぼくも殺せる。一石二鳥だ。宰相のことを告げたのは、それまで共闘、もしくは利用したいからか」

「貴公、ばかげたことを言っているとは思わないか？　私は見るからに善良じゃないか」

「バルヒェット家の人間はずいぶん恨みを買っているらしい。過去の当主がいかに残虐であったか。父がいかに残虐であったか。誰かの出世に障害を及ぼす家とも言える。過去、ぼくは何度も命を狙われた。人は殺意を隠せない。ぼくは、生まれた時から慣れている」

ラインマーはなにかを言いかけたが、ルスランはさらに言葉を重ねた。

「最後までおまえに騙されるふりをするつもりだったがやめた。おまえと余計な会話はしたくない。めんどうだ。誘いにのったのは、ぼくも身体を拭きたいからだ。潔癖でね」

「はは、これはいい。めんどうかあ」と、ラインマーは、納得したように腕を組む。

「そうか、はじめからお見通しだったというわけだ。自信があったんだけどなあ。まあいい、身体を洗いに行こう。汗で気持ちが悪いんだ。特に城壁を登るのは最悪だったよね」

ラインマーは、手でも行くぞと合図する。

「貴公を殺すのは骨が折れそうだ。ずっと観察していたが隙がない。でもね、私は強いよ。悪く思わないでね？　借金がまずいんだ。では、死ぬまで仲良くしようじゃないか」

握手を求められたが、差し出された手を無視していると、ラインマーは顔を持ち上げる。

「そうそう、アンブロスの兵から食堂や寝室、武器庫の場所も聞いた。私たちも食事をし、それからやつらの武器を見てみよう。多勢に無勢《ぶぜい》、情報は大事だよ？　そういうわけで、城を出るまで共闘だ。この城内で私は貴公を殺さない。安全を約束する。よかったね」

反応する気のないルスランは、ふたたび「行こう」と歩くラインマーの後に続いた。


身体の奥にひびくような銅鑼《どら》が鳴る。もう一度、音が空気をつんざいた。

それは真夜中の出来事だ。ルスランとラインマーはアンブロス兵の詰め所にいたが、銅鑼の音を聞いたとたん兵が大移動を開始したため、紛れて移動した。その際、途中で道を外れて、あらかじめ決めていた目印のもと、バルツァー国の騎士たちと合流する。

目の前にあるのはずいぶん現実離れした光景だった。ぼんやりと光る薄布が風でゆらゆら揺れていた。明るいうちは無意味な布だと思っていたが、それは情緒となって夜に真価を発揮するものらしい。等間隔にたいまつが灯されて、城全体が闇に浮かび上がるように工夫されている。神官とおぼしき者も、規則的に立っていて、飾りの一部と化していた。

「しかし、こんな夜更けになにがはじまるんだ？」

問いに答えたのは、ラインマーだった。

「妃替えの儀式だ。優秀な私が仕入れた情報によると、宰相が貴族たちに新たな妃をお披露目するのさ。で、妃が奥に引っこめば、そこには王が待ち構えていて儀式がはじまる。

この国では重要で神聖な儀式だとされているが――まあ、端的に言えば性交だ」

「はあ？　王が貴族に性交を公開するだと？　四百歳にもなると見境がないな」

「ここは宗教国家だ。この儀式は神により繁栄がもたらされるという位置づけらしい。子作りなしに繁栄はないからね。どうやらわが国の王女ペトロネラさまは七年前に嫁いだ際、この儀式を拒否したらしい。以来、神の逆鱗に触れたとして冷遇されていたようだ」

ひとりの騎士が、「おい、見ろよ」と指をさせば、皆が注目する。回廊を貴族とおぼしき者たちがぞろぞろと渡ってゆく様子が見えた。数は数える気が失せるほど多かった。

また、別の誰かが言った。

「あ……妃の登場だ」

それは、奇妙でおごそかな列だった。

その列の先頭には、鳥を模した正装姿の銀の髪の男がいた。宰相のアウレールだ。彼は、手に黄金造りの長い杖を持っていた。杖の頂には翼を広げた鳥の像がついている。ちょうどエーレントラウト像が持っていた杖と同型だ。宰相の後には、白い鳥の頭巾を被る近衛兵が続き、彼らが支える輿の上には、豪奢な首飾りをつけた全裸の娘が座っていた。新たな第二の妃となるイジドーラだ。娘の金の髪は複雑に結われていて、素肌にはびっしりと細かく鳥の羽根の模様が描かれている。さながら、神に捧げる供物《くもつ》のようだった。

「すげえ……。まだ幼いがえらい美人だ。それに、乳。裸たあ、どうなってやがる？」

「おい、なにを女に見惚れている。いま見るべきは近衛兵だ。数は百はいるな。服を手に入れるぞ。列の背後にそっと近づくんだ。皆で協力し、ひとりずつ仕留める」

騎士たちは足音を立てずに近衛兵の後ろに回る。終始だまっていたルスランも続いた。

隊列を崩さずに歩く近衛兵を仕留めるのは苦労した。というのも、大きな柱や階段、壁などの障害物はあるといっても、アンブロスの兵や神官などの目をかいくぐるのは至難のわざだ。布がはためくなかで、ひとりずつ近衛兵を物陰に引きこんでは服を奪った。

騎士が皆で協力したことが功を奏したのか、事は思いどおりに運んでいた。白い鳥の頭巾に白いローブを着ていれば、怪しまれずに王の居城まで行ける。どうやら白の装いは特権階級の証のようで、黒い兵に道を譲られるほどだった。

儀式で出払っているためなのか、王の居城には人の気配がなかった。

内部は、神殿のようだった先ほどの場所とは違い、バルツァー国と大差のない豪華なものだった。ところどころに部屋が点在し、なかには人の姿が確認できた。探っていると、背後でひそひそと声がした。

「おい、ディルクがいないな。あいつはどこだ？」

鳥の頭巾を被りながらも名指しできるのは、騎士ディルクは弓を持っているからだ。

「くそ、あの野郎……。儀式を見に行ったんだ。裸の女に見惚れていたからな」

ルスランが騎士のやりとりを見ていると、いきなり近くの扉が開いた。なかから出てきたのは、銀色の髪が特徴的な十二歳程度の少年だ。寝間着なのか、簡素な服を着ている。

見下ろせば、少年はルスランに向けて漆黒の瞳を細めた。

「近衛兵。でも、私はね、中身は違うと知っているよ。あなたの名前は？」

ルスランが名乗らないでいると、少年は、「私はグリシャ」と言った。

「ねえ、頭巾を取って顔を見せて。なぜかあなたが気になるなあ。ね、取って取って」

少年は、周りの騎士たちの視線に気づいて言葉を止めた。そして改めて言い換える。

「私の部屋に入るといい。このままここにいるならあなたたちは全滅だ。でも、私の部屋ならば安全は保証する。誰の目も耳も届かない。あなたたちは殺人者。近衛兵の服を剝ぎ、死体を城の外へ投げ捨てた。あれ、徹底的に調べが入るよ？　逃げ場は私のもとだけだ」

さも見ていたように事実を言われて、騎士たちを取り巻く空気が不穏なものに変わった。

「おまえは何者だ」

「へんなの。自分たちこそ不審な輩なのに、それを聞くんだ。でもいいよ、私はグリシャ。正直あなたたちが死のうとどうでもいいんだ。取るに足らないことだから。でもね、今日は大好きな子に微笑んでもらえた気がしたから気分がいい。助けてあげる」

グリシャの黒い瞳は、まるで感情のこもらない闇の穴のようだった。底知れぬ不気味さを持つ少年だ。ゆえに、騎士たちは警戒せざるをえなかった。

「朝になり、空が白めば七つの死体が発見される。しかし、私であれば死体をきれいに片づけられるよ？　でも、まずは選んでもらわないと。どうする？　生か死か」

グリシャは騎士の隊長さながらに後ろ手に胸を張り、こつ、こつ、と歩き回る。

「私はね、見られないものはないんだ。なんでも見られる。だから見ていたよ。あなたたちが壁をよじ登っているところ。すごいや。いままでここにたどり着けた侵入者は誰もいなかった。み一んな死んだ。おもしろいくらいに命を散らしたよ。あ、そうだ。あなたたちの仲間――ほら、壁をよじ登れなかった筋肉質な男。って、ここにいる人みんな筋肉がすごいなあ。見るからに暑苦しいし、なんだか汗臭そう……。ね、おなか割れてる？」

「ガキが、けんかを売っているのか？」

「どうだろう？　でね、その人、瀕死だけれど生きているよ。今日、私の大好きな女の子が私を見て笑った気がしたんだ。だから、助けてあげてもいいと思った。で、これが貸し一。そして、あなたたちを匿《かくま》うことで貸し二だ。ほら、早く部屋に入らなきゃ死ぬよ？」

最初にグリシャに従ったのはルスランだ。代償をほのめかされるのは危険な香りしかしないが、ある意味わかりやすいと思ったからだ。それを皮切りに、騎士たちが全員部屋のなかに入ると、少年はぴちりと扉を閉じて施錠する。

その部屋は、豪華ではあるが、家具もなにもかも黒いものしかない異様な部屋だった。

グリシャは広い部屋のなかほどで振り返り、騎士の面々を見回してから言った。

「ねえ、あなたたちは王を殺しに来たんでしょ？　戦争中だもん。王を殺せば終わりのない戦いが終わるもんね。そりゃ殺したくなる。わかるよ、その気持ち。でもね」

グリシャは、「貸し一と貸し二。その代償を払ってもらう」と指を二本立てた。

「あなたたちが殺すのは、エーレントラウトではなく宰相のアウレールだ。わかった?」

「勝手なことをぬかすな。俺たちが殺すのはエーレントラウトだ」

グリシャはちょこんと椅子に座った。そして脚を組む。その、黒い瞳が大きくなった。

「笑わせるな。王は偉大な神だ。たかが人の分際で殺せるかよ。わきまえろ、ごみ」

険しい顔で言い放ったのち、彼はふっ、と肩の力を抜いて、あどけなさを取り戻した。

「明日、……そうだな。一、二……三。三日後がいい。試してみなよ。エーレントラウトを殺せるか。王の前に連れて行ってあげるよ。ただ、あなたたちはみーんな死ぬかもね」

「罠にはめる気だろう。のるかよ、くそガキ」

騎士の抗議に、グリシャは「ううん、それはない」と首を動かして否定する。

「宰相は三日後、城からいなくなる。北に行くよ。王の第四の妃アガーテが来年引退だから新たな妃を選定するんだ。その一日だけ、王はあなたたちに少し時間を割けるだろう」

「……奇妙だな。じつに奇妙だ」

グリシャに言ったのは、腕を組んだ男だ。頭巾の中身は貴族のラインマーだとわかる。

「貴公の行動は不可解だ。私たちの目的を知っているにもかかわらず、匿うのはなぜだ。王に会わせるのはなぜだ。ちぐはぐがすぎると思わないかい? あと、私たちをどこから見ていた。人の気配はなかったはずだ。それからもうひとつ。貴公は一体いくつだい?」

グリシャは、「あなたきらーい。声もなんかいやなかんじ」とため息をついた。

「私には大好きな子がいる。たまに彼女は笑いかけてくれる気がするんだ。するとどうだろう、私の気分はとても――とても良くなる。あなたたちを助けたのは気まぐれさ。あなたたちはごみだもの。なぜごみを王と会わせるのか。会って、王の力を思い知れ」

ぷるぷると震える騎士が怒りをぶちまける前に、グリシャは大きなビロードの布を引っ張った。すると、枝状の木の部分には立派な体軀の黒い鴉が止まり、大きな寝台には全裸の娘がだらりと寝そべっているのが見えた。騎士たちの視線は、当然、裸の娘に集まった。

「彼の名前はアドラーだ。きれいな鴉だろう？　私の自慢さ。来い、アドラー」

グリシャが腕を差し出すと、鴉は、ばさ、と漆黒の翼を広げて、彼の腕に移動する。

「鴉というのはじつに賢く美しい最高の生き物だ。鴉について質問があればしていいよ」

「いや、おまえおかしいぞ。俺たちが気になるのは鴉じゃなく裸の女に決まっている」

唇を尖らせたグリシャは、不満そうに「ふうん」と言う。

「ちょうどいい、誰かあの女の相手をしてよ。私はあの女を抱かなければならないのだけれど、勃《た》たなくて困っていたんだ。もう今日は枯れちゃってさ。名前はアガーテ」

これには、さすがにルスランが反応した。

「アガーテとは、おまえが先ほど言った王の第四の妃の名前だ。どういうことだ？」

グリシャはルスランをしばらく見つめ、「先ほどのあなたか」とうれしそうに微笑んだ。

「そう、アガーテは第四の妃。どういうことなのか、そのわけは言えない」

言いながら、彼は鴉の頭をさわさわと指で撫でる。鴉は目を細めて気持ちよさそうだ。

しかし、グリシャはいきなり笑みをかき消し、床を、だん、と踏みこんだ。

「おい、アガーテ。おまえが男を選べ。このごみどもがいるあいだ、私に行為を望むな」

のそりと寝台から身を起こしたアガーテは、上下の唇をなまめかしくゆっくり舐めた。


「絶対頭がおかしいぜ。あのガキも女も。いや、アンブロス自体、頭が変だ」

騎士がぼそりと言ったのは、三日後のことだった。

あれから、グリシャの言葉のとおりに安全は保障され、騎士たちは彼の部屋にこもりきりになっていた。しかも、予想外の厚待遇で、至れり尽くせりだったのだ。腹は満腹、身体は清潔。おまけに白い近衛兵の服の替え、新品の武器まで用意されていた。

現在、騎士たちは『王のもとに案内するよ』というグリシャに先導されている。廊下は閑散としていて誰も歩いていなかった。グリシャ曰く、横行を禁じたとのことだった。

王の居城は、当初は気づかなかったものの、知れば知るほど異様だとわかる。窓はなく、明かり取りのみ存在する。ところどころに開いた穴は、鳥が自由自在に出入りするためのもの。ろうそくは灯っているが、全体的に仄暗く、形容しがたい圧迫感を持っている。

小さな背中を見せるグリシャは、アンブロスの者でありながら鳥に関するものを身につけておらず、寝間着にしか見えない簡素な格好だ。そのせいか、銀色の髪が目立っていた。

「頭がおかしいって幼気《いたいけ》な少年にひどいや。私の働きはとんでもないものだよ。七つの死体を片づけ、あなたたちの安全を確保した。そればかりか生活の面倒を引き受けた。にもかかわらず、結局あなたたちは誰ひとり私に名前を明かさない。顔も頭巾を被ったままでろくに見せない。信用してくれないなんてすごく不満だよ。理不尽だ」

頬を、ぷうと膨らませるグリシャに、騎士の誰かがはき捨てる。

「信用などしてたまるか、くそが。おまえは頭がおかしい。毎日俺たちを性交漬けにしやがって。ひとり最低でも三回以上だ？　ふざけるな」

グリシャは、「なんだか種馬みたいだったよね」と、ぷくく、と肩を揺らした。

「でも仕方がないよね。頑なに拒んだ仲間がふたりもいるんだ。ひとりは、抱くくらいなら女を殺すって凄むし、もうひとりは、男以外は抱かないってだだをこねるし。三回というのは彼らの分も背負った数でしょう？」

言いながらグリシャは、あなたのわがままのせいだよ、とばかりにルスランを見上げる。続いて見たのは、筋肉質の男の方だ。それは、おそらく男色の騎士ローマンだろう。

「しかし、あなたたちの名前を知れなかったのは残念だなあ。三日もいっしょにいたわけだし、死んだら墓標くらい作ってあげたいのに、それもできないなんて……。本当に残念」

グリシャに案内されて後ろを歩いているのは、五人の騎士だった。六人全員いないのは、残るひとりの騎士ロホスが、いまだに第四の妃アガーテと行為にふけっているからだ。彼は遅れて来ると言っていた。

「あなたはこの三日、ずっと本を読んでいたよね。本が好きなの？　おもしろかった？」

ルスランは、いきなりグリシャに話しかけられ、聞こえないふりをした。けれど、ふとクレーベ村のことを思い出す。そしてグリシャを見下ろした。

「この国では、町や村の住人がすべて入れ替わることはありえるのか。住人がなかったことにされるのはどういう時だ。また、いなくなった者はどうなる？　どこへ行く？」

グリシャは、「その前に私の質問に答えてよ。……まあいいや」と鼻先を持ち上げる。

「理由はふたつある。ひとつ、罪人が出た時。町や村単位で連帯責任が発生する。もうひとつは神の啓示。いずれも住人は粛清《しゅくせい》されるよ。皆殺し。もしくは奴隷落ちだけれど、そんな恩赦はこの十年はない。みんな死ぬからどこにも行かないよ。粛清後は、よそから来た新たな住人が過去を与えられて生活を営む。彼らは元奴隷だ。嬉々として受け入れる」

ルスランの脳裏に、クレーベ村の見知らぬ住人がまざまざと浮かび上がる。そして、廃墟と化したジアの家。過去の笑っていた彼女の面影。舌足らずでおしゃべりな彼女の声が。

——うそだろう？　違う……生きている。

吐き気がして柱に手をつくと、グリシャに「平気？」と問われて斬り殺したくなった。

「いまから神に会うのに、そんな調子でだいじょうぶ？　ただでさえ、今日のエーレントラウトは残忍なのに。生き残る確率はないかもー。でも、〝がんばって、生きてね〟」

横で聞いていた騎士が「ふざけやがって」とグリシャを叩こうとしたけれど、グリシャは「わ、あぶなーい」と、軽々と身をよじって受け流す。

「私の案内はここまで。あとはひたすらまっすぐ行って、突き当たりを右だよ。そこに神の玉座がある。じゃあ、私は残りのでぶな騎士を迎えに行ってくるよ。私たちが行くまで生きているといいね。だめだと思うけれど一応言っておくよ。〝また、会おうね〟」

グリシャはひらひらと手を振って、身をひるがえし、てっ、てっ、てっ、と駆けてゆく。

同時に、ルスランは走り出す。ジアを思えば、一刻も早く王を消したかったのだ。


こんなところでもたついているわけにはいかないと、ルスランはいまいましく思っていた。クレーベ村が粛清された可能性が頭をよぎれば、王に対する憎悪がこみあげる。脇目も振らずに駆けると、鳥の羽を模したマントがはためいた。長いローブが走りにくくて、引き裂きたくなっていた。邪魔するものは片っ端から粉々に壊したいと思った。

待ち構えるものが地獄だとしても、なにがあろうとも、立ち止まるわけにはいかない。決して動じることのない鋼の覚悟を持っていた。けれども、先に見えるものは、呆れるほどに光を放つ入り口だ。城内が暗い分、やけに明るく、神々しく見えていた。

闇が深いからこそ、そこは視覚的に希望に映る。おぞましい呪術の国の演出だろう。

しかし、予想以上に廊下は長く、光は近く見えるのに、なかなかたどり着かずにいた。彼は、心のなかで彼女の名前を呼んでいた。頭巾のなかも、ローブのなかも汗だくだ。足音が、仄暗い通路で反響していて気分が悪い。怒りがふつふつ煮えたぎる。

ようやく光のなかに身体を突っこんだ時だった。彼は突然、ぴた、と立ち止まるとともに、目を見開いた。想定外の光景に、度肝を抜かれたからだった。

城内は、壁が分厚く窓もなく、閉塞感に満ちていた。しかし、そこは真逆すぎていた。あふれる光はまぶしいほどだった。天国と錯覚するほどの開放感。だが、これほど死に近い場所はないだろう。

太い柱が等間隔に立ってはいるものの、壁はなく、あるのは細い床と屋根のみだ。

風はびゅうと音を立て、右から左へ流れてゆく。下手をすれば、むきだしの自然を前に、身体ごと弾き飛ばされそうだった。狂った回廊だ。飛ばされたが最後、落下し、地面に叩きつけられ死ぬしかない。山々の稜線や透きとおる空、地に広がる森や湖、川がどれほど美しくて絶景であっても、それは絶望だ。これぞ、神にこそふさわしい地に見えた。

いやおうなしに、胸は早鐘を打っていた。建物としてありえない事態にひざが震える。けれど、進まないという選択肢はなかった。ルスランは、前方をにらみつけ、足を踏みこみ、一歩、一歩、前へと進む。

遠目には、黄金作りの豪華な玉座が見えていた。エーレントラウトは、鳥を模した銀の頭巾を被り、同じく銀のローブを纏っている。後ろに豊かに流れているのは、鳥の羽を模したマントだろう。手には金の杖があり、その先には翼を広げたような鳥がいる。

ルスランは、身体の均衡を保ちながら腰の剣に手をやった。殺意をこめてにぎりこむ。

吹きさらしの回廊を越えれば、王がいる周辺は壁はないものの、不気味に広かった。

手が、震えているのに気がついた。気が逸っているのか、それとも恐怖か。依然として、心臓はどくどくと、うるさく鳴っていた。

——殺してやる。

自身が身につける白い鳥の頭巾、マントもローブも右から左へあおられた。玉座に座る王の衣装も同じように流されて、長いマントはたゆたった。

近づくごとにあらわになってゆく王は、激しく畏怖の念を抱かされると思いきや、豪華な白銀の衣装を纏っていても、意外にも小柄で、心細いほどだたよりない。華奢だった。

——あれが、神。

玉座からは、殺気を少しも感じなかった。思い浮かぶのは、凪いでいる海や湖だ。躊躇するわけにはいかないのに、心に迷いが芽生えた。彼は、首を振って否定する。敵に対して容赦などしないし、するわけがない。いつだって、自分は残虐であったのだ。

だが、殺すという思いを強くすればするほど、息苦しくて、空気を求めて喘いでいた。

その時だ。目の端に白いものがちらついた。それは猛烈な速さをもって飛んでくる。ひとつからはじまって、次第にぶわりと吹雪のように広がり、数えきれない数となる。さながら竜巻だ。一斉に旋回《せんかい》し、すべてが王のもとに集まった。まるで、神の奇跡を見ているようだった。王は瞬く間にその白に包まれてゆく。

それらは、おびただしい数の鳥。すべてが白い鳩だった。

目を瞠ったルスランは、そこから一歩も動けなかった。思考も呼吸も忘れてしまった。

どれほどの時間、立ち尽くしていたのかわからない。それは一瞬かもしれないし、はたまた長い時かもしれなかった。しかし、頭をよぎったのは、過去の声だった。

『ねえルスラン、ジアのお友だちを紹介するわ。この子がヨハンでこっちがカール、右から順番にデニス、エッボ、マルク、ロータル。みんないいこたちなの。仲良くしてね』

それは、白い鳩しか友と呼べる者がいないジアの声。

ルスランは、無心で足を踏み出した。途中で白い鳩たちが次々と身体にぶつかってきて、全身を用いて行く手を阻む。彼らから感じるのは、敵意というより警告だ。強い意志のもと、近づくな、近づくな、と訴えているかのようだった。

彼は頭巾のなかで、一度ぐっと目を閉じる。この感覚ははじめてではなかった。鮮明に覚えているのだ。六年前、森の池に近づいた時のことを。

歩く速度を速めると、決死の覚悟でぶつかってくる鳩の数も多くなる。けれど、彼は無数の鳩の身体の隙間から、玉座を見ていた。そちらのほうしか見ていなかった。

王の姿は、鳥の頭巾がそう見せるのか、男とも女ともつかない中性的なものだった。若いのか年老いているのかさえわからない。複雑に組み合わされた銀細工のローブ。頭にのせられているのは宝石に彩られた冠だ。

ルスランは、鳩による攻撃に身体の痛みを覚えながらも、彼らを振り払おうとも、斬り伏せようともしなかった。ひたすら王の姿を捉える。

彼は、王の足もとへと視線をすべらせた。すると、そこには首を、すん、と伸ばして立つ一羽の白い鳩がいた。鳩は動かず、王にぴたりと寄り添って、こちらを見ている。

「…………ヨハン？」

　ジアが頻繁に呼んでいた鳩の名前だ。あまりにもしつこく彼女のそばにいようとするから、邪魔者としか思っていなかった。いつもルスランが、追い払っていた鳩の名前だ。見分けがつくわけではないが、かつての邪魔者たちの名前も追加する。

「カール、デニス、エッボ、マルク、ロータル。……いるのか？」

　声は小さくて王のもとには届かない。呼びかけというよりも、自分への確認だ。にもかかわらず、ルスランにぶつかる鳩は次第に勢いを失って、ついにはぶつかられなくなった。

　この時、思いは確信に変わった。抜いていた剣を腰に戻して地を蹴った。

　彼は、一心不乱に走り出す。すると、鳩は急いで歩いたり羽ばたいたりしては、王への道を空けてゆく。

　玉座まで駆け寄れば、銀の頭巾を被る王と、目があった気がした。

　はあ、はあ、と肩で息をするルスランは、ごくりと唾をのみこんだ。

「ジア」

　王が持つ金の杖が、ぴくりと動いた。

　ルスランは、「ぼくだ」と王によく顔を見せるべく、白い頭巾を引きちぎるように取り去って、床にぴしゃりと投げ捨てた。汗だくで、髪は乱れているだろう。格好悪い姿だろう。けれど、どうでもいいことだ。黒い髪をわしわしとかき上げる。

「きみを迎えにきたんだ。やっと、来られた。おいでジア」

　両手を広げれば、王の手から杖が落ち、からん、と音がひびき渡る。玉座から立ち上がった王は、ずるずると長い衣装を引きずって、こちらに近づこうとする。

その身を受け止めようと、足を進めた時だった。鳩が一斉にざわめいた。ルスランに対してではない。部屋の入り口めがけて威嚇しているようだった。

ルスランもまた、後ろを振り返るが、王に向き直り、穏やかに言った。

「ジア、座ってじっとしているんだ。なにも問題はない」

しぐさから動揺が感じられたが、王は、こくんとうなずいた。

彼は、王に背を向け、深呼吸をひとつする。腰の剣に手をやった。

疑問はあふれるほどあった。なぜ、ジアがここにいるのかさっぱりだ。頭は混乱していてなにも理解していない。しかし、彼女が玉座に座っているのは揺るぎようのない事実。

彼は広い吹きさらしの部屋を見回した。せわしく動く他の鳩とは違い、なにもせずに首を伸ばして立つ鳩が五羽。おそらく彼らはカール、デニス、エッボ、マルク、ロータルだ。

かつてのジアは、多くの鳩と友でありながら、ヨハンとこの五羽以外に名前をつけていなかった。幼い彼女の気まぐれだろうと思っていたが、それは意味があったのだ。

白い鳩は各々個別の意志を持っているわけではない。いま、この身に受けた攻撃で統率された意志を感じたからだった。その頭脳と言えるのが名前のついた六羽だろう。だが、鳩を動かしているのがジアとは考えにくかった。なぜなら過去、ジアの目が届かないところで、ルスランと犬のヴォルフは、糞をあびせてくる鳩たちといがみ合い、ひそかに小競り合いをくり広げていたからだ。

現状に多くの見えない謎があるとはいえ、ジアを見つけたいま、彼に憂いはなかった。強く吹きすさぶ風は辺りの音をかき消して、飛び回る白い鳩たちが視界を白く染めていた。前方がどのような状況であるかを把握しようにもしきれない。

ルスランは、改めて王のほうを振り返る。こんな時なのに、心は晴れやかだ。

いつのまにか金の杖を拾っていた王は、「ジア」と呼びかければ首をかしげる。いま、戦いが起きていることなど知らないのだろう。王は、鳩のざわめきに不思議そうでいる。どこかそわそわしながら、ルスランと前方を交互に見やる。

「あとで結婚するぞ」

告げたとたん、からん、と王はふたたび杖を取り落とす。彼は杖を拾い上げ、彼女の手ににぎらせると、「返事は」と促した。こくん、とくちばしが動いたのはすぐだった。

胸に、充足感が広がった。空っぽだった長い年月が、一気に満たされた気がした。彼は、それでじゅうぶんだとうなずいて、鳩の流れの渦に飛びこんだ。

これまでルスランは、己の務めに忠実で、責任を放棄することなどありえなかった。けれどいま、彼はバルツァー国の騎士、および貴族としてではなく、何者でもないひとりの男として立っている。頭をめぐるのは、ジアを殺す者を殺す算段だけだった。

玉座に座ったジアからは、ひとかけらの殺意も戦う意志も感じない。だからこそ彼は奮い立った。そして思うのだ。自身と同じくジアを守ろうとしている決死の鳩たちのことを。

鳩は、一羽ずつ見ればひどくかよわい動物だ。けれど、彼らは徒党を組んで、くちばしなり足を武器にして体当たりをくり返す。筋骨隆々の男たちが応戦すれば、血、そして白い羽根を撒き散らして地に落ちる。騎士の足もとでは死骸が山積みになっていた。羽毛も雪のように舞っていた。けれどめげずに、後の者が果てた者の意志を継ぎ、果敢に立ち向かう。勢いはとどまるところを知らずに、それはさながら白い嵐のようだった。

「なんだこの鳩どもめ！　くそっ、縁起が悪い！」

鳩に向けてがなりたてる男がいた。バルツァー国では、白い鳩は特別な意味を持っている。白い鳩は呪いだ。不吉で不気味、そして、不幸を呼ぶ死の使い。

ルスランは、その白い鳩の大群から飛び出して、男の首めがけて思いっきり剣を振り切った。首を白い頭巾ごと吹っ飛ばし、そして、血が噴き出す死体を蹴って、回廊から突き落とす。落下してゆく男は殺されたことなど気づいていないかもしれなかった。

いくら戦地を経験し、勲章を得たルスランとて屈強の騎士を複数同時に相手にするのは不可能だ。風が吹く特殊な回廊に彼らが慣れる前に、奇襲をかけて殺すしかないと思った。

あと三人――。

ルスランは、ぎろりと近くの騎士を見やるが、その凶行を見ていた騎士は、えっ、えっ、と地に転がる首とルスランを見比べた。

「え？　……あれ？　貴公、頭巾は？　いや、そうではなく、なぜ仲間を殺す？　え？」

相手が白い鳥の頭巾を被っていても、話し方でわかった。貴族の騎士ラインマーだ。

ルスランが彼に斬りかかれば、ラインマーは「わっ」と言いながら剣を剣で受け止めた。かち合う刃で理解した。当然ながら、ラインマーは相当な熟達者だ。

「まてまてまて。ええ？　まったく状況がわからない。貴公は王を殺すんだよね？」

死ね、とばかりにルスランが空いた左手で短刀を振りかざせば、ラインマーは同じく空いた手に持つ刃でそれを見切ったように受け止める。ぎりぎりと、力勝負になっていた。

「ちょっと、私は貴公を殺そうとしていたけれどもいまじゃない。なに楽しいことを考えている？　どう考えても楽しいことでしょ？　まて、話を聞きたいから、協力するって」

ルスランが鼻にしわを寄せると、ラインマーは、ふん、と剣をわずかに跳ね上げ、彼の剣を絡め取る。ルスランは、刃先の角度を変えて対応した。

「貴公……その若さで大した腕前だが、わかっているのか？　貴公は完全に不利だ。ほかのやつらが仲間を殺したことを知れば三対一だよ？　必ず死ぬ。……しかし、興味深い。名門バルヒェット家の息子が予想外にもアンブロス国に寝返った？　国を統べる将軍の息子がだぞ？　一大ニュースだ。ありえない。なんて痛快なことをしでかすんだ」

歯を食いしばったルスランが、力で押そうとすると、ラインマーは足を踏んばった。

「貴公、エーレントラウトを殺していないよね？　なにかあったんだよね？　それが知りたい。かなり楽しそうじゃないか。いいねいいね、いいかい、私も寝返る。私は楽しいことが大好きなんだ。しかもこの私を襲ってくる鳩。大変興味深い。斬っても斬ってもきりがない。どういう仕組みだ？　いま、それが知りたくてたまらないんだ。うずうずする」

ラインマーは、「ささ、早く剣を引っこめろ。……って、私が引くから斬るなよ？　斬るなよ？」と念押ししながら、ずりずりと後ろに下がった。

ルスランが斬りかからないことを確認し、ラインマーは話を続ける。

「よし、ここから新たな計画だ。貴公は奇襲で楽々ひとりを始末したが、いい気にならないことだ。私たちの元仲間は恐ろしいほど強い。ノルマはひとりずつなわけだが、死ぬなよ？　貴公が死んでは話を聞けない。どうせ私のバルツァーでの地位はどれほど活躍しようと頭打ちなんだ。よくて男爵？　三男などどくそくらえだ。だったらさらなる出世のために一肌脱ごうじゃないか。貴公を殺すよりも味方につくほうが得だという私の直感だ」

ルスランは、黒いまつげをわずかに落とし、「日和見主義《ひよりみ》だな」と呆れた。

「当然さ、貴族という生き物は日和見主義に決まっている。そんなの、常識だろう？」

ラインマーはくちばしをちょろちょろ動かし、他のふたりの騎士を確認する。

「たぶんだが、貴公が殺したのは騎士ノイベルトと見ていい。残るは騎士ローマンと騎士ヴィムってわけか。……は、厄介な男どもが残った。かなり手強いぞ。最強と言っていいふたりだ。最悪だ。まあ、私がもっとも当たりたくない男はでぶの騎士ロホスなのだが」

いまだラインマーに半信半疑のルスランだったが、彼に対する鳩たちの攻撃がやんでいることに気がついた。おそらく鳩は、動向を見ているのだ。

「さてさて、では戦うか。もう一度言うが、生き残ってくれよ？　グッド・ラックだ」

ラインマーが、ぼりぼりと頭巾越しに頭をかく姿を見ながら、ルスランも続いた。

ラインマーの言うとおり、ルスランが戦う騎士は最悪だった。一撃一撃が重く、内臓にまで衝撃がひびいて吐き気がした。剣を受ければ、手がしびれ、感覚を取り戻すのに苦労した。

頭巾越しの相手は、騎士ローマンか騎士ヴィムかはわからない。罵詈雑言《ばりぞうごん》をあびせられたが無視をした。どれほど汚名にまみれようとも、ジアを救えるならば構わない。

彼の剣を受け、相手は血塗れだったが倒れない。また、ルスランも斬られて血塗れになっていた。相手の実力はルスランよりも上だろう。手合わせをしたからこそわかる。

相手の豪剣で床の端に追い詰められて、落下しそうになった時もある。しかし、均衡を崩しかければ、白い鳩が一斉に体当たりをしてきて、体勢を整え直すことができた。鳩たちは、時折相手の顔に突撃しては、ルスランを有利にしようとする時もある。けれど、剣でなぎ倒されて、無数の鳩が哀れに散ってゆく。

極限のなか、長い時間戦った。しかし、決着はつかないでいた。王やラインマーの様子をうかがえないほど、肩で息をするルスランは、余裕がなかったし、疲弊していた。

けれど、一瞬の機会を見逃すルスランではなかった。鳩の急降下による体当たりで、大きな身体がよろめく隙をつき、左に持つ小刀を相手の首に、ありったけの力でぶちこんだ。

多量の返り血を浴びながら、ルスランはその場にひざをつく。斬られた傷がずきずき痛む。もう、戦えないと思った。その時だ。

「やめて！　そのエーレントラウトは違うんだ！　いやだあ、殺すな！」

大きくさけぶ声がひびいた。グリシャだ。銀色の髪を振り乱して泣きわめく。

「なぜ鳩なんだ……。こんなの、聞いてないっ！　ごみどもやめろお！」

グリシャの背後から、黒い塊《かたまり》が、すさまじい速さで飛んでゆく。それは、おびただしい数の黒い鳥だ。すべてが毛艶のいい大鴉。

風の鳴く音の合間に人の悲鳴が聞こえる。騎士が鴉の大群に襲われているのだ。しかし、ルスランのもとには来なかった。鳩が羽根を散らして必死に食い止めていた。一羽の鴉に十羽以上が群がり、追い払う。満身創痍のルスランは、ただ見ることしかできないでいた。

「ごめんよ、ごめんよ、私は知らなかったんだ！」

グリシャは泣きじゃくりながら鳩のなかに突っこんで、玉座に向けて、てっ、てっ、てっ、と駆けてゆく。

ルスランは、剣を床に刺し、それを支えに立ち上がる。彼もまた、玉座を目指した。

――ジア。

玉座の付近では、王が床にひざをついてうずくまっていた。傷を負っているのではなく、現状を把握して、鳩たちの犠牲を悲しんでいるのだ。そのそばには一羽の白い鳩が寄り添って、残る五羽もちょこちょこと歩いて近づいた。

「ジアっ！　怪我は？　痛くない？　無事なの？」

駆け寄るグリシャが勢いよくすべりこみ、ジアにしがみつく。

「ごめんジア……今日はきみじゃないと思っていたんだ。てっきりクロリスの日だって。でも、クロリスはおなかが痛くてジアに代わってもらったって言うじゃない。いやだ、信じたくない。クロリスを殺したい。あとで殺す。すごくすごくむかつく。まさかきみが……私をゆるして。ごみどもを焚《た》き付けてごめん。私が悪いんだ……自分にむかつく！」

わあわあと涙にくれて、「私を殺して！」とわめくグリシャを、ルスランは蹴飛《けと》ばした。

「だまれごみ」

ごろごろと転がるグリシャを後目に、しゃがんだルスランが王の背中に手を添えると、血塗れの彼に気づいたのだろう、震える手で触れてくる。彼は「だいじょうぶ」と言ったが、王は認めず、違うと首を振る。

「ぼくがだいじょうぶだと言っているんだ。問題ない」

王の宝冠がつく頭を撫でて、ルスランはその首に絡まる飾りに触れる。ひもを解くと、王の頭巾がゆるまった。それをゆっくり持ち上げる。

長く白い髪がさらさらとこぼれ落ちてくる。相変わらずの白いあごが現れた。

さらに頭巾をずらして取り去ると、白いまつげが上を向き、懐かしい澄んだ緑の瞳と目があった。まだ子どもっぽいが、大人に成長したジアだ。

咄嗟にはなにも言えなくて、なにを伝えていいのかわからず、彼女の瞳を見つめた。すると、頬に白い手が当てられた。そして、黒い髪をかき分けられて金色の瞳をのぞかれる。涙をぼたぼたとこぼすジアの顔が、目と鼻の先まで近づいた。

かつての湖でのように、唇がやわらかな熱を持っていた。ぺろ、と口のあわいを舐められて、かすかに開ければ、遠慮がちに彼女の舌が侵入する。ルスランは、ジアの後頭部に手をあてがって、唇の形が変わるほど、夢中で彼女をむさぼった。

「ちょっとお、なにしてんだよ！　私の……私のジアに……私はしたことがないのに！」

無数の羽音が聞こえて、ジアから顔を上げれば、鴉が襲い来る様子が見えた。だが、おびただしい数の鳩に応戦されて、鴉は近づけないようだ。グリシャは地団駄を踏んでいる。

「なんで？　なぜなんだ……なぜ鳩たちが私の鴉の邪魔をする？　なぜジアはこの男の味方をするんだ！　ずるい！　私の味方をするべきだろ！　キスも私とするべきだっ！」

ジアはグリシャを見ながら、首を振って否定する。そして、手でなにかを合図した。

それを見つめるグリシャは、「ええ？」と眉根を寄せて、悲しげな顔をした。

グリシャがしぶしぶぱちんと指を鳴らせば、飛び回っていた鴉はばさりと羽を広げて、そのまま、すう、と床に着地する。鳩たちもまた、同じように床に降りてきた。

風は、いつのまにかやんでいた。床に鴉や鳩たちがたくさんとまっているとはいえ、鳩の死骸の山も確認できる。また、なにかに群がるたくさんの鴉も目についた。

部屋の片隅では、血塗れの騎士がひとり立っていて、そのままどさりとひざをつく。

「いやあ……なんなの？　鴉が襲ってきて度肝を抜かれた。瀕死のヴィムに狙いを定めてくれたからよかったけどさ。えぐい殺し方でぞっとする。私もつつかれて痛いのなんのって。鳩はまだしも鴉はなしだ。怖すぎるよ……。おもらし寸前。いや、ちびったかな？」

口ぶりから、ラインマーだとわかる。

「貴公も生き残ってよかったよかった。でもね……私はぜんぜんだいじょうぶじゃない。まずいよ、一歩も動けない。ヴィムの野郎に腹を刺されていてね、まさに絶体絶命危機的状態だ。至急手当てしてもらわないと命がまずい。早く、助けて」

その様子をうかがっていたグリシャは、「うーん」と首をかしげる。

「よくわからない。結局あなたたちは仲間割れをしたわけ？　で、ジアを守ったの？　ふうん……しょうがないや、人を呼んできてあげる。嫌だけれど手当てしてあげるよ」

てっ、てっ、てっ、駆け出すグリシャに、ラインマーは切羽詰まった様子で、「そんな小足でちょこちょこと。全速力だ。早く、早くしないと私は死ぬ。もっと速く駆けろこの愚図」と急かせば、グリシャは立ち止まり、「愚図は聞き捨てならない」と唇を尖らせた。

「いやいやいや、本当にもう、取り消すから速く走ってよ。頼むから。死ぬって。ね？」

ルスランは、ジアを抱きしめながらこのふたりのやりとりを見ていたが、彼女の唇が頬にくっついて、緑の瞳と見つめあう。

聞きたいことがたくさんあった。言いたいこともたくさんだ。けれど、瞳をうるませるジアを見ていると、いまはどうでもいいと思った。

そして、どちらからともなく唇を重ねた。

四章

　傷は存外深かったらしい。発熱したルスランは、薬の影響なのか意識がもうろうとしていた。どれほど寝こんでいたのか知らないが、身体の重たさから相当だろうと考えた。

　見知らぬ部屋だった。明かり取りから煌々と光が差していた。真白の天井、柱や壁には彫刻が施され、蔦や花や鳥の細かい模様は一見華やかに見えても、部屋自体はろくに物が置かれておらず殺風景。窓はなく、上に開いた穴の辺りには、白いものがかさかさうごめいている。よく見れば鳩だった。

　上体をやっとの思いで起こせば、自身の身体が手当ての布だらけなことに気がついた。あまりうまいとは言いがたい。だからこそ、誰が布を当てたのかがわかる。

　彼女の名前を呼ぼうとした時だった。耳に届いたのは衣ずれの音だ。銀の鳥の頭巾に、銀のローブ、そして、羽のマントを纏った王がいた。手に持つのは、金の鳥の杖。

「ジア」

　彼は手を差し出した。が、王はくちばしをこちらに向けてはいるものの、従おうとはしなかった。ふたたび呼びかければ、王は肩を揺らしてぷくくと笑う。

「外れ。残念でしたっ。ねえねえ、誰だと思う？」

「帰れ」

「なんだよ、失礼だな。いやなやつ」と、ぶつぶつ文句を言いながら、王は首のひもを解いてゆく。頭巾から現れた顔は、衣装と同じ銀色の髪に黒い瞳をしたグリシャだ。ポケットを探った彼は、なにかを投げてよこしたが、いやいや宙で受けたのはりんごだった。

「あなたは三日も寝こんでいたんだ。おなか、すいているでしょう？　あげる」

「三日？　ぼくに薬を盛ったな」

「うん。寝てなきゃ痛くて耐えられないよ？　どれだけあなたの傷を縫ったと思っているの。すごく器用な私がきれいに縫ってあげたんだ。存分に私を崇め、感謝するといい」

グリシャはもう片方のポケットから別のりんごを取り出し「それともこっちのりんごがいい？」と言ったが聞き流した。

「ジアはどこだ」

「あなたの食事を用意している。もうじきあなたが目を覚ますよって伝えたら、彼女、がぜん張り切っちゃってさ。私はジアの代わりにあなたのお守りをしているんだ」

ルスランは真っ赤なりんごをかじった。バルツァー国のものより酸味が強かった。

「なぜおまえが王の格好をしている」

「あなたはジアがエーレントラウトだと思っているでしょう？　当たりの外れ」

話の意図がわからず、ルスランはもうひと口食べたあと、りんごを側机にのせた。

「王はひとりじゃない、ジアを含めて三人だ。鳩の神のジアに鷹の神クロリス。そして、鴉の神の私。今日は私が王の日だったんだ。アドラーも大活躍さ」

アドラーとはなんだと思ったが、ジアの鳩を思えば、鴉の名前であることに思い至った。

「……王が四百年生きているというのは？」

「ああ、それ？　うそとは言い切ってしまえない。だって、この体系は四百年以上受け継がれているんだもの。神が生まれず王が途切れた時もあるけれど、みんな頭巾とローブで騙される。民衆とはいつの時代もばかなんだ。すぐに扇動され、疑いもせず盲信する」

グリシャは突然自身の首に指をさし、「それ、いいね。ちょうだい」と言う。

ルスランの首にあるのは金の首飾りだった。クレーベ村のジアの家で見つけて、つけてきたのだ。取り合わないでいると、グリシャは小さな唇を「けち」と尖らせる。

「エーレントラウトは偶像か。人心を引きつけ、掌握するための道具」

「そうだよ、道具。でも、実際エーレントラウトは神だ。演じる私たちが神なのだから」

グリシャはりんごをしゃくしゃく、とかじった。

「うん、やっぱりアンブロス産が最高だ。バルツァー国のりんごって、ぽすぽす」

しゃく、しゃく、と音が部屋にひびいていた。グリシャはひたすら食べている。そして、芯だけになったりんごを天井に向けて放り投げると、上の穴からひゅっと飛び出してきた黒い鴉がくちばしでとらえた。部屋を出入りするのは、白い鳩だけではないらしい。

「いまの見た？　格好良いでしょう、毛艶がよすぎて黒光りしている私のアドラーだ。あなたは幸運だよ？　エーレントラウトのなかがジア以外だったらいま生きていられない。考えてごらん。鴉と鷹。大勢の猛禽たちに襲われる自分を。いまごろ骨だけだ」

こわいこわい、とグリシャはわざとらしくその場で足踏みをした。

「ちなみに王は最近まであとふたりいたんだよ。白鳥の神のイーリカと梟の神デルマ。でも、どちらも宰相に殺された。あの男、早く死ぬべきだ。ね、あなたが殺して」

「断る」

「断るのが早すぎるよ。次に殺されるのはジアだとしても、同じことが言えるの？」

ルスランは、「どういう意味だ」と片眉を持ち上げる。

「エーレントラウトとは燃えさかるろうそくだ。じきに芯まで灰になって、つきる」

とことこと近づいてきたグリシャは、寝台の端に腰掛けた。明かり取りの光に照らされた銀の髪は、無駄にきらびやかにかがやいた。ルスランは、そのさまを見ていた。

「宰相のことをくわしく話せ。おまえの話は抽象的すぎる。具体的に言え」

うふふ、とグリシャは楽しげに足をぱたぱたさせた。

「なんだか話すのがめんどうになってきちゃった。あ、でもひとつだけ。ジアはね、かつてはどんなにつらくても笑っていたのに笑わなくなったんだ。それに、口もきけないよ？おしゃべりな子だったのに、四年前から声が出ない。ぜーんぶ宰相のせい」

それは、心臓が抉られる思いがするほどの衝撃だった。動悸で息ができない。

「……本当に、声が出ないのか？　ジアは、どんなつらい目にあわされた？」

声をしぼり出せば、グリシャは「ずうずうしい」とあざけった。

「私はあなたの名前を知らないよ？　そんな輩に大事なことはなにも言いたくない」

グリシャは黒い目を細め、「あなたは私の名前を知っているのにね」と付け足した。

「ルスラン・クラウス・ランベルト・ニクラウス・ノイラート・オーム・バルヒェットだ。ジアになにがあった？　言え。なぜ宰相に殺される？」

にたあ、とグリシャの唇がゆがんだ。

「へえ、ルスランか。あなたがそうなんだ。ルスラン、ルスラン。貴族のルスラン。……いまいましい。ジアはまだ口がきけたころ、あなたの話ばかりしていた。あなたの青い目、すごくすてきだね。ジアが青色が好きなのは、あなたの目が青いから？　黒色が好きなのは、あなたの髪が黒いから？　じゃあ、金色が好きなのは？　教えて、ルスラン」

グリシャは、「ねえどうして？」と言いながら、手に持つ長い杖をかざし、杖の先端につく翼を広げた鳥が、さも空を旋回しているかのように、すい、すい、と動かした。

「ジアはすごく内気な子。明るく振る舞おうとがんばっているけれどできない。でも、仕方がないよね。彼女は醜いから、生まれながらに自信がなく、内気でしかいられない。そんな彼女が、あなたのことについてだけは楽しそうに話していたんだ。妬けちゃうな」

「醜いだと？」

グリシャは器用にくるくると杖を振り回し、黄金の鳥をすいっ、と急降下させた。

「アンブロス国ではジアのような色を持たない子は不吉なんだ。人になりそこなった醜い生き物として古くから忌避されている。迫害の対象さ。でも、痛快だと思わない？　民はエーレントラウトに熱狂し、ひざまずいて額を床にこすりつけているわけだけれど、中身はジアだ。自分たちが日々迫害している対象だとは知らずに、涙を流して崇めている」

ルスランは、「この国はくそだ」とはき捨てた。

「くそ？　あは。この国だけじゃない、人なんか全部くそ。そういえばバルツァー国ではまるっきり逆らしいね。貴族はこぞって白い肌を求めるって。白粉で肌を白く見せたり、わざわざ髪にもまぶして白くするばかもいるんでしょ？　酔狂だ」

グリシャはころんと寝台に寝そべった。ルスランが冷めた目で見下ろしても気にしない。

「ということは、アンブロスで迫害されているジアは、バルツァー国では極上の女ってこと？　ねえ、貴族のルスラン。あなたも極上だと思う？　ジアが白いから気に入ったの？だからあそこまでたらしこんだの？　彼女と同じ、極上の白い子を産ませるために？」

ルスランは、グリシャの胸ぐらをつかんだが、うふふ、と不気味な笑みが返される。

「でも残念。失敗しちゃった。あなたがもうじき目を覚ますってうそをついて、ジアを部屋から出て行かせたのだけれど、あなたって意外に鋭いんだもの。本当に起きちゃってさ。びっくり。私の予定が狂ったよ。せっかく女も連れてきたのに」

「寝ているぼくを、女に襲わせようとしたのか」

グリシャの首もとを強くひねりあげたが、動じた様子はみられない。飄々《ひょうひょう》としている。

「うん、そうだよ。ここはジアの部屋。ジアはいま食事作りに張り切っているけれど不器用で、まだできっこない。ようやく完成して部屋に戻ってきた時に、あなたの上で裸の女が腰を振っていたらどうなると思う？　ジア、泣いちゃうね。落ちこんじゃう。私がやさーしくなぐさめてあげるんだ。ふふ。恋が生まれちゃったりすると思わない？」

「ふざけるな」

「ふざけるな？　ふざけるなと言いたいのは、この私だ。あなたが全部、全部悪いっ！」

グリシャは頬をぱんぱんに膨らませる。

「この三日、ジアはあなたにつきっきりだった。あなたはあの子をひとりじめしたんだ。ジアはけなげにあなたの汗を拭き、布を替え、口移しで水や薬をのませるし、夜眠る時には、鳥がたまごをあたためるように、全裸になってあなたをあたためた。何度も何度もくちづけるし、口だけじゃなく、身体中を舐めたりキスしてた。はあ？　なんなの？　本当にひどすぎる。この私に見せつけるなんてこんなのってない！　なんであなたは寝てるのにぎんぎんに勃つんだ！　だからジアはあなたのあそこを……。くそっ！」

「知るか。おまえはここで見ていたのか。変態め」

怒っているグリシャは、「ばかっ！」と、ぶんぶんと金の杖を振り回した。

「危ないな、遊戯は外でやれ」

「うるさい！　私はここにいないよ。言ったでしょう？　私に見られないものはないんだ。ずるい！　私だってしてほしい！　あなたよりもずっとジアに献身的でいるのに！」

きいきいとうるさい声に耐えかねて、「だまれ」と告げれば、グリシャは、いーっ、と歯をむきだしにしてこちらを威嚇する。

「あなたなんか、どうでもいい女にたくさん抱かれちゃえばいいんだ！　ジアの前で！」

「おまえはジアを醜いと言っておきながらなんのつもりだ。二枚舌のくずが」

グリシャは、「これを見てよ」とローブをたくしあげ、勃ち上がった性器を披露した。

「汚いものを見せるな」

「うるさいっ！　こうなるのはジアにだけなんだ。いつもジアのことばかり考えているし、毎日観察もしている。いつ入れようかなってわくわくしながら時機を見ていたんだぞ！　胸がふかふかで、あそこの毛もかわいいことまで知っている。なのに、あなたにジアをかすめ取られようとしている。ありとあらゆる手を使って阻止するのは当たり前だ！」

ルスランは、小さなグリシャの首根っこをつかんで放った。

「不気味な男め。おまえはジアを毎日のぞいているのか。陰気なうじ虫が、恥を知れ！」

「のぞいているんじゃない！　観察だ！　未来の私の妻を見てなにが悪い！」

「なにが私の妻だ。ジアはぼくの妻だ」

「はあっ!?　ふざけるなよ下賤な人間が！　ジアは私の妻だ！　この私、神の妻だ！　私があの子を見つけた！　隅々まで探しに探し、探し出したのは、この私だ！」

顔をかっかと真っ赤にしているグリシャは、いまにもルスランに飛びかからんばかりの勢いだったが、はたと勢いを失った。

「あ。ジアが戻ってくる。いいかい？　争いは持ち越し。ね？」

いままでの流れがうそのように、グリシャはどこから見てもあどけない少年になってい
た。露出した性器を隠し、口角はかわいらしく持ち上がる。

「いまのやりとりは、ふたりだけの秘密だよ？　男同士の約束っ」

呆気にとられたルスランを後目に、寝台からぴょんと飛び降りたグリシャは、「ジアー」

と甘えた声で言いながら、てっ、てっ、てっ、と駆け去った。

「だめだよジア、こんなの。見た目からして下手くそだなあ。最悪。わ、味もまずーい」
ルスランがそのことに思い至ったのは、ジアに話しかけるグリシャの声を聞きながら、
あのちびを殴ると決めた時だった。三日も寝こんでいたのだ、頬に触れればひげを感じる。
ジアに会う前に剃《そ》ろうと思った。
毛布を剝ぐと、むきだしの下腹に気がついた。どうやら裸でいたらしい。
自身の脚の付け根には赤い痕が四つある。ジアが吸ってつけたのだ。その意味を知るか
らこそ腰の奥がうずいた。
寝台から立ち上がり、歩くのは苦労した。これほどまでの怪我を負うのは、久しぶりの
ことだった。傷に刺激がないように脚を動かしながら、回復までの時を見積もった。
鏡の近くの机には、布と桶、小刀、そして水差しが置かれていた。どうやらジアは、ル
スランのひげを剃ろうとしていたようだった。むかしから彼女はルスランよりも思考も姿

も幼いが、すぐに母親風を吹かせて、張り切る癖があるのだ。

鏡に映る自分の顔に、ごくわずかな傷を見つけた。とたん彼は噴き出した。ジアは彼のひげを剃るべく挑戦したが、肌に傷をつけてしまい、慌ててやめたのだろう。ひげが短くなった部分で、過程が容易に想像できた。

人の気配を感じたのは、ひげを剃り終え、濡れた顔を布で拭いている時だった。

振り向けば、柱の陰からおずおずと、銀色の鳥の頭巾が片目をのぞかせた。

「ジア」と手を差し出すと、彼女はびく、と肩を跳ね上げる。察した彼はすかさず言った。

「ぼくの顔の傷を気にしているのか？　これは傷とは言えない。男ならよくあることだ」

ジアは足取り重く、とぼとぼと歩み寄る。手に持つのは皿だった。

「きみが料理をするなんて驚いた。はじめてだな。なにを作った？」

ジアのくちばしが下を向く。皿にのった料理は焦げていた。ルスランが、「おいで」と声をかけると、ジアはすぐそばまで近づいた。

なんと呼べばいい料理かは知らないが、彼は皿にのるものをつまんで口へ放りこむ。ひどい味だったが、無理やり喉の奥へ追いやった。けれど、耐えられずにうめく。

「ジア、水」

おろおろしているジアは、慌てて水差しを杯に注いだ。その差し出された水を、彼はジアの白い手ごと包んで一気にかたむける。そのまま彼女の腰を抱きこみ、彼は言う。

「なにをしょげている？　がんばって作ったんだろう？　最初からうまくできるやつなど

どこにもいない。ぼくの剣も、最初はへっぴり腰でひどかった。ほら、しゃんとしろ」

ジアは、背を反らせて胸を張る。素直に態度で示すところが、彼にはたまらないのだ。

「そろそろ顔を見せてくれ」

白く、色のない自分を卑下するジアを、励ましたかった。自信を持ってほしかった。

「ぼくの前では頭巾など必要ない。わかっているだろう？　ぼくはきみを選んだ」

ジアはためらっているのだろう。震える指で首もとのひもをいじいじといじっている。見かねた彼は、素早くひもを解いてやる。続いて頭巾を外せば、彼女は顔をくしゃくしゃにして泣いていた。

〝きれいだ〟や〝かわいい〟の言葉を用意していたが、たちまち消し飛んだ。ぶさいくだ。

「は、号泣だな。意味がわからない。なぜ泣いている？」

洟まで出ているので、ごし、と指で拭ったが、ますますジアはしゃくりあげた。

ルスランは、「どうした？」とわななく唇に自身のそれを押し当てる。ふれあうだけのくちづけをくり返してから、荒々しく彼女の唇をむさぼった。

口を割り、舌を彼女の舌にねっとり絡ませる。ジアの手が背中に回されて、力がこめられた時、彼は唇に隙間を空けた。熱い吐息を感じる。

「……ジア、声が出ないと聞いた」

彼女がかすかに首を動かす。認めたのがわかった。ぼたぼたと涙が落ちてゆく。

「そんな悲しそうな顔をするな」

唇で涙を吸いとると、ジアはまつげをふさふさと動かし、目をまたたかせた。

「ぼくはきみの声が出なくてもかまわない。たとえ手や足や目を失っていても、なにも持っていなくても。会えないあいだになにがあったのだとしても変わらない。説明もいらない。きみが何者でも、ジアはジアだ。きみはどうあろうと、生涯ぼくのジアだ」

ジアの白い髪を撫で、「ん?」と顔をのぞけば、うるんだ緑の瞳と目があった。

「ほら、泣きやめ。相変わらず泣き虫だな。ぼくはきみの味方だ。小さなきみは虫からぼくを守ってくれたが、これからはぼくが守る。男の力が強いのは、女を守るためだ」

いままでの彼女であれば、すぐに笑顔になったはずなのに、本当に笑わない。グリシャの話のとおり、ジアの笑顔は消えていた。まるで笑い方を忘れてしまったかのようだ。

ぴとりと白い頬に手を当てれば、彼女の目から、しずくがすじを作ってこぼれていった。

――この五年のあいだになにがあった? 声を失い、笑顔を失い、あとなにを失った?

ルスランは、開きかけた口を一旦閉じて息をつく。頭をせわしく働かせ、言葉を選んだ。

「ジア。ぼくはきみを見つけたらすぐ結婚しようと決めていた。きみの誕生日にできなかったことをすると決めていたんだ。でも、五年も待った。待つのは慣れたしまだ待てる。あのころのようにわがままでもないし、結構辛抱強くなった。ジアはどうだ? きみの気持ちは。ぼくに待ってほしい? それとも、いますぐ妻になるか?」

話してから、彼は言葉に説得力がまるでないと思った。なぜなら、下腹部は己の感情に正直で、先ほどから熱を抑えきれていないからだ。五年という歳月は、彼には長すぎた。

――待つって、これじゃあ待ちきれないと急かしているも同然じゃないか。くそ、格好がつかなくていやになる。なぜ服を着なかったんだ。ぼくは。

己を罵倒していると、唇に、ふに、とやわらかなものがくっついた。すぐに離れていったが、彼の青い瞳が見開かれた。ジアの唇が、〝大好き。愛してる〟と動いたからだった。

彼女は銀のローブをにぎりしめると、もぞもぞとたくしあげ、一気に胸まで引き上げた。五年前よりも長くなった足や、ふわふわな白い綿毛が覆う性器、まだ成長しきれていない腰、そして、みずみずしく膨らむ胸が現れる。

息をのんだルスランは、その白い肢体を凝視する。これまでもジアの裸を毎日想像していたが幼いものだった。五年を経て、これほど成長しているとは思っていなかった。女だ。

「……いいのか？」

うなずくジアは、銀のローブを脱ごうと飾りを外しだす。すかさず彼も手伝った。ローブがゆるめば、ジアは自分で脱ごうとしたが、彼はその手を止める。こちらを見つめる緑の瞳に、目を細めて見せれば、彼女の目もすうと細まった。

ふたたび申し合わせなくても、唇同士を重ねあう。

彼女と指を絡ませ、手をつなぐ。会えないあいだ、ずっとしたかったことだ。

彼は、ジアの手を引いた。脳裏によみがえるのは、ふたりで過ごした池だった。

『わたしばかり気持ちよくなっているみたい……。なんだか、ずるい』

それは、まだ彼がジアの小さな胸に一方的に触れていたころだった。彼女の言葉は自発的なものだったが、そのじつルスランの誘導によるものだった。彼は、自分も彼女に触れてほしくて、あの手この手で仕掛けていた。それがとうとうその日、成功したのだ。

『ぼくに触れたいのか？』

『うん、さわりたい』

ルスランは、ジアに必ず責任を取らせると決めていた。なぜなら人にも性にも興味がなかった自分が、ジアのせいで恐ろしいほどまでに目覚めさせられたからだった。

毎日下腹のうずきに苛まれ、夜、自分をなぐさめない日はなかったし、一晩中耽って気づけば夜が明けていた日もあった。眠気を引きずり、翌日会うジアは、無自覚にさらなる鮮烈な欲の種を撒き散らし、彼はその被害をまともに浴びていた。

『じゃあさわればいい。ここだ』

ジアの手をつかみ、自身の股間に誘導すると、彼女は目をまるくした。

『だめよ。前にさわっていいって聞いたら、ぼこぼこに張り倒すって』

『とにかく、これはおまえのものだ。好きにしろ。でも、ぼくは代わりにこれをもらう』

ジアの足のあいだをふに、と押すと、彼女ははにかんだ。

それは幼い取り決めだったが、この日から、彼のすべてはジアのもので、ジアのすべては彼のものになっていた。なにをされても、してもゆるされる関係だ。

彼は基本、ジアに快楽を刻むことに集中したが、ジアは奇抜で、先が読めたものではなかった。なにを思ったのか、性器を花びらや葉っぱで飾られた時もあるし、植物で染色された時もある。その一方で、しばらく動けなくなるような官能を与えられ、骨抜きにされていた。ジアは無邪気に予想をはるかに超えてルスランを翻弄し、夢中にしたのだ。

そして、いまもルスランは、想定外のことに直面した。

寝台についたとたん、彼はジアに座ってと指示された。どうやらお得意の母親風を吹かせているらしい。彼がひどい怪我をしているから、彼女は先導しようとしているのだ。すぐさま彼女を押し倒そうとしていた彼は、予定を狂わされたが、邪魔をする気はなかった。

ジアは、彼の足のあいだにぺたりと座り、あのころよりも大きくなった性器を両手で包みこむ。そして、ぱく、とほおばった。ちゅ、と吸われたとたん刺激が腰の奥に伝わり、背すじを駆け抜ける。

彼女の愛撫は、本当に彼が大好きでたまらないのだとわかるものだった。たくさんのくちづけと、頬ずりと、熱い口内、そして舌。時間をかけて、大切な宝物のように扱われ、心が満たされる。ただの快楽ではないのだ。より官能を増幅させられ、肌が粟立つほどの、彼女の思いを感じる。そばにいたい、離れたくないと訴えられているかのようだった。それに応えるように、彼はうめいて吐精する。ずっとそばにいると、彼女に己を植えつける。

ジアはすべてを受け止め、のみこんで、丁寧に猛りを舐めた。そして、彼の足の付け根を短く吸って、ひそかに赤い痕を刻むのだ。

彼は荒い息を整えて、しるしをつけるジアの白い髪を撫でつけた。

「四つもしるしがあるな。四回？　ぼくが寝ているあいだにこっそりしたのか？」

彼女は鼻先を持ち上げ、恥ずかしそうに肩をすくめる。

「ぼくはきみに触れていない。ジアばかりずるいな。今度はきみが脚を開いて」

ジアは首を振って拒否をする。彼女は、主導権は譲ってくれないようだった。

「ばか。妻が夫の優位に立って進めるなど聞いたことがない。刺すのはぼくだぞ」

言いながら彼女の両脇に手を差しこみ、その場に立たせ、銀のローブをたくしあげる。

彼女に脱がせやすいよう両手をあげさせ、彼は一気に引き抜いた。

白い肌は、頭上から降る光を反射し、より白くかがやいた。太陽に弱い彼女だが、陽はこの世の者ではないほどに、彼女を神秘的に見せるのだ。眺めていると、ジアは、彼にぴとりと身体をくっつけた。彼は強く抱きしめる。見つめあっていると、世界が消えて、彼女以外見えなくなった。

ルスランは、ジアの唇めがけて口を当て、食んではキスをくり返す。くちづけのさなか、首にかかった首飾りをとり、彼女につけてやる。すると、ジアのキスが弱々しくなった。

彼女は首に気を取られているようで、しきりに白い指でなぞっているのだ。

「きみの家で見つけた。これは肌身離さずつけていろ。いいな？　ぼくの妻の証だ」

バルヒェットの、と言いかけ、彼は言葉をのみこんだ。グリシャに名乗ってしまったが、自分は王の命に背いて仲間を殺し、国を裏切った。もう生家にジアを連れて帰れない。

ひざが震えているのに気がついた。信じられずに瞠目する。自分の境遇を嫌っていたものの、身分や家、その責務は、己が思う以上に個を安定させるためのよすがだったのだ。

ジアは、貴族だから自分を選んだとは思わない。だが、生まれゆえの常識がはだかる。

「……ジア、ぼくは、……いや。なにも持たないぼくでもいいか？」

彼女を信じていたかった。しかし、情けない声が出た。恐怖を覚えて視線が泳ぐ。ジアに関しては、幻滅したくもなかったし、傷つきたくもなかった。

ほどなく、信じていたとおりにジアが大きくうなずくと、身体の奥底から駆け上がるのは、安堵や喜びではなかった。どろどろとした獰猛で醜悪な欲望だ。なにも持たないからこそ急き立てられて、一刻も早くジアとひとつになること以外に考えられなくなった。彼女に己を強く刻んですぐに孕ませたいのだ。なにがあっても、死ぬまで逃がさないために。

どく、どく、と全身に脈打つ血潮を感じる。

――いやだ。……ああ、頼む、冷静でいさせてくれ。大切なんだ。

視界が赤く染まった気がした。暑くもないのに汗がにじんだ。あふれ出る衝動に、胸を傷ごとかきむしりたくなった。

ルスランは、深呼吸をくり返す。いま、我を失うわけにはいかなかった。自分はきっと、否、間違いなくジアに無理やり突き入れて、犯すに決まっている。悪いことに、すでに下腹は猛烈な力を取り戻し、先ほどよりも燃えたぎっている。

下腹でそそり勃つものに気がついたのだろう。ジアはふたたび細い指で股間に触れたが、彼はその手を遠ざける。いま、刺激を与えられてしまえばおしまいだ。

「ジア、……服を着ろ。ぼくから、離れるんだ。……早く」

突然の彼の変貌に、ジアは見るからにおろおろしていた。そして、首を横に振る。緑の目にいっぱい涙をためて、また首を振る。かたかたと震える手で金の首飾りを指差して、まるで、妻だものと訴えているようだった。彼女は離れたくないのだ。

「部屋を出るんだ。ぼくに近づくな。早く行け。逃げろ」

頬を濡らし、口を引き結んだジアは、背中を見せると寝台にのってしまった。秘部があらわになるのも構わず四つ這いになり、奥へと進む。

「なにをやっている。ぼくから逃げろ……頼むから」

彼女は振り向くと、こちらを見つめながら自身の小さな乳首をつん、つんと二度押した。この期に及んで誘っているのだ。彼は両手で顔を覆った。ここまでするジアをもう逃せない。彼もまた、ジアから離れたくないのだ。自分が危険極まりないとわかっていても。

――くそ。ごめん、ジア。

ぎし、と寝台にひざをのせると、ジアは背を反らせて胸をはる。以前、池でお乳を飲ませるためにしていた格好だ。

彼はジアの前に立ち、その場に座った。すると、彼女はにじり寄り、彼の脚をまたぐようにひざで立つ。

彼女は唇を動かし、なにかを言った。見ていた彼に伝わった言葉はこれだった。

〝わたしのルスラン〟

「ああ……ああ、そうだ。ぼくは永久《とわ》にきみだけのものだ」

ジアの手に誘導されて、その膨らむ胸に手を当てた。どきどきと速い鼓動がわかった。彼は、猫のように彼女の胸に頬ずりしたが、それは見た目どおりにやわらかく、感動を覚えるほどだった。そこに何度もくちづける。吸いつくと、白い肌には赤い色の花が咲く。べろりと舐めれば、淡い突起はふるっと揺れて、もっと、もっとと誘っているかのようだった。彼女の華奢な腰に手を回し、彼は、以前のようにむしゃぶりついた。

先端を強く吸い、舌で舐《ねぶ》りたおして甘く嚙む。ジアの腰は官能に耐えられないのか震えていた。それでも彼女に頭をかいこまれ、いいこ、いいこ、とかつてのように撫でられる。長い時間、彼女の胸をむさぼった。息はとっくに荒かった。ジアはひざで自分を支えきれずに、彼が汗ばむ背中を支えていた。わななく白い太ももにはとろみがある液が滴った。

胸から唇を離せば、ジアは腰を落として、彼の猛りに秘部をくちゅ、と押しつける。自分の穴に、膨らみきったそれを刺そうとしているのだ。けれど、ぬるぬるとすべって刺さらず、〝できない〟とこちらをうかがった。

ルスランは、身悶えしそうな刺激に苦しめられながらも、口の端を持ち上げた。

「――は。ジア……きみには無理だ。ここからは、ぼくがやる」

彼女の秘部に手をやれば、そこはぐずぐずに蕩《とろ》けていた。指を泳がせ、あわいを探り、こねるように穴を探した。これだと予想をつけて、指に力をこめれば、ぐちゅ、と根もとまで入る。しかし、ジアは顔をしかめて縮こまった。

「痛いか？」

ジアは、眉根を寄せてもごもごと口を動かしていたが、ふたたび「痛い？」と聞くと、渋りながらも、こくんとうなずいた。

「『絶対に痛くしない。その努力をする』と、きみに言ったな」

それは、ルスランが以前、ジアに刺す約束をした時に伝えた言葉だ。

「ジア、この三日間、ぼくに薬をのませていただろう？　それを見せてくれ」

言葉のとおりにジアが側机にある小瓶を持ってくると、彼は蓋を開け、においをかいだ。そしてふちをぺろりと舐める。舌でじっくり確認し、のませても問題ないと判断した。

彼は小瓶を呷ると、ジアの後頭部に手を当て、彼女の口にそれを流しこむ。くちづけたままジアを抱きしめ、彼女ごと横になった。

その際、傷が激しく痛んだが、必死に耐えた。また、傷のおかげでぎりぎり己を保てた。

「ともにいるためだ。眠って。きみにとって悪夢にならないよう、最大限努力する」

うなずくジアは、りんごをこちらに差し出した。それはグリシャが先ほどよこしたりんごだ。薬といっしょに持ってきていたのだ。

ルスランは、りんごをかじった。半分食べたところで彼女の小さな口に運ぶと、ジアにかつての笑顔はなかったが、心なしかうれしそうだった。彼女の好きな半分こだ。

ジアがほおばる姿を見ていると、会えなかった時間が浮かぶ。会いたくて、血のにじむ思いまでして、もがき続けた五年だ。それが報われたのだと実感できる。

――ぼくはなにを動揺していたんだ。ジアがいればどうでもいいじゃないか。

澄んだ瞳に見つめられている。生まれてはじめて自分の味方だと思い、生まれてはじめて大切だと思った。奇跡のような、白い女の子だ。

身分も、国も、住処さえもどうでもいい。彼女のいるところが自分の居場所だ。

ジアはいまだにしゃくしゃくと食べているが、ルスランは、ジアからりんごを奪って転がした。りんごではなく、自分が唇を独占したいと思った。

――やっときみに会えた。……長かった。

口内にあまずっぱい味が広がった。彼女の舌が、求めに応えてくれている。よだれなど垂れても気にしない。ふたりでどろどろになりながら味を分けあった。

次第に熱い舌が絡まなくなった。ルスランの背中に回っていた手がぱたりと落ちた。まぶたを閉じたジアはぐったりしていて動かない。彼女は、眠りについたのだ。


ルスランは、自身が狂う前提で事を進めた。狂うのは避けられないと思っていたからだ。その上で、己の衝動に抗いながら彼女に触れていた。あえて傷に手をやり、痛みで意識を保っていた。つかみすぎて、当てた布に血がにじんでいる箇所もある。それに構えないほど必死に内なるけものと戦った。

激痛のなか、五年ぶりの彼女への高揚で、胸はどくどくと早鐘を打っていた。ひとつになれる喜びと、耐えてきたせつなさと、次々にあふれる思いをごちゃまぜにして、彼女の唇に口を重ねた。ぐにぐにと強く押し当て、より彼女に近づこうとする。

　彼は、特に作法を学んだわけではなく、上手、下手、そのような人の目による主観的な評価は考えない。キスひとつにしてもそうだった。池で覚えた数々の動作は、すべてがジアに思いを伝える手段だ。そのため、優美な姿とはかけ離れ、野生をむきだしにしている。隅々まで時間をかけて、しつこく己を染みつけるのだ。

　汗は、次々と噴き出した。彼の額やこめかみから落ちたしずくは、ジアの肌を濡らしたが、快楽を得ているのか、彼女の肌もまた、しっとり湿りを帯びていた。

　曇りのないぬけるような白肌に、手を這わせてくちづける。心のなかで彼女の名前を数えきれないほど何度も呼んだ。

　彼の性器はふくれあがって限界だった。ジアが起きていれば彼女はこれを放っておかないだろうが、眠っていて動かない。それがせつなく感じられた。

　彼は、時折行為を止めて、あのころよりも大きくなった胸に顔をうずめ、彼女を強く抱きしめた。規則正しい鼓動の音を聞いていた。赤子がお乳を飲むように、つんと尖った乳首に吸いつけば、いいこ、いいこ、と白い手で頭を撫でられている気になった。

「ジア……」

　彼は、彼女に大きく脚を開かせて、秘部にねっとりキスをした。あわいを割って、秘めた芽を露出させて口にする。時間をかけて彼女を舐めて、穴をやわらげようと試みた。

　傷つけないように、慎重に指をうずめて仕度する。部屋は、くちゅ、くちゅ、とした水音と、彼の荒い息で満たされた。

けれど、宝物として扱いたいにもかかわらず、意識はかすみ、飛びそうになっていた。自分がなにをしているのかわからなくなった。狂おしいほど身体は熱く、どく、どく、と血潮が煮えたぎる音がする。

彼が事態に気がついたのは、ばさばさと、頭上に羽音が聞こえた時だった。

寝台で眠るのは、様変わりしたジアだった。

白い肌にはおびただしい数の赤い痕が散っていた。唇は、散々吸われたのだろう、ぷくりと腫《は》れていたし、両の小さな乳首は真っ赤に熟れて、ありえないほどもてあそばれたあとだとわかった。まるいお尻は、しるしどころか噛み跡までついていた。秘部はむさぼり尽くされたのか、とろとろと液が多量にあふれてこぼれていた。何度も果てさせたのだとわかる。ジアは、彼が自制できなくなった瞬間に、狂気の犠牲になったのだ。

ルスランは、青と金の瞳を見開き、わなないた。

彼にとっては、意識を失ったのは一瞬だ。しかし、事は長い時間に及んでいたようだった。明かり取りから差しこむ光が、淡く弱々しいものに変わっている。

自分は狂うのだとわかっていても、この現実を信じたくなかった。

「——は。いやだ、ジア……。うそだろう」

彼は、すかさずジアの秘部に手を当てて、彼女の穴を確かめる。指が一本ではなく、ぐちゅ、と三本まで入り、ごくりと唾をのみこんだ。だが、顔を近づけた時、刺していないのだとわかった。彼女の液はにごっていないし、精のにおいがしないのだ。

とたん、心の底から息をついた。まだ犯していない。

いつもの自身の狂気を思えば、無理やり突き入れるのだと思っていた。しかし、奇妙なことに、狂った自分は、分別をわきまえているようだった。彼女の全身には赤い痕が散るものの、それが集中的につくのは、ジアが好むところばかりだ。狂っていても彼女に思いを伝えていたのだとわかる。金の目でも彼女が相手なら、大切にできるのだと思った。

見下ろせば、ぼたぼたと熱いものが彼女に落ちた。

――勝手な、ひどい男だ。それでも、ぼくは、

「きみとひとつになりたい」

全部、ありとあらゆる自分を受け止めてほしいのだ。どうしても、すべての自分を。

顔をくしゃくしゃにゆがめた彼は、ぐったりした彼女の身体を抱きしめた。

＊　＊　＊

『きみはいつも幸せそうだな』

池に彼とふたりで浸かりながら、この言葉を言われた時のジアは満ち足りていて、そうなの、すごく幸せなのとうなずいた。

彼といっしょにいられて幸せだったし、祖父も鳩も犬もみんな元気で幸せだ。憂いがあ

るとするならば、じきに彼と離ればなれになることだったが、手紙をやりとりするのだと思うと、しぼみかけた心は浮き上がる。

ジアは、彼のひざの上でまばたきしたあと彼を見つめる。鼻がしゅっとして、唇は引き締まり、宝石みたいな青い瞳。そして王さまのような金の瞳。きれいな顔だ。

『ルスランは、いつか、ジアを迎えに来てくれるのでしょう？』

『当たり前だ』

ほら、とジアは思った。ルスランはジアに幸せをすぐくれる。対して、自分は彼になにをあげられるだろうと考える。それは、なにも持たない村娘のジアにとっては難しい。

『なぜきみがそんなに幸せそうなのか昨夜考えた』

彼は論理を求めるのか、こむずかしく考えるふしがある。

『きみは小さな幸せを見つけ、それだけで満足できる。晴れているだけでうれしそうだし、形のいい木の実を拾っただけで笑顔になるのは、世界のなかでもジアだけだろう。人に幸せの杯があるのなら、きみの杯は小さくてすぐ満たされる。だが、強欲な者の杯は大きく、なにをしても満たされない。不平不満ばかりだ。人の理想形とは、おそらくきみだ』

ルスランにまっすぐ見つめ返されて、その指先がジアの鼻の上にのる。

『だからきみは、いつでも幸せでいられる。反面、ぼくの杯はきみよりずいぶん大きい』

『それって、小さな杯のほうがいいの？　しあわせの杯、小さくしたい？』

『きみはぼくのものだから小さな杯はすでにある。だから、ぼくは大きな杯を満たす努力をする。同じ杯は、ぼくたちにふたつはいらないだろう？』

ジアは、彼に『ぼくのもの』と言われるのが好きだった。ずっと離れないでいられる気がするからだ。もっと言ってほしくて彼に頬をぺたりとつけて、ぐりぐりと頬ずりをする。とたん頭を撫でられ、幸せは大きくなった。

『きみは、いまの意味をよく理解していないだろう』

彼の顔が近づいて、ふに、とやわらかな唇が口に押し当たる。至近距離で彼は言う。

『杯が大きいときみに分けられる。ぼくは生涯努力を続けるから、きみにはいつでも幸せでいてほしい。ぼくは幸せそうなきみがいれば、苦労は苦労と思わない。幸せなきみはぼくを幸せにするんだ。ぼくが幸せになるのは、きみが幸せでいることが前提だ』

『しあわせなわたしは、ルスランをしあわせにする？』

ふたりのあいだの空気が動いた。彼が笑ったのだ。

『ぼくはなにもむずかしいことは言っていない。つまり、きみはいまのまま変わるなということだ。ただ、ぼくが努力するという話』

うなずくジアは、むきだしの背中に彼の手を感じながら目を閉じた。

見つけた、と思ったのだ。なにも持たないジアが、彼になにをあげられるかを。

――ジアがしあわせでいることで、ルスランがしあわせになるのなら、わたしは、いつでもうんとしあわせでいよう。

ジアは目を開け、決意をこめて鼻を持ち上げる。すると、また口に彼の唇がくっついた。

——しあわせ。

【ジア、元気でいるか？　取り急ぎ、無事でいることを伝えたくてペンを取った。正直、手紙を書いたのははじめてで、なにを書いていいのかわからない。毎日ともにいたきみがそばにいなくて戸惑ってもいる。早くきみを迎えに行けるように、一日一日努力する。それまでよく食べ、よく寝て、身体に気をつけて元気でいろ。約束だ。また手紙を書く】

ジアのもとに伝書鳩が舞い降りたのは、ルスランが去ってひと月ほどした時だった。ずっとしょんぼりしていたジアは、この時ばかりは、ぴょんぴょんと飛び跳ねた。

そのジアのはしゃぎようを見た祖父は、ただでさえ細い目をさらに細めた。普段はむっつりしているが、あまりにもジアがしょげていたものだから、変化にうれしそうだった。

「なにか楽しいことがあったのか？」

「うん、あった。ルスランが手紙をくれたの。あそこのね、あの鳩が届けてくれた」

ジアの指の向く先には、白い鳩たちにまざって茶色い鳩がいる。祖父は、眉をひそめて「目立つな」とつぶやき、ジアの白い頭に手を置いた。

「よかったな。いまから出てくる。おまえが拾ったどんぐりを粉にしておいてくれ」

「うん、わかった。おじいちゃん、いってらっしゃい。気をつけてね」

ルスランが去ってからのジアは幸せだとは言いがたかった。ジアを取り巻く世界は、すっかり変わり果てていた。

村は近年まれにみる不作らしい。祖父が作った畑は、ジアも手伝ったのに、いのししたちに荒らされて壊滅状態だ。魚も去年に比べてあまり泳いでいなかった。祖父は朝から晩まで獲物を求めて山にいて、ジアは少しでも祖父を助けようと、魚を捕まえたり、食べられそうな果物や木の実をせっせと集めた。けれど今日もおなかはすいていた。

村の外れに住むジアは、村には怖くて近づけない。

以前、祖父に、犬のヴォルフが村に残っていると教えてもらい、こっそりと会いに行ったことがある。けれど、同年代の子どもたちに出会ってしまい、冷たい視線に晒された。「気持ち悪い」や「醜い」と、直接言われなくても聞こえてきた。「化け物」とも言われてしまった。なにもしていないのに、疫病神として村の不作の原因にされていた。

ジアは、ルスランと楽しい日々を送っていてすっかり忘れていたのだ。人とは違うこの容姿が、彼らになにを思わせるのかを。知っていたはずなのに、それを忘れてしまうほど、ルスランのいた日々はすばらしくて、楽しくて、幸せでいられた。

うっ、うっ、とうずくまって泣くジアを、祖父は気にするなと言ってくれたが、ジアのせいで、祖父は村人から白い目で見られ「疫病神を連れて出て行け」と言われているのを知っている。祖父が、一度血を流して帰ってきたのは、ジアを責める村人と、取っ組み合いのけんかをしたからだと知っている。

『おじいちゃん、ごめんなさい……ジアのせいで。ジアなんていなければよかった』

当時、しゃくり上げながら謝ったジアに、祖父は『ばかもん』と叱った。

『いなければいいわけがないじゃろう。ジア、おまえは自慢の孫じゃ。二度と言うな』

『でも……』とうつむくジアは、思ってしまうのだ。きっと、父も母も、祖父のように村人たちにジアのことで責められていたのだろうと。それは、確信に近かった。

ジアは、つねにしゅんとして、祖父がいないところで泣いて過ごす毎日だった。白い鳩たちがいろんな種子を運んでなぐさめてくれていたけれど、気分は晴れないままだった。

そんな時、ルスランの手紙が舞い降りた。ジアは、ぱあっと彼がいた幸せを思い出す。

紙を開く手が震えた。一文字一文字読みながら、手紙を胸で抱きしめた。

早速ジアは、彼がくれた上質な紙とインク壺を用意して、手の甲で目もとを拭う。

【ルスランおげんきですか。ルスランが無事にバルツァーの国に着いてうれしいです】

ジアは、そこまで返事を書いて、ペンを置く。なんて書いていいのかわからないのだ。

彼には、幸せな自分しか見せたくない。けれど、幸せな言葉が思い浮かばない。

涙がこぼれて紙がうまく見えないし、書いた文字は、落ちたしずくでにじんでしまう。

会いたくて、ますます泣いてしまうのだ。ジアは、二日間悩んだあげく手紙を仕上げた。

【ルスランおげんきですか。ジアはげんきです。おじいちゃんもヨハンも鳩たちもげんきです。しあわせです。ルスランが無事にバルツァーの国に着いてうれしいです。形のいい木の実を拾ったの。きれいなお花も見つけたし、葉っぱも見つけたわ。ルスランに見せたいです。今日も池で泳ぎました。ひとりで泳ぐのはいつのまにか普通じゃなくなりました。

それを知りました。いつもルスランのことを考えています。いつも大好きよ。愛してる】

伝書鳩の足の筒に、手紙をまるめて入れると、鳩はぱたぱたと空に羽ばたいた。見送りながら、ジアはそばにいるヨハンに目を落とす。

「ねえヨハン、あの子は無事にバルツァー国まで行けるかしら？　ひとりぼっちだから」

言葉の途中で、ヨハンは、くっ、と首を伸ばした。いつもよりも身長が高くなる。すると、ブナの樹の枝に留まっていた白い鳩が二羽、伝書鳩を追うように飛び立った。

「もしかしてあの子たち、あの鳩を守ってくれるの？」

ヨハンを見下ろせば、ジアのすぐとなりに寄り添い、身体を膨らませる。撫でてほしそうだったので、いいこ、いいこ、と撫でてやる。気づけば、ジアはたくさんの白い鳩たちに囲まれていて、「いっぱい」と辺りを見回した。数は二百羽ほどいるだろうか。

ジアは、まばたきで涙を散らしてから、空を見上げる。

木々の隙間に見えるのは、青く澄んだ空だった。彼の瞳の色みたいだと思った。

二度目のルスランの手紙は、伝書鳩ではなく、クレーベ村から飛び立った二羽の白い鳩が届けてくれた。二羽のうちの一羽の足には、手紙を入れる筒がつけられていたのだ。早速出して読んでいると、それまでぐすぐすと泣いていたジアは、笑顔になった。

「ザロモン、ベアニー。おまえたちってすごい。ルスランがこうして手紙を届けさせるのですもの。あのルスランを認めさせたってことだわ。だからすごい」

ザロモンとベアニーとは、たったいま名づけた二羽の鳩の名前だ。

ジアが名前をつけた鳩は、毎日顔を見せるヨハンを筆頭に、カール、デニス、エッボ、マルク、ロータルのみだった。というのも、ジアの周りにはいつも百羽程度の鳩が顔を見せるが、ほかの鳩たちは昨日と同じ者がいたことがないのだ。持ち回り制なのか、彼らは日替わりでやってくる。そのため、名前をつけるのを諦めていた。

「待っていてね。手紙の返事を書くわ。また、ルスランに届けてくれる？」

ジアがルスランと手紙をやりとりしたのは、およそ半年のあいだに十一回。

ジアは、彼の手紙を待ちわびて届くたびにうれしくなっていたけれど、それ以外はしょんぼりしたままだった。気分は塞ぎ、おなかもすいている。家はますます貧しくなり、ろうそくも一週間に一度しか灯せない。そんななか、幸せそうな自分を手紙に書きあらわすのは大変なことだった。返事を書くのは悩みに悩んで、だんだん時間がかかるようになる。

題材を探すのは苦労した。釣れてもいない魚を釣ったことにしたこともある。けれど、そうしなければならないほど、ジアの紡ぐ物語は、幸せとはほど遠くなっていた。

時が経つにつれ、ジアと祖父をめぐる状況は、好転するといったことは一切なかった。むしろ悪くなる一方だ。相変わらず村は不作で、ジアは疫病神であり悪とされていた。祖父とジアは出て行けと言われて、いやがらせをされている。けれど、祖父は抵抗したし、ジアはルスランをここで待っていたいから、つらくても、このまま村にいたかった。

そんな時、事件は起きた。

朝、家を出た祖父が夕暮れ時になっても、戻ってこなかったのだ。

ジアが泣きじゃくりながら森に入ったのはあくる日だ。徹夜で待っていたけれど、祖父は帰ってこなかった。祖父からは、池と温泉以外には行ってはいかんと固く約束させられていたけれど、はじめて言いつけを破り、奥の道なき道を進んだ。

「おじいちゃん！」とさけんでも、声は、広く薄暗い森にこだまするだけだった。

怖くないと言えばうそになる。大きくにょきにょきと生えたたくさんの樹木は空を狭め、ジアを容赦なく圧迫し、縮こまらせる。方向の感覚も狂わせる。ぎゃあぎゃあと、猛禽類が鳴いていた。もはや、帰り道もわからない状態だ。

歩き慣れない山道で、ジアは転んでひざを擦りむいたり、すべったりもして傷だらけだ。ぼろぼろの靴で森を歩くのは無謀なことだった。うつむくジアはたまらず地面にへたりこみ、目に手を当ててめそめそした。儚くなった両親が、いやおうなしに脳裏に浮かぶ。

――ジアを置いて行かないで……。

ほどなく、ぶわりと羽音が聞こえて、ジアは顔をゆるゆる上げる。

ジアのひざの上には、いつのまにかヨハンがいた。足もとには、カール、デニス、エッボ、マルク、ロータルも。つぶらな目をした六羽は、みんなジアを見上げていた。

そのジアを中心として、無数の鳩が飛び回る。数は数えきれないほどだ。さながら吹雪のように、辺りの景色は真っ白で、なにも見えなくなっていた。

ジアは、大きく開けていた目を、さらにまつげを跳ね上げ、見開いた。

見えるのだ。空から森を見下ろしているさまが。川がうねって流れるさまが。激しく流れる風を感じる。緑のにおい。土のにおい。大きな岩を通りすぎ、見事な古木のそのうろに、怪我をした祖父がいた。祖父は歩けなくなっているのだ。

衰弱しているようだった。普段は気づかなかったが、俯瞰《ふかん》で見る祖父はとても痩せていた。きっと、否、間違いなく、自分の食事までジアに与えていたのだ。それを、知らずに食べては、おなかがすいたなどと思っていた。ジアは自分が死ぬほど恥ずかしくなった。

「おじいちゃん……」

ジアは、食べ物を必死で探すが、明らかに自分で探しているわけではない。なぜなら、考えられないほど高い位置から、いくつもの場所、いくつもの目で探しているからだ。それに、ぐずぐずと涙があふれるジアの緑の瞳は、にじんで景色は見られないはずだ。

ジアの頭のなかに、祖父への道と、果実への道が示された。それは不思議で奇妙な感覚だったが、誰がジアに見せてくれているかを知っている。

はっ、はっ、と息をつきながら、ジアはひざに座るヨハン、そしてカール、デニス、エッボ、マルク、ロータルに目を落とし、続いて見たこともないほどたくさんいる白い鳩たちを見回した。ジアの肌は粟立った。辺り一面、雪景色かと錯覚するほど真っ白だ。鳩たちは、すべてが地面に降り立ち、こちらを見ている。

鳩たちに「ありがとう」とお礼を告げたジアは、涙をぼろぼろの袖で拭って立ち上がった。痛む足にも構わずに、まずは果実を目指した。

祖父がひどい怪我をしてからというもの、過酷な日々が続いた。

ジアは、祖父を見つけて、ゆっくりと一日かけて家へたどり着き、それからルスランが置いていった本を見ながら、たどたどしく手当てした。

ジアはふたり分の食事を用意しなければならなかった。豆が自生している場所もあったが、村のなかを通らなければならないため、ジアには行けない。食材を調達する方法は限られる。鳩たちも次々と種子を運んでくれたが、残念ながら食べられないものばかりだ。

「ジア、わしの分も食べろ。おまえは生きねばならん。わしはじゅうぶん生きた」

「いやっ。そんなこと言わないで……。おじいちゃんと半分こしたい」

ジアは、雨の日も晴れの日も、起きればすぐ外へ行き、夕暮れまで鳩たちとともに食べ物を探した。はじめはろくなものを探せなかった。祖父とともに、数日間、わずかな果実と水だけで我慢した。

だが、最初は一匹も釣れなかった魚も、三日に一度は捕まえられるようになってきた。きのこも手当たり次第に採ってゆき、祖父に選別してもらった。ほとんどが毒きのこで、食べられるものは少ない量だったが、祖父が調理してくれて、なんでも半分こして食べた。

──おじいちゃんにもっと食べてほしい。豆を、取りに行ったほうがいいみたい。

圧倒的に足りない食事に、ジアが明日、村へ行こうと心に決めていた時だ。

「最近、この辺りにやたらと鴉が増えた。おまえの鳩の天敵じゃ。気をつけろ」

「うん、伝えておくわ。ありがとうおじいちゃん。大好きよ」

働きづめのジアは疲れきっていた。でも、これが毎日祖父がやってきたことなのだ。がんばろうと決意して、ジアは毛布に包まりながら明日のことを考える。

生活に追われて、ルスランの手紙の返事を書けていない。夜はもう、ろうそくを灯さないから真っ暗だ。明日、太陽が昇ったら、手紙を書こうと思った。

——ルスラン、おやすみなさい。今日も大好きよ。愛してる。

祖父の言葉は本当らしい。早朝、ジアがヨハンに会うべく外に出ると、ブナの樹に鴉がいた。それは大きく、どこもかしこも黒々としていて畏怖を感じる。こちらをじっと見ているようだった。情けなくも、ジアは恐怖で竦みあがってしまった。

鳩たちのざわめきも聞こえた。数羽の鴉に襲われているのだ。けれど、天敵といっても白い鳩たちは団結し、徒党を組んで、小さな身体で果敢に立ち向かう。少しも引くことはなく、結果、鴉はばさばさと飛び去った。

立ち尽くしているジアのもとに、一羽の鳩が飛んできた。凱旋したのはヨハンだ。

「ヨハン、みんな無事？　おじいちゃんが、鴉に気をつけろって言っていたの」

ジアの周りは白かった。森で不思議な体験をした時から、ジアのもとに集まる鳩は、日を追うごとに増えていた。

「おまえたちはみんな勇敢だったわ。なにもできないジアとは大ちがい。だって……」

ジアはしょんぼりうつむいた。もともと臆病者だったが、臆病はさらに悪化している。

村を通り抜け、豆を探すと決めたのに、村人を思うと勇気はしぼんで消えている。それでも、行かなくてはと思うが、身体はかたかた震えてしまう。情けなくて涙がにじむ。

手の甲でごしごし拭っていると、ジアの目には、また、上空からの景色が映る。鳩たちが見せてくれる、空の世界だ。

この時ばかりは、ジアの勇気はもとどおりに膨らんだ。鳩たちがいっしょにいると思うと、心強くなる。けれど、村の景色を見下ろした瞬間、ジアは鋭く息を吸った。見えたのだ。半年ぶりの、犬のヴォルフが。

ジアは脇目も振らずに駆け出した。でこぼこの村までの道、途中で転んで靴が脱げたが、履かずにそのまま村を目指した。ひざから血が出ていたが、どうでもいいことだった。

ヴォルフは見るも無惨な姿になっていた。短いロープで首をつながれ、身動きできない。地面には糞が散乱していた。ずっと、散歩に連れて行ってもらえていないようだった。ルスランがいた時の快活さは見られない。高貴なように見えた毛艶はなく、毛は汚れて固まり、毛玉になっていた。餌をもらえていないのか、げっそり痩せて、その上、ぶるぶると縮こまっている。青年たちに石を投げられたり叩かれたりして、いじめられているからだ。

たどり着いたジアは、「やめて！」とさけんだ。

ジアはこの時、自分がどうなるかを知っていた。村の不作の原因でもある、不吉な白い化け物だ。けれど、止めずにいられなかったのだ。この勇気だけは、ジアの誇りだ。

【ルスランおげんきですか。ジアはげんきです。おじいちゃんもヨハンも鳩たちもげんきです。うれしいです。ヴォルフが家族になりました。すごくいいこで、果物をたべました。いつもルスランのことを考えています。きのう、夢に出てきてくれてありがとう。今日も夢に出てきてね。いつも大好きよ。愛してる】

手紙を書き終えたジアは、椅子でふうと息をつく。座っているだけでも傷が痛かった。利き腕は怪我をしていて動かせない。慣れない右手で書いた文字はいつにもまして下手くそだ。書いたばかりだが、もう一度書き直すことにした。幸せそうに見えないからだ。

顔が腫れているため、視界は狭かった。白い髪は、伸ばしていたのにざくざくと切られてしまい、ふぞろいだ。あごの長さで揺れている。ジアは、村人たちから疫病神として疎まれて、袋叩きにされたのだ。

これでも被害はましだった。白い鳩たちがたくさん押し寄せ、守ってくれたからだ。そして祖父も来てくれた。ジアは、村人たちの暴力や、罵詈雑言《ばりぞうごん》に打ちひしがれていたけれど、みんなのおかげで救われた。

甘えた声が聞こえ、足もとに向けて手を差し出した。すると、右手をぺろりと舐められる。犬のヴォルフだ。すっかり人を恐れていたけれど、ジアには懐いてくれている。

「ごめんね、ヴォルフ。手紙のとおりにはまだ果物を食べていないのに。後で取ってきてあげるから、もう少し待っていてね。おじいちゃんが帰って来るまで探しにいけないの」

祖父は、まだ身体が癒えていないのに、無理をして食材を探しに行っている。ジアはひとりで動くなと言い聞かされているのだ。

祖父を待ちながら手紙を読み返していたジアは、ふう、と息を吐き出した。

「わたしはうそつきね。だって、きのう、ルスランは夢に出てこなかったもの……」

ジアは昨夜、傷が痛くて眠れなかった。目が赤いのは、泣いていたからだけではない。

「ルスランに、会いたい」

机に突っ伏して、うっ、うっ、と肩を揺らした。ジアの座る椅子、机は、彼といっしょに文字を覚えた場所だった。だからこそさらに焦がれる。

『ジア、ぼくが来るまで必ず生きていろ。ぼくも生きる。生きていれば、必ず会える』

――生きていれば、必ず会える。

ほどなく、突然ヴォルフが吠え出した。馬のいななきが聞こえた。ジアにとって、馬といえばルスランだ。元気に顔をはね上げたジアは、しかし、すぐにうつむいた。

そこには見たこともない人がいた。銀の髪に黒い目をした男の子。年は同じくらいだろうか。簡素な白い服装だが、村人とは違い、生地は清潔そうだった。ポニーに乗っている。

「わ、見ていた以上にぼろぼろ。なあにその服？　鳩の神なのにみすぼらしい」

「……神？」とジアがぱちぱちとまたたくと、白いまつげにつく涙が飛び散った。

「うん、そうだよ。あなたは鳩の神。私がやっと見つけた」

少年が腕を空にかざすと、やがてそこに、大きな鴉がふぁさ、と舞い降りる。先日、ブナの樹にいた鴉だと思った。

「ね、あなたも同じしぐさをしてみて？　早く早く。これが神の証なんだ。ね？」

ジアはとまどいながらも、少年を真似て、腕を空にかざした。すると、羽音がぱたぱたと聞こえて、ヨハンが飛んできてとまる。ヨハンだけではなく、カール、デニス、エッボ、マルク、ロータルも続々とジアのもとにやってきた。

「はあ!? 六羽。あなたってなに? 一羽だけじゃないの? うそでしょう?」

少年は、驚愕に目を瞠っている。

「ずるーい。六羽も王を従えてるなんて、あなたって、本物も本物。全能の完全体なんだ。びっくり。でも、ちんけな鳩ってところがすごーく惜しいけれどね。アドラー、おまえもびっくりしただろう? それともおまえは知っていたのかな?」

少年は、自身の腕にとまる鴉の頭を撫でた。鴉は気持ちよさそうに黒い目を閉じる。

「私はね、偶然あなたを森で見つけた。ほら、あなたの祖父が遭難したでしょ? あれ見てたの。それからずっとあなたを眺めていたよ。だから知ってる。そう思っていたのだけれど、まさか、全能の鳩の神だとは思ってもみなかった。でもこれ、私たちだけの秘密だ。じゃなきゃあなたになにが起きるかわからない。誰にも他言しないこと。いいね?」

少年が黒いポニーからぴょんと降りると、その拍子に漆黒の鴉は飛び立った。彼は、てっ、てっ、てっ、とジアのもとに走る。

「わ、近くで見るとますますすごい。真っ白。でも、緑の目、きれいだね。気に入った」

少年は話しながら、机を挟んだ向かいにある椅子に腰掛けた。

「あなたって神なのに本当に最弱の生き物だね。しかたないか、鳩自体弱いもん。鋭い爪を持たず、武器がない。鴉、鷹、猛禽たちの餌。ねえねえ、あなたの名前は？」

　祖父とルスラン以外の人に慣れていないため、ジアは緊張しきってまごついた。

「見たところ十二歳くらい？　私もだよ。同じ。だから、警戒する必要はぜんぜんない」

　足もとではヴォルフが鼻にしわを寄せ、しきりに少年に唸っている。が、彼は見向きもしなかった。ジアだけを見つめている。

「私はグリシャ。アンブロス国の宰相アウレールの息子だよ。鴉の神なんだ。王城からはるばるあなたに会うためだけに来た。私の父も、いまこの村に向かっているんだ。あなたに会うために。父が到着するまでのあいだ、あなたのことを教えて？　お話ししよう？」

　少年は、ジアに向けて頬杖をついた。

「ねえ、人ってごみだよね。そう思うでしょう？　ここまでいじめられてさ。この左手なんか指の骨が折れちゃってるよ？　痛い？　色を持たないあなたは醜いが、ここまで迫害される理由なんかない。女の子なのに殴られ蹴られて、髪まで短くされちゃって。その髪型、最悪だね。見ている私もさすがに腹が立ったよ。清掃するべきだと思った。父には許可をとったんだ。だから、あとでぜーんぶきれいにする。もう、心配ないよ？」

　眉根を寄せたジアがぼたぼたと涙をこぼすと、少年は、黒い闇のまなこをすうと細めた。

「で、あなたの名前は？　教えて」

＊　　＊　　＊

『ジア、きみは王さまだよ。人はね、一生をかけてひとつの物語を紡ぐんだ。きみの物語を作るのはきみだけなのだから、きみは王さまさ』

亡くなった父のやさしい声が頭にひびく。

ジアは、王さまになりたいと思っていた。一生かけて紡ぐジアの物語。そのなかで幸せな王さまとして君臨し、胸を張って、父と母に自分の物語を語りたい。

けれど、いまは思うのだ。

——王に、なりたくなかった。

覚醒したとたん、ジアはとぎれとぎれに息を吸った。全身がわななき、うまく息を吸えないのだ。辺りは真っ暗闇で、なにも見えない。ろうそくはすべて切れているようだった。はあ、はあ、と甘く、荒い、淫らな息が聞こえる。だが、ジアのものだけではなかった。全身の血はどくどくと脈打ち、おなかの奥はうねっている。汗が噴き出すほどのすさまじい官能だった。誰かに抱きしめられているけれど、闇のなかでわからない。しかし、このぬくもりを知っている。おなかにめいっぱい質量を感じるのは、刺さってる、と思った。

——ルスラン大好き。愛してる。

く、と歯を噛みしめたジアは、奥を苛む刺激に耐えていたけれど、我慢ができなくなってきた。ついには勝手に腰が動いた。本能なのか、身体が求めているのだ。ジアの動きに合わせて、くちゅくちゅと音が立つ。思うがままに揺らせば、上から熱い吐息が落ちる。

ジアはさらに腰をくにくにと動かした。うずく奥を彼にこすりつけている。

耳に届く彼の甘い喘ぎがうれしくて、ジアの頬に涙が伝う。こうしているのが幸せだ。ルスランがいる。ジアは、ルスラン、ルスラン、と思いながら、彼を強く感じるべく硬い猛りに擦りつける。

なかが蠢動《しゅんどう》しはじめた。おなかの奥から頭の先までなにかが貫き、ジアの足はシーツを蹴った。びくびくと彼を締めつけては弛緩する。果てているのだ。

はあ、はあ、と息をつけば、彼の両手が、余裕なくジアの腰をつかんだ。刹那、どく、と彼の猛りが脈打った。次第に熱いものがじんわりなかに広がって、浸透していった。

ジアは、激しく胸を上下させながら、おなかの奥のぴくぴくとする彼を感じていた。

「くっ、……は。痛くない？」

ジアは、〝痛くない〟と口をぱくぱくさせたけれど、伝わっていないと思った。なので、手探りで彼の背中に手をやった。ずるりと彼の汗ですべったのでまた置いた。

「ジア、痛い？　気持ちがいい？　教えて？　……あ」

息づかいでわかる。彼は、ジアが話せないことを失念していたのだろう。そして、質問を悔いている。彼の腕が頭と腰に回って、強く抱きしめられた。洟をすする音がする。ジアもぐすぐすと洟をすすった。

だが、失念していたのはジアこそだ。彼はひどい怪我をしているのに、構わず、ひとりよがりに腰を動かしてしまった。彼の様子をうかがっても暗くて見えない。ジアは、ごめんなさいとすがりついた。けれど、思わぬ答えが返ってくる。

「ジア、とても気持ちがよかった。ありがとう」

額にふに、とついたのは、彼の唇だ。ジアは目をまるくする。お礼を言ったことのない彼が、はじめて言ったのだ。ジアは下唇を噛みしめて、すぐにもう一度同じようにくねくねと腰を動かした。褒められたいし、彼が気持ちがいいのなら、なんでもしようと思った。が、うめきが聞こえたあとで遮られる。短く息が噴きかかり、彼が笑った。

「待て、だめだ。いまじゃない。きみはそんなに張り切らなくてもいいんだ」

腰にある彼の手が、ジアをなだめるようにさすった。

「ジアとは違い、ぼくはすぐにできない。——は。もう一度硬くならないと……。次はぼくが動くから。……ここは？　痛くない？」

彼の指が、ふたりの接合部をなぞる。張ってはいるけれど、うずきが勝ってそれほど気にならない。ジアが、〝痛くない〟とうなずくと、それで理解したようだった。

「そうか。きみを眠らせたのは正解だったか？　ずっと迷っていた」

顔にはりつく髪を指でかき分けられる。ジアも、彼の髪に触れ、右目があらわになるようにつまんだ。金の瞳を想像していると、手を取られ、そこに彼の唇がつけられた。

「ジア、きみは女になった。ぼくも男になった。正直に話せば、ぼくはきみのなかで一度果てている。刺す途中で果てたから、男としてふがいなくて最悪だ。それからは、こうしてずっと刺したままでいる。きみの身体……、いや。明るくなればきみは驚くと思う」

ルスランは、ジアの鼻に指をのせ、「五年分の痕をつけた」とささやいた。

――五年ぶん……。

「きみは長い時間眠っていた。いまは真夜中だ。おそらくぼくは一度果てただけではない。途中で何度か意識がないんだ。数回は抱いていると思う。子ができるかもしれない」

ジアがもう一度うなずくと、彼は息をこぼした。

「産んでくれるか？　乳を、与えてくれるか？　赤子の目が金でも、いいか？」

ジアは、もごもごと口を動かした。いま声が出たなら、どれほどいいだろう。

〝もちろん産むわ。たくさん抱きしめて、お乳をあげるの。金色の目、大好きよ〟

彼にぴとりと頬を寄せれば、頭を撫でられる。

ジアは、彼の頬にくちづける。すると彼の顔の向きが変わって、口がジアの口についた。

「ジア、聞きにくいが大事なことだ。きみの身になにがあった？　なにをひとりで抱えこんでいる？　聞きたい。いや、聞かなくてもいいんだ。でもぼくは夫だ。知りたいと思うのは当然だ。きみの喉をじっくり見たが、どこにも傷はなかった。声は精神的なものだろう。おしゃべりなきみが話せなくなるのはよほどのことだ。つらい目にあったのか？」

洟をぐす、とすると、彼の手がジアの目もとをさまよい、拭おうとする。泣いていると思っているのだろう。実際、涙を落としていた。

「きみが眠っているあいだ、きみとひとつになったまま色々なことを考えた。過去のこと、未来のこと、そして現在。こんなことならきみから離れなければよかったと、国に帰らなければよかったと思った。ぼくはなにをおいてもきみを守らなければならなかった。しかし、すぐ否定している。ぼくがあの村に残っていたら村は全滅していた。きみを連れて帰れば、あの過酷な道中きみは殺されていた。ぼくは力をつけていなければ、弱くてきみを守ることはできない。最善がわからない。なにが正しいか、どうすればよかったのか」

一気に話したために、彼は長々と息をつく。

「長い時間考えても答えは出なかった。いまも悩んでいる。——は、無力だな。きみの声が出ないと知りいまごろ慌てている。後悔もしている。前もってできたことはあったはずなんだ。そしていま、きみの声が聞けたならと願っている。まさか、きみの声が聞けないなんて思ってもいなかった。きみの、おしゃべりな声が聞きたい。人は身勝手なものだとつくづく思う。でも、ぼくはどうしても理由を知りたいんだ。守るために」

目の奥が熱く痛んだ。さらに涙はやってくる。ジアの目からとめどなくあふれ、伝った。いま、光がなくてよかったと思った。きっと、すがるような顔で彼を見ているからだ。ジアは、もしも声が出ていたとしても、彼にはなにも伝える気はないのだ。ジアの身に起きたことは、幸せとはいえない。彼にはなにも望まないし、ジアのためになにもしなくていい。ただそばにいられるだけで満足だ。

ふいに唇が、熱く塞がれた。彼の舌に舌を絡められ、応えるようにそれに絡めた。ぴちゃぴちゃと、暗い部屋に水音と吐息がひびいた。

いまだ彼はジアのなかにいて、ふたりはつながっている。それがジアは幸せだ。そばにいると強く思える。けれど、彼が腰を引き、ジアから出ようとしたので、彼の腰を必死に押さえた。離れたくないのだ。もっとひとつでいたかった。せっかく深く刺さっているのに。

「ジア、だめだ、これでは動けない。ぼくは抜くわけではない。その……男は穴に出し入れする。女とは違い、動いて果てる。つまりは射精だ。……いいこだから手を放して」

目をまるくしたジアが、ぱっと彼の腰から手を放し、彼が刺しやすいように脚をさらに広げると、彼は小さくうめいた。

彼が抜けたのがわかった。けれど、すべてが出る寸前、ふたたび彼の先がジアの奥にやってくる。ついたと思えば、また離れてくっついて、徐々にその速度は上がっていった。こんな感覚は知らない。ゆすられるジアは口を開けていた。あごが上に持ち上がる。こすれて下腹がうずいて、きゅうと彼を脚で挟んだ。

最奥を突かれるたびに、熱が身体をほとばしる。はふ、はふ、と息も乱れた。

「は。……気持ちいい。ジアは？　気持ちがいい？」

――すごく、気持ちいい。

先ほど、奥を彼でこすって気持ちがよかったけれど、彼からもたらされる官能は、それとは違う。快楽以外にも、激しく心をゆさぶられる。

息も唾液もすべて彼の口のなか。ぎし、ぎし、と寝台がきしみをあげていた。

唇をむさぼられながら、ジアは彼を抱きしめる。このままふたりでいたいと思った。

五章

ルスランは、性交がこれほどまで、蕩けるように心地がよく、満ち足りた気持ちになるものだとは思っていなかった。五年前から焦がれていたが、予想をはるかに超えていた。気遣いたいのに、たちが悪いことに、ジアは性器を抜いて離れることを嫌がった。そのために終わりがなく、夢中になって回はかさむのだ。

七回目。ふらふらになった彼女に「眠っていい」と告げれば、刺したままだというのに、ほどなく寝息が聞こえてきた。

十七歳のジアは身体は成長しているものの、心は純粋なままでいた。にもかかわらず、ルスランの腰がくだけそうになるほど淫らなものだから、がんじがらめに囚われる。行為のあいだは、消えたろうそくを灯す時間すら惜しかった。真っ暗闇のなか、彼女をむさぼり、また、むさぼられていた。

ルスランは、眠るジアにくちづけたり抱きしめたりして過ごしていたが、ようやく自身の頭のにおいに気がついた。神殿にある禊の場で洗って以来、清めていないのだ。

――これでジアを抱いたのか？　くそ。不潔で最悪だ。

彼女の口内から舌を抜き、秘部から猛りを抜こうと身を起こす。けれど、ふいに彼女を失う想像が頭をよぎり、慌ててふたたび突き入れた。気づけば、彼女の脚を抱えて必死に腰を振っていた。そして、けもののようにうめいてまた精をぶちまける。だらだらと汗が滴った。もう、やめられないし、やめたくない。

狂っている。

彼は、わかっていながら、それでも彼女に没頭し、二度抱いた。

行為をやめたのは、その後、強い殺気を感じたからだった。それは、自分に向けられたものではない。明らかにジアに対するものだった。

息を殺したルスランは、楔を抜いて、音を立てずにジアを背にして立ち上がる。側机にある小刀を手に取った。

夜は得意だ。騎士として戦っていた時も、闇で討ち取れなかった敵はいない。王の計画に選ばれるために、騎士フーゴをはじめ、めぼしい騎士を殺した時もそうだった。

傷の痛みなど忘れていた。空気の流れ、鼓動の音。耳をすまして相手の動きを読んだ。寝台を囲む薄布に、敵が近づいたとたん、彼は身をぐっと屈めて、一気に肩でぶつかった。けたたましい音とともに、怯んだ敵に馬乗りになり、相手の口を手で塞ぐ。首をめがけ、力のかぎりに刃を刺した。

熱い返り血が噴きかかる。ジアを感じていた直後なだけにひどく汚いと思った。

ルスランは、びくびくと痙攣する敵の上にのったまま、絶命するのを待っていた。

香炉からはけむりがたなびき、辺りはけぶって見えていた。黒い部屋だ。風が吹きこみ、ろうそくの炎がゆらめいた。耐えきれずに消えた瞬間、辺りは一段と暗くなる。けれど、室内の者は誰も気づかない。ただ、黒い鴉がまたたいて、羽をかさりと動かした。

「ああん……。あん！　ああん。……ああっ、あん！　あ。あんっ」

「だまれぶす！　ジアは、おまえのように下品に喘いだりしないっ！　くそっ、くそっ、いまごろジアは…………。ジアっ！　……うっ、く……」

黒い寝台では、十二歳ほどの少年が、ぶるぶると震えながら脚を広げた女に吐精した。いずれの肌も汗ばんで、なまめかしく照っていた。その寝台には、嬌声をあげる女の他にも女が三人、だらりと寝転び、行為の終わりを待ち構えているようだった。

少年が女から身を離し、ごろんと仰向けになると、別の女が近づいた。性器を口でむさぼる者、彼の胸をもてあそぶ者、小さな唇を吸う者、さまざまだ。

「あふ、あ、やめろぉ……。出したばかりだ。勃たな――あっ、あ……やめ……」

少年は身悶えし、銀の髪を振り乱して喘いでいたが、戸口に人の気配があるのにはたと気がついて、女たちに「どけっ！」と怒鳴った。黒い瞳がめいいっぱいに開かれる。

「はあ……!?　なんでおまえがここにいるんだ？　…………あ。見たなっ！」

冷ややかに少年を眺めているのはルスランだ。身体に浴びた返り血はそのまま、布を腰に巻きつけているだけだった。ジアの部屋から出たとたん、見覚えのある扉が見えたのだ。

「血？　おまえ、ジアを！」

「グリシャ、いまジアの命が狙われた。どういうわけだ。説明しろ。言え」

女を振り払ったグリシャは、寝台から降り、てっ、てっ、てっ、と駆けてきた。裸のままでジアの部屋に行きそうだったため、彼は首根っこをつかんだ。

「服を着ろ。恥知らず」

「じゃまをするな！　ジアが殺されちゃうじゃないか！　真っ暗でなにも見えない！」

「殺気は感じない。この辺りには誰もいない」

「じゃあ、ジアは？　怪我を？」

「眠っている。部屋の死体を片づけてくれ。それから敵に心当たりは？」

「大ありだ！　……ああ、くそ。あの男っ。死体はいまから片づけさせる。私はこれから行くところがあるから、とにかく時間がない。あなたへの説明はあとだ。いいな？」

グリシャはもぞもぞと白い簡素な服に首を突っこむと、続いて、呼び鈴を鳴らした。

＊　＊　＊

「わかっているの？　私はいま、怒っているんだ。大大大大激怒だっ！」

大きな声が居室にひびいて、ジアはうっすらまぶたを開けた。すると、寝台のすぐそばでは、グリシャが頬をぱんぱんに膨らませて仁王立ちになっていた。

「ジアはあんまりだ。私にあいつの世話をまかせっきりで男にうつつをぬかして……ひどい。こんなのってない。まだ餌を運んでいないだろう？　あいつは大食漢なんだぞっ」

目をこすったジアが身を起こそうとすると、となりにいるルスランの手に止められた。

「騒がしい。なんだおまえは」

「なんだじゃない！　あとで説明するって言ったでしょ？　あなた、ぜんぜん訪ねてこないんだもん。私はあなたに大大大大激怒だけれど、それとは別に、ジアにはほんのちょっぴり怒っているんだ。だってジア、忘れているでしょう？　今日は会議の日だよ」

ルスランが眉間にしわを寄せる傍らで、すっかり忘れていたジアは肩をすくめた。

会議とは、エーレントラウトの集まりだ。グリシャが気まぐれにみんなを呼ぶのだ。

〝ごめんなさい〞と口をぱくぱくさせると、グリシャは腰に手をやった。

「私にキスしてくれたらゆるしてあげる」

「ばかか、ふざけるな。その会議とやらにはぼくも行かせてもらう」

ルスランが割って入ると、グリシャはすぐに「いいよ」と快諾した。

「ただし、これ着てよ？　顔を見せないで」

グリシャがぽんと寝台にのせたのは、白いローブと鳥の頭巾の、近衛兵の服装だった。

「あなたは私の計画の一部だから人に顔を見せたくない。あなたの仲間のラインマーだっけ？　あの人も計画の一部。あなたよりも傷が深いからまだ眠らせているけれど、使い物になるのかわかんない。だって、あの人、なんとなく生理的に好かないもん。——そうそう。でぶな騎士のことだけれど、名前はロホス？　あの人、あなたとラインマーの裏切りを知らないよ。まだエーレントラウトを殺そうとしてる。片づけちゃってもいいんだけれど、いまはラインマーの手当てをさせているんだよね。だから便利で飼ってる。あは」

　グリシャは「王に飼われているとも知らないでばかだ」と顔をゆがめてロホスを罵った。

「……あ。こうしている場合じゃない。鷹の神も呼んでこなくちゃ。ジアだけじゃないんだ。王なのに、うっかり屋の無責任者は。しっかり者の私はほんとうに苦労するよ」

　ぶつぶつと文句を言ったグリシャは「早く来てよ？」と念を押し、駆け足で出て行った。

「なんだあいつは」

　ルスランがしかめ面で毛布をまくると、彼の肌には赤い痕が散っていた。ジアがいっぱいつけたひとりじめのしるしだ。

　どうやら彼は、身体の布を巻き直していたらしい。ジアの不器用な巻き方ではなく、きれいになっている。髪も洗ったようだった。濡れている髪からは、ハーブが香ってくる。

　明かり取りの光を反射している彼は、五年前とはずいぶん違う。ほっそりとした体軀は筋肉を纏い、全身傷だらけだ。けれど、傷があっても、かつての魅力や美しさは少しも損なわれていない。いつだって気高く、胸を高鳴らせる存在だ。

　——どんな物語を紡いできたのかしら。こんなにすてきなルスランが、わたしを……。

　ジアは自分の身体に目を落とす。とまどうほどの、無数の赤い痕がついている。それは病的な数だったが、ジアは満足だ。彼がつけてくれるものは、どんなものでもうれしい。

——五年ぶん。

真っ赤に腫れた乳首をつまんで、ひりひり具合を確かめる。痛いからこそ胸が弾んだ。よほど長い時間彼は吸っていたのだ。それがとても幸せだ。触れていると、彼のきれいな顔がジアの顔に、「痛い？」と近づいた。

ジアは唇を尖らせ、彼の口にちゅ、とくちづける。すると、彼に強く吸われてキスが深まる。ひとしきり互いを感じていると、彼がわずかに隙間を空けて言った。

「きみに、聞きたいことがある。あの男は……、グリシャはきみの裸を知っているようだった。この部屋はあいつにのぞかれているのか？」

ジアの心当たりはひとつだけだった。目をまたたかせたあと、部屋の上部の鳥の穴に目をやった。すると、顔を出している鳩が見えた。ジアが、〝おはよう〟と口を動かしていると、彼の手がジアの胸と秘部を隠した。まるで鳩たちに見せたくないように。

「……鴉。そうだ鴉か。もしかしてあの男は、鴉が見ているものが見られるのか？」

ジアは白いまつげを跳ね上げた。視線だけでそこまで察してしまえるとは驚きだ。

「信じがたいがそうなのだろう？　だが、鴉の目を我がものにできるのであれば、これまでのあの男の言動にも合点がいく」

彼の青い瞳が、ジアの目線の高さに合わせられる。胸がきしむほどの真摯な瞳だ。

「わからないことだらけだ。きみは、いつから神なんだ？」

ジアが及び腰になっていると、頬を彼の手に包まれた。額に彼の額がこつりと当たる。

「きみを知りたい。教えて？　ぼくは夫だろう？　共有したい」

続いて彼は、ジアの首にかかる首飾りをなぞった。その手つきにせつなさがこみあげる。

「ぼくたちは心も身体も互いのものにしたんだ。ぼくは、覚悟などとうにできている。きみとはじめて出会ったあの日からだ。教えて？　きみになにが起きている？」

彼の額が離れた。その手はジアの肩にのせられ、瞳をまっすぐ見据えられる。

とたん、じわじわと彼の顔がにじんで、見えなくなった。

「泣かせたいわけじゃない。ぼくはただ、きみとふたりで幸せになりたいだけだ」

唇を開きかけたジアは、言葉を選んでいたが一旦閉じる。すると、彼の指がふに、とジアの唇をつついて、やさしく食んだ。

ジアが口を動かすと、彼がすぐに身を離し、「もう一度言って」とささやいた。

〝……白い鳩は、お友だち。わたしは、神じゃない〟

「白い鳩は友だち、ジアは神ではない」と、彼は、ジアの言葉を確認するように復唱する。

ジアの脳裏には、以前グリシャが言った言葉がよみがえっていた。

『アンブロスは呪術国家だったんだ。そのせいか私の血族は不可思議な力を持つ者がまれに生まれる。それが父と私。端的に言えば、私は他の神の目を見ることができる。例えばジアが鳩の目を借りて景色を見たとする。その時、あなたの近くにいれば私も父も共有できるんだ。まあ、あなたが人と接触していれば、誰にでも見せられるわけだけれど』

——わたしが接触すれば、見せられる……？

ジアは、ルスランに自分のことを伝えるために、それを試してみようと思った。

ひたりと自身の胸を彼の胸につければ、背中に大きな手が回る。至近距離にある、青と金の瞳は、まばたきもせずジアを見ていた。ふたりの熱い吐息が重なる。

彼の瞳をこのまま見つめていたい。けれどジアは、かつてグリシャが腕を空にかざしていたように腕をかざした。そこに、六羽の白い鳩たちが舞い降りるのはすぐだった。ヨハン、カール、デニス、エッボ、マルク、ロータル。すかさず集まる姿に、彼は驚いている。

「……鳩くさいな」

ジアは、〝くさくない〟と彼の頬をつっつき、ぱくぱくと言葉を表した。

〝こうしてくっついていると、わたしが見ている景色を見られるのですって〟

「ジアが見ている景色？　それをぼくが見られるということ？　……鳩？」

〝ルスラン、目を閉じていて〟

黒いまつげは変わらず長い。ジアはまぶたを閉じた彼を見ながら以前のことを考える。むかしの彼はひねくれていたが、いまは素直に従ってくれている。どちらの彼も大好きだ。

ジアは、ヨハンに向かってうなずいて、続いてみんなにも次々とうなずいた。

鳩たちは、一斉にこんもり丸くなる。それを合図に、ジアの視界に空が広がった。

今日の空は曇りだ。目前には木の実があった。ジアは近づいてきたところで首を振る。

〝そっちの青いやつじゃないわ。右の赤いほうを選んでね〟

ジアが見ているのは鳩の目だ。皆が一斉に右の木の赤い実をつついて咥えた後、木々を抜け、風を切り、王城の壁の向こうの景色が見えてきた。やがて地をのぞめば、木の柵に囲まれた広い土地の、小さな小屋にたどり着く。その場に降り立つ鳩たちが、小粒な赤い実を次々置けば、元気に飛び出してきたのは犬のヴォルフだ。ヴォルフは尻尾を振りながら、それをすかさず平らげた。

茶色の毛艶は、ルスランがいた時ほどではないが、村にいた時と比べれば格段に改善していた。身体もまるまるしている。鳩のほかにも、ヴォルフに餌を運ぶのは、グリシャの鴉だ。彼らは毎日ヴォルフに果実や肉を置いてゆく。

「ヴォルフ……」

目を閉じていた彼のまぶたが持ち上がった。その言葉で、見えているのだとわかった。

「信じられない。これが鳩の目？　……ヴォルフは鳩に育てられているのか？」

ジアは、ルスランと景色を共有できたことがうれしくて、瞳をかがやかせた。

「クレーベ村ではあいつら、仲が悪かった。それが……おかしな関係だな」

〝いまはとっても仲良し〟

「仲良しか。あいつは元気そうだな。ジア、ありがとう」

こちらを見つめる彼の瞳がゆらめいた。ジアの口に熱が満ちるのはすぐだった。

「遅いっ‼　この色欲魔！　私のジアに……。どう見ても事後じゃないか！」

真っ赤な顔で、グリシャが白い頭巾を被った近衛兵に突っかかると、椅子に座る赤毛の娘は「事後？」と首をひねった。彼女は鷹の神のクロリスだ。

「なにやってんの。見苦しい。威張り散らす男って格好悪いし最低」

クロリスが言った。それにはすかさず、グリシャは唾を飛ばして反論する。

「うるさい！　この近衛兵は、私にすごく威張っているんだぞ？　しかも清らかなジアが、このくずに骨までむしゃぶりつくされて……。こんなのだまっていられるか！」

「その清らかってのはちょっとわかんない。だって、ジアはいつでも頭巾を脱がないし」

彼女の視線を感じて、ジアはうつむいた。

ジアは、居室から出る際は必ず銀色の鳥の頭巾を被り、銀のローブを纏っている。エーレントラウトの格好だ。どうしても外は怖くて、自身の姿を誰にも見られたくないのだ。ジアはびくびくしていたけれど、となりにルスランがいるから足が震えずにすんでいた。

クロリスは、グリシャに向けて盛大にため息をついた。

「それよりさ、早く用件を言って？　あたしは仕度があるんだ」

彼女の言う仕度とは、明日、国の民に向け、エーレントラウトの奇跡を披露する儀式のためのものだった。ようは無数の鷹を操り、奇跡をもって、さらに厚い信仰心を得るのだ。

「いつもは玉座で行うのに、なぜか今回は神殿なんだよね。それってなんで？」

問われたグリシャは首をかしげた。

「さあ？　宰相の考えなんて私もわかんない。あの儀式をすると、あなたはしばらく使い物にならなくなるでしょ？　あれ、疲れるし」

「まあね」とクロリスが認めると、グリシャは腕を組む。

「困ったなあ。あのね、私、近々宰相を引きずり下ろしたいの。そうでないと大変なことになるよ？　だって私、新たな王を見つけろって急かされてる。いま観察中なのが隼《はやぶさ》の神、鷲《わし》の神、鴨《かも》の神。……ねえ、急かされてる意味がわかるよね？」

クロリスが見るからに青ざめた。けれど、ジアにはグリシャの話の意味もクロリスの顔色のわけもわからない。頭巾のなかでまたたいた。

すると、グリシャが声をやわらげてジアに言う。

「ねえジア。明日の儀式なんだけど、あなたがクロリスの代わりに儀式をしてくれないかな。私がやってもいいんだけれど、民には鴉ってまったく人気がないの。ね、おねがい」

覚悟を決めてうなずけば、「これでジアへの話はおしまい」とグリシャの目が細まった。

「これからクロリスとそこの近衛兵に話がある。ジアは部屋に戻っていて？」

すかさずルスランの手が肩にのったが、ジアは彼の頭巾を見つめて、〝ひとりでだいじょうぶ〟とうなずいた。グリシャの部屋とジアの部屋は近いのだ。

ジアは、彼の手に手をのせて、ぽん、ぽん、としてから、そっと部屋をあとにした。

　ジアは、部屋には戻らず歩いていた。

　ルスランには隠していることがあった。祖父を捜すことだ。祖父と離ればなれになってから、毎日続けていた。日課にしている。けれど、今日に至るまでいまだ見つけられていなかった。鳩たちは、みんな力を貸してくれている。

　エーレントラウトの衣装は、ジアの白い姿を隠す隠れ蓑。けれど、好きなだけ泣いていられるというのも、纏っている大きな理由だ。

　いまのジアは後悔でできている。どうしてあのとき、城に行く選択をしてしまったのか。誰にもいじめられないし、祖父とヴォルフとともにおなかいっぱいになれる。少しだけ城を見てみたい。そんな軽い気持ちで、宰相の馬車に乗りこんだ。

　まさか、ここが二度と出られなくなる城だとは思ってもみなかった。大好きな人を幸せにしたいだけだった。けれど、祖父の身に起きたことはすべてジアのせいだった。

『ねえジアー、これが私の父上だよ。宰相アウレール』

　その人の黒い瞳は、この世のすべての闇を濃縮したかのようだった。銀色の髪が艶やかにかがやいているのは、その闇のまなこを強調させるためだと思った。光が強いほど闇は濃い。男性は、そんな印象を強く与える人だった。

『はじめまして、ジア』

　第一印象は、怖くて肌が粟立った。けれど、宰相の口調は耳ざわりがよく、ジアは怖いのは気のせいなのだと思ってしまった。

王城にたどり着いてすぐにされたことは、ヴォルフから離されることだった。

ジアが祖父といっしょにいられたのは、見たことのないご馳走がたくさん並んだ晩餐会。祖父のほかにも、宰相とグリシャがともに席についていた。

『すごいね、おじいちゃん』

『ああ、この世にこんな食べ物があるとはな。ばあさんにも食べさせたかった』

だが、あまりに普段と違う食事は、味を少しも覚えていない。ただ、ジアが覚えているのは、しょっぱい涙の味だけだ。

——今日も、おじいちゃんがいなかった。

ジアは床を見ながらとぼとぼ歩く。

王の居城は窓がないため、回廊はいつでも仄暗い。そのせいか、つねに圧迫感がつきまとう。多くの粒が壁を打つ音は雨のせいだろう。歩いていると、上部の穴からひょっこりと顔を出すのはヨハンだ。ジアの様子をうかがって、いつもついてきてくれる。

ほどなく肩にヨハンが降り立った。ジアは片手で白い羽毛を撫でながら、一歩、一歩と足を出す。こつん、こつん、と靴で大理石を鳴らした。

銀製の硬い王の靴は、村人のジアからは考えられないほど豪華なものだ。銀の頭巾も、ローブも、頭につけた宝冠も、なにもかもが現実だとは実感できないものだった。しかし、だからこそ浮き彫りになるものがある。祖父がいない。その事実を思い知らされる。

しょんぼりとうつむくと、前方から足音が聞こえて、くちばしを持ち上げた。とたん、ジアの背すじはぴりぴりと緊迫し、白い肌は総毛立つ。息が、苦しい。

銀色の長い髪。その瞳は、夜よりも濃い闇の色。

「やあ、ジア。あなたに会いたいと思っていました」

落ち着きのある穏やかな声だった。まさか、会いたいなどと言われるとは思ってもみなかった。この人が、ジアを白い者だと嫌っているのは知っている。

ジアはかたかたと震える自身の両手をにぎった。怖くて怖くてたまらない。

「そう緊張しなくてもいいのです。あなたは神だ。私は、その神に傅《かしず》く宰相アウレール」

先ほどまで足音がしていたというのに、宰相は音もなくジアに歩み寄った。

「鳩を下げなさい」

ジアは、言われるがままヨハンに指の腹で合図して、遠ざけた。一度、周りに集まる鳩たちを下げないでいたことがある。すると次の瞬間、そばにいた二十羽以上が殺された。

「いい子ですね、ジア。あなたの祖父もとても喜んでいますよ。あなたがいい子であればあるほど祖父は幸せです。けれど反抗するなら、わかっていますね？」

ばくばくと激しく心臓が鳴っていた。短く息をしながら、おののくジアはうなずいた。

「グリシャから聞きました。今朝、彼は私のもとに来たのですよ。ジアと将来を誓いあった。傷つけるなと。傷つけるとは心外だ。愛らしい一対です。歓迎しますよ」

ジアは混乱しそうになっていた。なぜ、グリシャがそのようなうそを宰相に伝えたのかがわからない。

こつ、と宰相は一歩進み出て、長身をぐっと折り曲げた。銀色の髪がさらさら落ちる。背の低いジアは黒いまなこにのぞかれて、刹那、暑くもないのに汗が出た。

「グリシャの思いは成就したようですね。子を、一刻も早く見せてくださいね？」

なにも反応できないでいると、大きな手で背中を押されて、ぎこちなく足を踏み出した。祖父を思えば、歩かざるをえなかった。

どこへ連れて行かれるのかはわかっていた。葡萄と蔦、鳥の羽根で構成された黄金の扉が見える。その両脇には精緻な鳥の像があり、宰相とジアが近づけば、近衛兵は、ふたりをわずらわせることなく、魔法のようにその扉を開けてゆく。宰相アウレールの居室だ。夢のようにきらびやかなシャンデリアがぶら下がっている。家具ひとつひとつに計り知れない価値がある。そう確信できるほどのまばゆい黄金だ。

居室はいくつかの部屋に分かれていて、すべての部屋には全裸の女が数人ずつ控えていた。皆、宰相にあからさまな秋波を送っている。

「驚きましたか？　まぐわいは私の重要な務めのひとつです。ひとりでも多くの優秀な生を誕生させる。我が一族に課せられた大切な義務。当然グリシャも果たしていますよ」

奥の部屋にたどり着く。広い寝台には、金の髪の美しい娘がいた。彼女も全裸だ。

「紹介しますよ、彼女は新たな第二の妃のイジドーラ。イジドーラ、ひざまずきなさい」

立ち上がった妃は、ふっくらとした桃色の唇の端を優雅に持ち上げ、言われたとおりにジアの足もとにひざまずく。そのまま頭を床まで下げて、ジアの銀の靴にくちづけた。

「イジドーラ、あなたは白い者を見たがっていましたね。王が見せてくださいます」

「まあ、本当でございますか？」

ジアは眉根を寄せていたが、宰相が背中を叩き、合図するので頭巾をとらざるをえなくなる。わななく指で首もとに触れ、ひもを解く。その頭巾を持ち上げたのは宰相だった。ひざをついたまま、イジドーラはまつげをはね上げた。微笑む口に手を当てる。

「まあ、白い者は存在していますのね。かわいそう、このように醜くお生まれになって。陽のもとに出られないとうかがいました。あなたは闇の眷属でいらっしゃいますの？」

涙をこらえたジアが震えていると、宰相がジアの身体に手を這わせ、纏う銀のローブをたくしあげた。ジアの全身をイジドーラに見せようというのだ。

抵抗できずに立ち尽くしていると、イジドーラが先ほどよりも低く「まあ」と言う。

「……殿方にとても愛された身体ですのね。このような身体、見たことがないですわ」

彼女の言葉が予想とは違うものだったのだろう。宰相にものぞかれる。

「グリシャですか？　彼は愛撫をしないはずですが、やはりあなたは特別のようです」

宰相の手が、ジアに黄金の椅子を勧める。そこに座れというのだ。

服を整えたジアが、目をさまよわせながら椅子に座ると、宰相が言った。

「イジドーラ、神に我々の愛を見ていただきましょう。脚を開きなさい」

はじまったのは宰相と妃の性交だ。しかし、目を逸らすことはできない。宰相は行為のさなかずっとジアを見ているからだ。まるですべて見ていろと強要されているようだ。

部屋は、聞くに堪えない淫靡な嬌声がひびいていた。

しかし、途中で十名の体格のいい男たちが現れると、宰相は立ち上がる。

残された妃はその男たちに次々と汚され、身体中を、男たちの舌や手が這っていた。が、妃は恍惚とした表情で、「アウレールさま」と腰をくねらせ、自ら身を差し出していた。

「彼らは皆、私の息子です。私よりも年上に見えるでしょう？　ですが、違うのですよ」

長い銀の髪をかき上げた宰相は、ジアのとなりに腰掛ける。妃をむさぼる十名の男は、宰相が二十代半ばに見えるのに対し、三十ほどに見えていた。

「息子の精は私の精。私の女は息子の女。第二の妃は仕組みを理解しています。ごらんなさい、あの表情。満足そうでしょう？　女は男ふたりと、ああして同時に愛しあえます」

ジアは、目の前のけものじみた交接と、闇の瞳の宰相に怯えて萎縮《いしゅく》するばかりだ。

「私、グリシャ、あなた。三人で」

ジアの五本の指に、宰相の指がすべて絡まった。この世の終わりを感じた。

「グリシャはあなたをどのように愛したのでしょうか」

話しながら、ローブを胸の位置までまくられた。ひりひりする赤い乳首を二本の指で挟まれる。そのまま胸を揉みこまれて痛かった。気持ちの悪さに視界がじわじわにじんだ。

宰相に従わなければ祖父が殺されるのだと知っていた。かつて、バルツァー国との戦争に協力を求められ、拒否したことがある。ルスランの国だからだ。けれどその時、いきなり祖父が暴行を受けた。骨が折れ、ぼこぼこに腫れ、ぐったりしていた祖父の血の気のない顔が忘れられない。以降、ジアはひたすら従順な神でいた。

震えることしかできないでいると、宰相が吐息を漏らしながらささやいた。

「ジア……続きは明日です。必ずここへ来なさい」

＊　＊　＊

その話を聞いたのは、鷹の神クロリスが退室したあとだった。

グリシャの部屋で黒い椅子に座るルスランは、小さな彼と向かい合う。被っていた近衛の白い鳥の頭巾は、クロリスが去った直後にとっていた。

「ガキがいいかげんにしろ。酒ではなくミルクを飲め。だからおまえはちびなんだ」

グリシャの手には酒瓶があった。彼は長椅子で、やけくそ気味に呷っていた。

「うるさい！　ガキはあなただ。どうせまだ十代のこわっぱだろ。私は四十七の大人だ」

口もとに水を運んでいたルスランの手が、「……四十七？」と、ぴたりと止まった。

「だからどうした！　あなたがへんなことを言うから、なにから説明していいかわかんなくなったじゃないか。ミルク？　背なんか伸びない。とりあえず朝の性交の弁明からだ」

「そんなものはどうでもいい。ぼくが知りたいのはなぜジアが命を狙われたかだ」

「どうでもよくても説明する。私の名誉に関わるからだ。私は、性交なんか嫌いだ！」

くぴ、と瓶をかたむけたグリシャは、ぷは、と酒くさい息を吐いたあと、口を拭った。

「エーレントラウトは三人いる。見てのとおり男は私だけなんだ。で、私の寝台に女が四人いたでしょう？　あれは王の第一の妃と三、四、五の妃」

「エーレントラウトには五人の妻がいると聞いている。つまりおまえの妻ということか」

「ふざけるな、私に妻はいない。へんなことを言うなっ。……私は、あの女たちを抱く義務を負わされているだけだ。孕ませるためにね。しかも、女たちは洗脳されているんだ。男を見れば手当たり次第。それは以前あなたが見た第四の妃アガーテでわかるでしょ？」

ルスランは蔑みの目でグリシャを見た。騎士たちは、グリシャの指示でアガーテを犯していた。多数で女ひとりを抱くとは、彼には到底理解しがたいことだった。

「妃たちは寿命を迎える二十五まで性交ざんまいなの。それを四人も送りこまれて地獄だ。性器は無理やり勃たされるし、寝させてももらえない。寝不足で死活問題。いやになる」

ぶつぶつと言うグリシャに、「寿命？」と問えば、彼は、すんと鼻先を持ち上げた。

「そう、二十五歳が妃たちの寿命だ。昨日、第二の妃だったフリーデが二十五になったから殺されたよ。死骸は猛禽たちの腹のなか。毎回鳥葬するの。国は、四百年前のしきたりをいまだに踏襲しているんだ。つまりは、国や王の秘密を漏らさないための口封じ」

ルスランは、グリシャの寝台で見た女たちをうっすら思い出した。

「早死にするわりには女は笑っていた。狂っているのか、事実を知らされていないのか」

「女は狂っているし、なにも知らされてない。建前では、務めを終えた妃は身を清め、神に仕える巫女になるってことになってるんだ。だから、みんな妃になりたがるの。ばかだよね。そして生まれた子は洗脳教育されるんだ。優秀な息子は国の幹部や近衛兵に、娘は貴族に嫁ぐよ。国のそこらじゅうに私の子もいっぱいいるだろう。だって、妃以外にも女をたくさん抱かされる。女なんか最悪だ。いやになる。あ、でもね」

グリシャは、「ジアは好きー」と足をぱたぱたさせたが、ルスランは無視をした。

「あのさ、五人の妃はエーレントラウトの妻ってわけじゃない。皆、本当は宰相アウレールの妻なんだ。だからあの男がいつも自分好みの女を選別する。なぜだと思う？」

ルスランは、鼻にしわを寄せてまで嫌がった。

「ぼくに話を振るな。……エーレントラウトが血統を重視せず、複数いることでだいたい想像がつく。宰相の血すじがこの国の王族だからだろう。アンブロスの王は、宰相だ」

「ご名答。アンブロスの王は宰相なの。うちは古くは呪術国家だ。かつては奇妙な呪術が蔓延していたし、人民は奇跡に慣れ、当然のものとしていた。でも、それを示すことができなくなれば、権威や求心力は失われる。実際、王家は衰退したんだ。そこで王家は未来永劫権力を己のものにする方法を考えた。そして誕生したのが神、エーレントラウト」

「では、この国の特権階級はすべて宰相の血すじか」

グリシャは酒瓶を見下ろしていたが、ちら、と黒い目をルスランに向けた。

「まあ、そうなるね。でも、正しくはすべてとは言えない。時々新たな血を入れるんだ。宰相は、町や村から見目うるわしい娘を見つけては下女に取り立てる。その女もぜーんぶ抱いて孕ませるの。あとね、たまに妃や下女を下男にも抱かせてる。これも新たな血」

「総じて下種な国だな」

「下種？　まあ、四百年前から変わらない仕組みだよ。うちは呪術国家が形を変えて宗教国家になっただけ。呪術国家のころは生贄が当たり前だったから、下種っていうのも当然かも。ねえ、城に来るまでに罠を見かけなかった？　巧妙に仕掛けられてたでしょ？」

ルスランはうなずいた。特に国境辺りが罠だらけで、入りこんだバルツァーの騎士だけでなく、油断したアンブロスの兵までが犠牲になっているほどだった。

「町に張りめぐらされた罠は、神への供物。年間多くの犠牲者がでるけど全部生贄。呪術国家のなごりだよ。私は思うんだ。この呪術国家の前はなんだったのか。いまのところ書物は発見されてないから想像するしかない。けれど、絶対に呪術国家の前身にあたる国があったはずなんだ。なんとなく、鳥の神というのはそこから来てると思うから」

グリシャは、酒精のにおいがする息を吐いてから付け足した。

「なんでジアは鳩で私は鴉なの？　これってさ、気づけばそうなっているんだ。もしも鶏の神だったら役立たずだよ？　それを考えると一日中頭が忙しくなる。ねえ、なんで？」

「知るか。ぼくがわかるはずがないだろう」

ルスランが組んでいた脚を組み替えると、グリシャは「ねえ」と声色を変えて言った。

「あなたは妃替えの儀式を見たよね？　あれ、性交しているのは宰相だよ。あの時点から妃の洗脳がはじまる。いま宰相は新たな第二の妃、イジドーラに集中しているんだ。朝から晩まで性交ざんまい。だから残りの四人の妃はぜーんぶ私に回される。迷惑だ」

「おまえが宰相の妃を抱くのは、やつの息子だからか」

「うんそう。この銀の髪と黒い目を見れば誰でもまるわかりでしょ？　あの男にはたくさん息子がいるよ。でもね、宰相と同等の力を持つのは私だけなんだ」

ルスランはなにも答えないどころか相づちすら打たなかったが、グリシャは続ける。

「私の歳は四十七。で、父親の宰相は百を超えているんじゃないかな？　でもあの男は美男子だ。女をことごとく洗脳できるのは、皆、容姿に夢中になるから。宰相はそれを利用する。あの男も私も歳にしては若すぎて容姿がおかしいでしょ？　呪術が盛んなころ、王族は不老不死を求めていたんだ。そのなごりで、王族にはたまに美に恵まれた者が出る。それが父と私。〝稀人《まれびと》〟って言ってたみたい。二代前の宰相もそうだった。一定の歳からは歳をとらなくなる。若さを保つわけだから寿命も人より長いんだ。倍くらいかな？　それもあり、希少な血を増やすために、稀人は精通した直後に女を抱く義務を課せられる」

グリシャはだしぬけにぺらんと服をめくって、自身の性器を確認した。勃起している。

ルスランが猛烈に顔をしかめると、グリシャは「しかたないでしょ」と唇を尖らせた。

「だって、ジアを思い浮かべたとたんこうなるんだ。……はあ。星の数ほど女を抱いているのに、いちばん大好きなあの子をまだ抱いていない。正直なところ、私だってまさか十二で成長が止まるとは思わなかった。ずるいよね、二代前の宰相は三十一で成長が止まったし、父は二十五。私は？　こんなのすごくガキじゃないか。しかもさ、性器も子どもみたいなら女を抱かずに済んでいたかもしれないのに、こいつだけはこんなに太く長く、立派に成長したんだ。やってらんない！　くそっ、くそっ！」

ルスランは、いきなり自慰をはじめたグリシャに心底気を悪くしたが、いま口を出しては愚痴はさらに長くなり、めんどうなことになると思ってだまっていた。

「ねえ、以前私は次に殺されるのはジアだと言ったでしょう？　ちなみに、この奥の王城にいる貴族、近衛兵、下男下女、すべて城を出られない。出る時は死ぬ時だ。口封じ。ジアもクロリスもみーんな出られない。この王城で唯一出入りが可能なのは、王である宰相と息子の私のみだ。ここはいわば監獄。だからさ、私はジアの犬を散歩させたり毛を梳いてあげているの。でもこれ、めんどくさいんだ。あいつ、すごく犬くさいしね」

「ようするに、宰相を殺さなければ城を出られないと言いたいんだろう」

「そう、あなたには期待してる。私もクロリスも使役する猛禽は強いけれど、実際心臓に負担がかかるから、使役しているあいだは痛みに耐えてうずくまることしかできない。本人は戦えない。その点、玉座は私たちにすごく有利。敵がたどり着く前に殺せるから」

「心臓に負担？　どういうことだ？」

グリシャは自身の性器から手を放し、指を広げて〝五〟と示した。

「エーレントラウトの中身……すなわち神が王でいられるのは、だいたい五年と言われている。神は鳥を使役する時、つねに命を削るんだ。奇跡を起こすたびに代償を払い続ける。当然私もね。酷使すると、やがて限界がやってくるんだ。するとどうなるか――」

黒い、闇を映すかのような瞳が、めいっぱいまで開けられた。

「力尽きた神の身体は壊死する。普通に寿命を迎えたり、死ねば問題ないけれど、鳥で命を落とした神の死体はとんでもないんだ。腐った身体は病原になり、疫病が発生する。だから神は限界がくる前に殺される。少し前に殺された白鳥の神も梟の神もそう。……もしかして、神というのは、この病原からくるのかも？　まさに人を絶やす疫病神。このアンブロスではたまに疫病が流行るんだ。それは、なにも知らずに力を酷使し続け、人知れず力尽きた神のせい。神は、全員が王になれるわけじゃない。うちの疫病の歴史は長いよ」

ルスランはさすがに身を乗り出した。白い鳩と戯れているジアを思う。

「ジアは命を削っているのか？　昨日のジアへの刺客は、病原になる前に命を狙った？」

「半分正解。少なくとも宰相はそう思っている。ジアは神になって五年に近づいているんだ。ジアが狙われたのは病原化を未然に防ぐためだろう。ちなみに、彼女は普通の神とは違うよ？　神だけれどなんにも使役していないから病原になりっこない。通常、神は大量の鳥を一気に使役して視界を得たり戦わせる時は普通じゃいられない。心臓を刃で切り刻まれているような痛みが襲うんだ。ジアにはそれがない。飄々と鳩の中心にいるだけ」

ルスランは、ふいにジアの言葉を思い出した。

「ジアは、白い鳩は友だと言っていた。自分は神じゃないと」

「あの子、いっつもそう言うんだ。でも、鳩の目を借りている以上、神だよ。だからね、私は朝、父を訪ねてこう言った。『ジアとは将来を誓いあった』って。私の恋人にしてしまえば当分しのげる。本当に結婚することになるかもしれないけれど、そうなれば最高」

ルスランがぎりぎりと歯を嚙みしめると、グリシャがあざ笑うかのように鼻を突き出す。

「あのさ、ああでも言わなければ、ジアは徹底排除の対象になっていた。宰相は本当に狂っているからね？　あいつを殺さなければ、どのみち話にならない」

グリシャは酒瓶を片手に立ち上がる。

「そういえばさ、あなたの同僚のラインマーが今朝目を覚ましたんだ。いまからあの人に会ってきて？　ラインマーの看病をでぶのロホスに任せてる。このでぶをどうするか、生かすか殺すかはあなたたちふたりで決めてよ。いますぐに食事の用意もさせるから」

ルスランがだまって思案していると、グリシャは付け足す。

「あのさ、ラインマーが役立たずないま、でぶを説得するべきだよ？　あいつが好きそうな肉も用意させるから肉で釣ればいい。でもね、やつを説得できなければ大問題。儀式がある以上ジアが危なくなる。だからあの子が殺られる前に殺っちゃって？　まあ、とりあえずラインマーに会ってきてよ。あなたたちじゃ心許ないから私も後で行ってあげる」

ルスランは椅子から立ち上がり、「おまえは来るな」とグリシャを見下ろした。

「なんだよそれ！　年長者の意見は従うものだろ？　貴重なご意見だぞ！」

ルスランの目に映るのは、唇を尖らせ、だだをこねている十二歳の少年だ。

「あー、その目はちびだと思っている目だ。あなたって本当にいやなやつ！」

その場で、たんたん、と足踏みをしたグリシャは、頰を大きく膨らませた。

「……は？　なぜ泣く」

肉をかじっていたルスランは、とたんに食欲が失せてそれを放棄した。向かいの席に座る男がふたり、顔をくしゃくしゃにして嗚咽を漏らしているからだ。右はふくよかなロホスで左はラインマー。鼻水まで垂らしているものだから呆れてしまった。

「泣くな。気味が悪い」

「泣くななんて……無茶を言わないでくれ。歳をとると涙もろくなるんだ。……うう」

「ロホスに同じくだ。貴公はくそ生意気でいけ好かないやつだと思っていたが……なんてけなげな少年なんだ。……うっ。お兄さんはうれしいよ。貴公を抱きしめたいくらいだ」

「やめろ、うっとうしい！」

グリシャと別れたあと、ルスランがラインマーのいる部屋に向かうと、寝台にいた彼はロホスに事の経緯を説明した後だった。よほどラインマーが調整能力に長けていたのか、ロホスがすっかり王を討つ気を無くしていたのは僥倖《ぎょうこう》だった。が、ルスランはふたりの男に詰め寄られ、しつこく説明を求められてしまった。そのため、かいつまんで過去といまの話をしたのだが、それが間違いだった。くわしく話していないにもかかわらず、ふたりは必要以上に話を膨らませる。その上、身に覚えのないエピソードまで追加されていた。

「ううっ。なんてことだ……まさに純愛だ。うっ、エーレントラウトがきみの恋人だったなんて。国に引き裂かれた数奇な運命は……また、出会いの輪を結ぶんだ……う」

「泣けるのはそこじゃないぞロホス。出会いからだ。貴族と村娘……。ありえない組み合わせだ。だからこそ……ああ。もう一度、はじめから順を追っておさらいしよう？」

ルスランは、「いいかげんにしろ！」と、どん、とこぶしで机を打った。

「だまれ、なにがおさらいだ。ぼくとジアの話はもうするな。泣くなと言っている！」

ラインマーは、「貴公……無理だよ」と言いながら布で目を押さえた後、洟をかんだ。

「ジアちゃんはいま話せないんだろう？　筆談なのか？」

「いや」と、ロホスはだらだらと垂れる涙を袖で拭ったが、追いつかずにまた垂れる。

「だめだ、筆談自体無理なんだ。うっ、この城は紙とペンを、う……、禁じられている」

「うそだろう？　なんたる試練。あんまりだ。なぜ、紙とペンが禁じられているんだ？」

「もうやめろと言っている！　うっとうしい、話が進まないだろう！」

さめざめと泣くふたりを前に、ルスランは額に手を当てたが、物音が聞こえてそちらに目をやった。扉から入ってきたのは、銀色の鳥の頭巾にローブを纏った者だった。エーレントラウトの格好だ。

「……ジア？」

「違うよ、ジアじゃない。あたしはクロリス。えーと、鷹の神って言ったほうがいい？で、なんでそこのそばかすとでぶは泣いてるわけ？　おっさんが見苦しい。気持ち悪っ」

男泣きするラインマーは、「なんて無礼なやつなんだ」と目もとを布で覆った。

「まったく、ロホスがでぶなのは当然として、私をそばかす呼ばわりするとは聞き捨てならない。たしかにあるが、好きであるわけじゃない。日々消そうと努力している」

「へー、そうなんだ。がんばっても消えないと思うよ？」

クロリスは手に持つ金の杖を壁に立て掛け、銀の頭巾を取り去った。赤毛の髪が現れる。

「いやになるよ。グリシャに正装で行けってだだをこねられたんだけど。なんでここに来させられたのかよくわかんない。あんたたちが呼んだわけじゃないよね？」

ルスランは、グリシャの行動の意味に察しがついていた。おまえは来るなと言われたのが気にくわなかったのだろう。なにも知らない娘を差し向けるのは、ただのいやがらせだ。

彼女に「貴女は誰だ」と問うたのはラインマーだった。

「だから鷹の神クロリスだって。初対面。そうだ、グリシャのことだけど信用しすぎないほうがいいよ？　根本的にあいつは残酷。つい最近も気に入らない町を消しちゃった」

クロリスは、先ほどいた近衛兵がルスランだとは気づいていないようだった。

「あんたたちはみんなバルツァー国の騎士だと聞いてるよ。言っておくけど、あたしたち神は命じられて戦争に加担してるだけ。だから、敵扱いされちゃ困る。敵とみなしたいなら、あたしが実際に鷹であんたらを襲ってからにして？」

「まあ、襲われたら遠慮なく戦わせてもらうよ」

クロリスに語りかけたのはロホスだ。重そうな身体をゆすりながら彼女に近づいた。

「聞きたいことがある。この王城は紙とペンを禁じられているだろう？　意味がわからないのだがなぜだい？　借りようにも、グリシャは『あの女のせい』としか言わなくてね」

椅子に腰掛けたクロリスは、「ああ」と小さく言った。

「私もくわしくないんだけど、六年？　七年？　それくらい前にバルツァー国の王女が嫁いできたんだ。その王女が自国宛てにアンブロスへの不平不満を手紙に書いたから処刑されたらしい。秘密を破った罪ってやつ？　以来、紙とペンは一切禁じられたんだって。グリシャはそれをすごく怒ってる。手紙を書けないし、覚え書きすらできなくなったって」

「えー、待って待って」と、指で涙を拭いたラインマーが割りこんだ。

「処刑された王女ってペトロネラさまのことだよね？　処刑の理由が手紙？　解せないな。処刑は予想外の妃の変更が原因なのではないの？　ほら、美女から醜女になったから」

「誰それ。王女の名前まで知らない。戦争の理由はそうじゃないよ。いまのバルツァー国ってもとはアンブロス国だったんでしょ？　宰相は領地を取り返すことにしたみたい」

「は？　そのような記録はないぞ。アンブロスから土地を奪った？　聞いたことがない」

ラインマーは腕を組み、「いずれにせよ戦争の理由が食い違っているな」とうめいた。

「そういえば、ええと、あなた、鷹の神のクロリス？　明日儀式があるんだよね？」

「あるよ。あんたたちもエーレントラウトを守るんでしょ？　近衛兵として」

「守れとグリシャに言われているね。王の役をするのはジアちゃんだろう？」

「うん、そう。あたしとグリシャは宰相の周りの神を少しずつ仕留めるんだ。だから儀式なんかで疲弊しているわけにはいかない」

その話は初耳だったので、ルスランが乗り出した。

「宰相の周りにも鳥の神がいるのか？　おまえたちだけではなく？」

「何人かいるけど、王にはなれない小物な神さ」

クロリスが言うには、神は鳥を自在に操り、すべての視野を我がものにできてこそ王になれるという。希少種だったり、いずれかの力が欠けていれば除外されるとのことだった。

「でも、小物の神でも徒党を組むと厄介。その辺りはあんたたちは気にしないでいいし関係ないよ。問題なのが猛禽を使う神。それが危険なの。この神を始末できたら次はあんたたちの出番って聞いてる。宰相を殺るのはあんたたちでしょ？」

ラインマーもロホスもぽかんとしているが、ルスランは眉をひそめて言った。

「おまえたちが泣くから話が進まなかったんだ。宰相を殺らなければ、ぼくたちは城から出られない。おまけに、やつは定期的に近衛兵を調べるらしい。近衛兵はすべて奥の城で生まれた男だから把握されている。つまり、見つかれば処刑だ」

ロホスはうなずいた。

「それは殺るべきだ。……しかし、ちょっと待ってほしい。非常に気になることがある」

彼は、皆の視線を集めてから続きを言った。

「俺たちとともに城に侵入した騎士、ディルクがいるだろう？」

ラインマーは「ああ」と認めたが、覚えていないルスランはまばたきをしただけだった。

「ほらほら、弓使いのディルクだよ。途中、我々とはぐれただろう？　あいつも近衛兵の服を着ている。で、なにが問題かと言えば、侵入したまま王の命を狙って城に残っているはずなんだ。儀式はエーレントラウトの首を狙う絶好の機会と言える」

ルスランは額に手を当て、「ジアが狙われるということか」とうめいた。

「待ってよ、ふざけないで。それってあたしも狙われるってことじゃない？」

クロリスが割って入ると、皆、一様にうなずいた。

「危ないよ。そういうのはさ、はじめに言ってくんないとあたし死んじゃうじゃない。神には弓なんか最悪の武器なんだよ。鷹で防げないでしょ？　直接このあたしにぐさりだ」

「いや、俺たちは初対面だから言いようがないだろう」

ぷりぷりと怒るクロリスを後目に、ラインマーは口にする。

「役割をあらかじめ決めたほうがいいな。ジアちゃんを殺させるわけにはいかない」

「ああ。正直この国には甚だ疑問を持つが、俺はいま、愛を守る使命に燃えている。ちょうど我々は違うタイプの騎士が揃っている。ルスランどのは攻め、俺は守り、ラインマーどのは攻守どちらもこなす。だが、ラインマーどのは目覚めたばかりで戦力とは言えない。今回は後方支援だ。私がジアちゃんを守り、ルスランどのがディルクを片づける。よし」

しみじみと「これでいこう」と語るロホスを、ルスランは不満げに遮った。

「なにがよし、だ。勝手なことを言うな。ぼくにジアから離れろと？」

「きみは困難を待ち構えるより打破するほうが向いている。ジアちゃんを守りたいのならば一刻も早くディルクを見つけ、仕留めればいい。俺はもともとカウンターに優れた騎士。守りに向いている。これぞ適材適所だ。俺は、きみとジアちゃんのためならなんでもすると決めたんだ。若人の純愛を守るためならば命をかけよう。……うっ、これぞ俺の大義」

涙ぐむロホスに、ルスランは顔をしかめるが、ラインマーもロホスに反応した。

「私だって一肌脱ぐさ。これ以上ジアちゃんにつらい思いをさせてたまるか。……うう」

目頭を押さえる男ふたりに、状況をまったく読めていないクロリスは、「なんなの？」と首をひねったが、続いてルスランに目を向けた。

「あんた、絶対に仕留めてね。このあたしの命がかかってんだ。わかった？」

ルスランは、表情なくうなずいた。


ようやくジアの居室に戻ったものの、扉を開ければ部屋は薄暗い。空が見える穴には、逆光に照らされた鳩が数羽まるくなっていた。廊下に灯るろうそくを燭台ごと持ち上げて、暗い部屋に火を移す。灯していくと、寝台から、ぎし、と人の気配がした。

「ジア？」

ほどなく、薄布から顔を出したのは思ったとおりジアだった。しかし、いまだに銀の鳥の頭巾を被ったままでいる。がたがたと震えているのは、泣いているからだろうか。そばに行こうとすると、寝台を降りたジアが、全速力で駆けてきた。

手に持つ燭台を素早く置き、両手を広げて華奢な身体を受け止める。勢いがいいものだから、傷が猛烈に痛んだが、それよりジアが飛びこんできたことがうれしいと思った。

こんなに余裕なく抱きついてきたのは、帰りが遅くて心配になったからだろうか。

「遅くなってすまない。ぼくを待っていたのか？」

話しながらジアの首もとに手をやり、飾りを外してひもを解く。そっと、鳥の頭巾を持ち上げると、やはりというべきか、べしゃべしゃに頬を濡らして泣いていた。

ジアは、ただでさえくしゃくしゃな顔をさらにゆがめて、胸に顔をうずめる。

「ぼくは、これまで三度きみの頭巾を外したが、泣いていない時はないな。どうした？」

白い頭頂部に唇をつけると、ジアは口を曲げてこちらを仰ぐ。すがるような緑の瞳に、ルスランは、居ても立ってもいられなくなった。

「脱ごう？」と告げれば、ジアはうなずいた。彼が銀のローブをたくしあげると、ジアは脱がせやすいように手を上げた。一気に引き抜けば、今度はジアが白いローブをつまんだ。

ルスランは、ローブを脱ぎ捨てジアを抱きしめる。そのまま倒れこむように寝台に横になると、意識して肌と肌を隙間なくくっつけた。彼もそうだが、彼女はこれが好きなのだ。

唇をそっとジアにつけると、彼女が口を吸ってくる。しばらく舌を絡めあう。

「ジア、こんなに泣いて、この城がつらいんだろう？」

唇を引き結んだジアは、まっすぐこちらを見つめる。彼は、言い聞かせるように言った。

「明日の儀式が終われば、ここを出よう」

ジアがまぶたを閉じれば、頬に、ぼたぼた涙が落ちる。ふたたび「ジア」と呼びかければ、彼女は小刻みにぶるぶると震え、首を強く横に振って拒絶した。

六章

ジアが白いまつげを上げると、視界いっぱいに大好きな彼の顔がある。すぐに、彼に見つめられているのだと気がついた。

ジアが覚えているのは暗い夜までだ。いまは、明かり取りから光が漏れていた。

黒い髪の隙間から見える青い瞳がまぶしい。彼はずっと起きていたのかもしれなかった。

そっと彼の頬に手を当てれば、その手をとって、じっくりそこにキスされる。続いて唇はジアの口にやってくる。ああ、キスが好き、と思った。

ジアは、長い時間彼と身体をつなげたままでいた。どうしても彼を感じていたかった。昨日、言い出せずにうじうじしていると、その思いを察した彼が、ゆっくり刺してくれたのだ。すると、たちまち闇は薄まったような気がした。

息をついたジアは、彼にぴとりと頬をくっつける。

彼のぬくもりやその吐息、鼓動の音を聞くのが好きだった。右目を隠す髪に触れ、よければ現れる金色を、間近でのぞくのが好きだった。

起きている時間は何度も彼にくちづける。彼は、ふたりの身体が離れないよう、背中に手を回してくれる。時折、腰をゆらめかせる。そして、いっしょに動くことも次第に覚えた。快楽をふたりで手探りで探すのは、想いを伝えあっているようで幸せだ。

——ルスランごめんなさい。

昨日から彼は、「なにがあった?」と何度もジアに聞いてきた。けれど、伝えられない。せめて彼の前では幸せでいたいのだ。そして、恐ろしいあの人に関わらせたくなかった。

——泣いてしまってごめんなさい。

「ジア、なぜ城を出たくないいんだ? ぼくは、つらそうなきみを見ていられない。わけを教えてくれないか? ジア、ぼくは夫だ」

いま、伝えられる言葉を探せば、胸に抱える大きな気持ちしかなかった。彼の質問への答えではないけれど、いまのジアの強い思いだ。

ジアは、唇を動かした。

〝ルスラン大好き。愛してる〟

「わっ、ひどい、あんまりだっ! なにやってるんだよこの色欲魔。ジアから離れろ!」

寝台でまどろんでいると、グリシャの声が聞こえてきた。ルスランの胸に顔をうずめていたジアは、ゆっくりまぶたを持ち上げる。しかし、彼はグリシャに反応することなく、ジアの唇に自分の口を押し当てた。

「性交ざんまいじゃないか！　私のせつない想いを知りながら……よくも。この悪魔！」

「だまれ、おまえは毎朝来すぎだ。うっとうしい」

ルスランがむくりと上体を起こしたものだから、その腕の隙間からグリシャが見えた。銀の頭巾に銀のローブ。鳥のエーレントラウトの格好だ。

「なにが来すぎだ。毎日来てやる。いつでもどんな時でも来てやる！」

「きいきいと大人げないな。おまえ、それでも四十……」

「わ——！」と、グリシャがいきなりわめいたため、ジアはびくっ、と肩を跳ね上げた。

「うるさいうるさい！　あなたはいまいましい弓のディルクを早く捜してよ！　私とジアは、あなたとは別行動だ。今日の儀式の会議をする。王ってすごくすごく忙しいんだ！」

「うるさいのはおまえだろう」

グリシャは「うるさくないっ」と言いながら寝台の端に腰掛ける。

「クロリスだって、——鷹の神だって、早くディルクを仕留めろって言ってる。弓なんかとんでもないよ。絶対だめ。早くぶっ殺してきて。わかったら出て行って」

ルスランは、片手で両目を揉みこんでから言った。

「出て行くのはおまえだ。着替えるから出て行け」

くちばしをかすかに上げたグリシャは、裸でいるジアとルスランを眺めてから、「それも、そうだね」と戸口へ行った。

グリシャの気配が消えてから、力強い腕が回って、抱きしめられる。

唇同士が、一度、二度、三度とついた。

「きみと離れたくないが……行かねばならない」

ルスランは、こちらを心配そうに見つめる。ジアは、〝だいじょうぶ〟とうなずいた。


彼が部屋を後にして、しばらく時が経過した。離れたばかりなのに、もう、会いたくなっていた。

銀色の鳥の頭巾をかぶり、首もとのひもを結んだジアは、椅子に座ってうなだれた。

なぜ、グリシャが先ほど王の装いで訪ねてきたかを知っていた。

『ジア……明日、ここへ来なさい』

宰相の言葉が頭をかすめる。

自分のふがいなさに、じわじわと視界がにじんだ。何年も、ずっと祖父を捜したまま、時は虚しく過ぎている。どうしていいのかわからず、八方塞がりだ。

震えて泣くことしかできないなんて、無力にもほどがある。けれど泣けてきてしまう。なんの解決にもなりはしないのに。

ジアは、弱い自分が嫌いだ。自分の物語を紡ぐなんて、とっくに放棄している。

「ジア、着替えたぁ？」

切羽詰まったジアに対して、ふたたび訪ねてきたグリシャは相変わらず飄々としていた。

机に鳥の杖を立てかけて、てっ、てっ、てっ、と寄ってくる。

「ねえ、ジア。いまから宰相に会わなくちゃいけないけれど、ひとつだけがんばって？　宰相の前でおどおどしない。堂々として。あいつは人を洗脳することに長けているんだ」

ジアがうなずけば、グリシャもうなずく。

「ねえ、いまから言う案、どちらがいいか答えてくれる？」

グリシャはジアのひざに手を置き、床にひざまずく。そしてこちらを見上げた。

「宰相は、私とジアと三人で性交したがっているじゃない？　ジアはしていいと思う？」

ぴしりと固まったジアの脚を、グリシャは「答えて」とくちばしでつっついた。

頭巾のなかで顔をひきつらせたジアが、何度も〝いや〟と頭を振れば、「だよね、知ってる」とグリシャは言う。

「回避する方法はひとつしかない。細工をするから脚を開いて？　拒否するなら、三人で性交になっちゃうよ。私にいま、性器を見せるか、見せないか。選んで？」

性器と聞いたとたん、こわばるジアは唇を引き結び、ぎゅっと銀のローブをにぎった。

「あれ？　三人で性交することになっていいんだー」

ジアは、もう一度首を横に振りたくり、そろそろと脚を開いた。

「うん、いい子。それでいいんだ。ジアはすごーく素直でいい子だね。だから私は守りたくなる。あなたの鳩たちみたいにね。──あ、やっぱりきれいだねー。擦れてない」

グリシャの表情も、ジアの表情も、頭巾で秘められていてわからない。

彼の手がジアの太ももを撫でさすり、「緊張しないでね？」とさらに脚を開かせた。

回廊に、こつ、こつ、とふたり分の音がひびいていた。

ジアはグリシャと並んで歩く。双方、銀の頭巾とローブに長い羽のマントを羽織り、手には黄金の杖を持っている。ふたりは背の高さ、体型が似ているため、一見、見分けがつかないでいた。

ジアは意識してまっすぐ前を向いているとはいえ、自然と気分も視線も落ちこんだ。しょんぼりしていると、ため息が聞こえてきた。

「そんなに床を見てもなにも落ちてないよ？　いつまでうじうじしているの？　だめだよ、堂々とするって約束したでしょ？　私を真似て胸を張って。ほら」

すると、指示どおりに、下がっていたくちばしは上を向く。

「その調子。ねえ、ジア。そのままで聞いて？」

ジアはグリシャのほうを見ずに、こくんとうなずいた。

「私はジアがどれほどルスランを大切に思っているか知っているよ。声が出ていた時のあなたは、彼の話か祖父か鳩か犬の話しかしなかった。いかに幸せだったか、そんな話しかしなかった。うれしそうに笑っていたね。いまでは、あなたはちっとも笑えないけれど」

頭巾のなかで、ジアは白いまつげを伏せる。

「あなたはいい子だね。ちゃーんと自分をわきまえてる。だってあの人、はるばる遠くからジアを迎えに来たんでしょ？　なのにあなたはここに残ってる。よかったぁ。もし、無責任に城から出るような子だったら、私、幻滅していたかも。まだおじいちゃんが見つかってないもんね？　おまけにジアはアンブロスの王だもん。簡単に答えは出せないね」

グリシャはくるくると金の杖の鳥を旋回させた。

「それにジアは白いから、あの人の国に受け入れてもらえるかわからない。怖いよね？ジアは村ですごくすごくいじめられてたもん。あなたの祖父のように、彼も巻き添えにしてしまうかもしれない。愛しているのならなおさら、慎重に、相手の立場に立って考えなくちゃいけない。それができるジアって、やっぱりすごくいい子だなぁ」

わななくジアがグリシャへくちばしを向けると、彼のくちばしもこちらに向いた。

「いま、宰相《ごみ》を片づける計画を進めているでしょ？　この城、じきにきれーいになる。もしルスランとお別れすることになったとしても、ジアはひとりじゃないんだよ？　いままでどおり、守ってあげる。あなたがびくびくしないですむようになるよ」

グリシャの手がのびてきて、手をつかまれた。ジアはひく、と肩を上げる。

「私は思うんだ。愛ってさ、献身なの。相手に見返りを求めちゃだめ。それは真実の愛とは言わない。相手に知られず、ひっそり尽くす。自己犠牲こそ究極の愛」

ジアは、自身の首に手を当てた。ちょうど、金の首飾りがあるところだ。

涙でぼやけて、なにも見えない。そんなジアの手を引き、グリシャは歩く。

「あ、見えてきたー。いまいましい金の扉だ。ねえジア、今日の私の行動は、あなたを守るためのもの。いまから演技をするけれど、それだけはわかっていてね？」

ほどなく、扉が開かれる音がした。

＊　＊　＊

ルスランがラインマーとロホスのもとを訪ねると、すでにロホスはいなかった。ラインマーによれば、ロホスは早朝から今日の儀式がある神殿を見に行ったらしい。あのでぶは、くそがつくほどまじめな男なのだとラインマーは彼を評した。

その後、ふたりは騎士ディルクの足取りを追っていた。兵の詰め所に出向いて情報を集めれば、やはり、弓を持つ近衛兵を見かけた者がちらほらいた。

「これは確実にディルクと見ていい。やつめ、堂々とくつろいでいたようだ」

ラインマーはルスランに、「さて、我々も神殿に行こう」と提案した。歩き出せば、かつん、かつんと音がひびいた。天井が高いためよりひびく。

「貴公は本当に無口だな。ジアちゃんとどんな会話をするっていうんだ？」

ぎろりとにらみつけたが、ラインマーの話は終わらなかった。

「グリシャは、ジアちゃんは醜いと言っていたのだが……」

「おまえ、殴られたいのか？」

「いやいやいや、そんなわけがない。いやなに、常識的に考えて貴族と村娘は結婚できない。そして貴公がジアちゃんを娶るには、エーレントラウトの首が必要だったわけだ。それがないいまどうするのかと、老婆心ながら色々と深く考えてしまうのだよ」

ルスランは、柱や壁に目を走らせる。怪しいくぼみを調べ、敵がひそめる場所を頭のなかに叩きこみ、距離を測った。

「ぼくは王を討たなかった時点で選択している。身分は捨てた」

ラインマーは後ろによろけてまで「ええ!?」と驚いた。

「貴公、バルヒェット家はその辺に転がっているただの貴族ではないんだぞ？　よく考えろ、エーレントラウトは討てなくても、宰相を討てばそれなりの手柄になるじゃないか」

「手柄は考えないし、いらない。ぼくはジアを守れればそれでいい」

手を目の前にかざしてまでまぶしがるラインマーは、くう、とうめいた。

「貴公は聖人だな。ジアちゃんを妻ではなく愛人にすると思った自分が恥ずかしい。いやあ、私が村人を妻にするのであれば、三国一の美女で身体も最高などと、持参金以上に納得できる価値を求める。我ながら浅ましいね。……ああ、話は変わるが、グリシャの本で調べたのだが、鷹の神クロリスは戦争の理由を領地を取り返すためと言っていただろう？　あれは、アンブロス国の前身、呪術国家のアーヴァからきているようだ。たしかに七百年前までバルツァー国はアーヴァと書かれていた。まあ、うちは建国六百年なのだが」

アーヴァという国は初耳だった。

「なんだその国は。聞いたことがない。ぼくは、屋敷の蔵書にすべて目を通したが」

「そうなんだよ。思えば、アンブロスが呪術国家だったというのは知っているのだが、その辺りはあやふやで資料を見たことがない。つまり、世界から排斥——異端扱いされていたのではないかと思うんだ。だから宗教国家アンブロスに転じたのか？　とまで考えた」

「グリシャは言っていた。呪術が盛んなころ王族は不老不死を求めていたと。結果、稀人と呼ばれる者が誕生したらしい。現在、宰相とグリシャがこれに該当する。鳥の神も不可解だ。神は力を使い果たせば身体は朽ち果て、疫病の病原になるという。アーヴァ国とやらは人体に禁忌を犯していたのだろう。グリシャは呪術国家以前の国も気にしていたが」

ラインマーは、しかめ面をして言った。

「なんだって、疫病？　うちの国は二百年前、大変なことになったじゃないか。まさか」

それはルスランも考えたことだった。バルツァー国の疫病は、アンブロスからもたらされたのではないかと。かつて、鳥の神の死体を投げ入れられたのかもしれない。

「神をも恐れぬ所業を犯した、というわけか。不老不死などあってはならない。人体はまさに神の領域。古代の文明は、神の領域に手を出し、滅びたという記述が数多くある。これは早く退散したほうがいいぞ？　貴公、災いが起きる前にアンブロスを出るべきだ」

ルスランは「ぼくもそう思っている」とうなずいた。

「知れば知るほど厄介でめんどうな国だ。巻きこまれる前に出る」

ラインマーと別れ、食事を終えたルスランは本に目を走らせる。豪華な装丁の古い本は、ラインマーが見たと言ったグリシャの本だ。古代語で書かれており、読解には苦労を強いられた。

そこにはたしかに呪術国家アーヴァのことが書かれていた。妃が五人というのも、彼女たちが夭折《ようせつ》するというのも、アーヴァにちなんだものだった。まがまがしい国――それが、読んだ時に思った感想だ。

ジアが居室に戻ってきたのは、彼が本に夢中になっていた時だ。彼女はこれまで以上にしょんぼりしていて、呼びかけてもこちらに来ようとしなかった。彼は自ら歩み寄る。

「どうした？　なにかあったのか？」

ジアは首を動かし、なにもないと否定するが、明らかになにかあったとしか思えなかった。彼女の被っている銀の鳥の頭巾を取ったが、やはりずるずるに泣いていた。

「こんなに泣くほどつらいことがあったんだろう？　ジア、どうした？　教えてくれ」

ジアは唇を結んだままだったが、足をもぞもぞと動かしていることに気がついた。

その銀のローブに手をかけると、最初、ジアは抵抗したものの、強引にめくったところでわけを理解した。足には赤いものがこすれて固まった跡がある。さらにあげれば、股間が血塗れになっていた。それは、本で見たことがある現象だ。

「……月の障り？　きみが泣いているのはこれ？　痛いのか？　ぼくが手当てする」

本では、女は月に一度血が出ると書いてあったが、出血である以上、痛みを伴うのかもしれなかった。ジアを「だいじょうぶだ」と励まして、彼女の秘部に布をあてがった。

「ぼくは傷の治療の方法しか知らない。どこが痛む？　出血の箇所がはっきりしない。こうして当てておけば血は止まると思うが。そうだな、きみは女だ。あって当然なんだ」

しかし、拭っていいて違和感に気がついた。こびりつく血をこするときれいになったのだ。

「付着していただけ？　これはきみの血じゃないのか。ジア？　どういうことだ？」

彼は「話して」とジアの口もとを見つめる。その動きを見逃すまいとした。同時に勘と言うべきか、胸さわぎを覚える。いまにも彼女が壊れそうな気がした。放っておいてはまずいことになると、動悸がしてくる。

「いまはいい。ジア、なにも答えなくていいから、だからひとつになろう」

つながらなければだめだと思った。自分がそばにいるのだと彼女に強く刻むには、この方法しか知らない。知らないからこそ、昨晩も刺したのだ。焦りが募って汗が出た。

手を引くと、彼女はとぼとぼと従った。

自分はいやな男だと思った。彼女と再会してから抱いてばかりいる。結局ジアからなにも聞き出せず、彼女を果てさせ、突き入れる。それしかできない。

「――ジア、ぼくはこの方法しか知らない。間違っているとわかっていてもわからないんだ。頼む……間違いならば教えてくれ。ほかに方法があるのなら、教えてくれ」

固く彼女を抱きしめる。目を閉じれば、頬に熱いものが伝った。彼女に見られないように拭えば、小さな手が背中に回る。震える手で、ぎゅ、と服をにぎられる。

その手が、愚かな自分への救いだった。

銅鑼が鳴る。重苦しい音が空気をつんざいた。身体の奥にひびくようだった。

落陽を迎えた空は、赤く色づき夜の仕度をはじめたころだった。儀式がはじまった。

「アウレールさまはどうなされたのだ。居室にはおられたが、お出ましにならなかった」

儀式を執り行う宰相の姿は見えず、近衛兵たちはめずらしく私語をしていた。

「つつがなく儀式を行うようにと仰せになったと聞いているが」

ルスランは、彼らの話に耳をかたむけたが、めぼしい情報はないようだ。

妃替えの儀式の時と同様、辺りには現実離れした光景が広がっていた。西日を浴びてかがやく薄布が、風でゆらりとたなびいた。規則正しく立つ神官たちの影が長く伸びている。

神殿には、数多くの兵が集まっていた。黒衣を纏っているため、闇が這っているようだ。

白い近衛兵たちが幾重にも取り囲む輿は、神殿目指しておごそかに移動する。

その黄金の輿には、銀の衣装を纏うエーレントラウトが、背すじをぴんと伸ばして座している。長い羽を模したマントが流れて落ちていた。

近くに控える近衛兵の白の衣装はぱつぱつだ。ひと目で騎士ロホスとわかる。また、王の黄金の杖を持つ兵は、貴族の騎士ラインマー。少しぎこちなく歩いている。

固唾をのんでジアを見守っていたルスランは、ようやく視線を剝がした。

ルスランは、殺気を読むのは得意だったが、こうも人が多くては感じるのは不可能だ。

あらかじめ目をつけたくぼみをひとつずつ確認しようと視線を上げれば、上部の穴に止まる多くの白い鳩のなかに、黒い鴉を見つけた。その少し離れた場所には鷹もいた。

眺めていると、「ねえ」と話しかけられて驚いた。

振り向けば赤毛のクロリス――鷹の神がいた。ルスランは、近衛兵の格好をしているというのに見抜かれた。

「あんた、育ちがいいでしょ？　ほかの近衛兵とはぜんぜん違うからわかるよ。貴族？」

「ばかかおまえは。なにを単独行動している。死にたいのか、帰れ」

クロリスは、「そうもいかないんだよね」と髪をかき上げる。

「神は原則、王城から出ない。神殿には行かない。でも今回は特別みたい。あのね、神は倒れるわけはないの。……そう、つまり、万が一ジアが倒れた時に、あたしがすり替わるってわけ。出番が来ないのを祈るばかりだよ。しっかり守りなよ、あんたら」

ルスランは、言われるまでもない、とばかりに「ふん」と鼻を鳴らした。

「来るはずの宰相が来ていないようだ。たしか、宰相は神官長を兼ねているんだろう？」

「そうだよ。でも、種付けの儀をしているって聞いた」

「種付け？　性交か」

「第二の妃が最近来たんだ。で、種付けの儀は終わってない。つまり、妃に妊娠の兆候が現れるまで儀は続く。まあ、基本的に五人の妃の腹が休まる期間はないって考えて？　いま、五人とも孕んでないのは異例みたい。新たな妃が孕まない妃であれば処分される。鳥葬」

彼はそれには言葉を返さず、話題を変えた。先ほどから疑問が頭をもたげていたのだ。

「おまえは鳥の神が疫病の病原になりうる話は知っているか」

クロリスは「なにそれ？」ときょとんとしている。ルスランは、やはりと思った。

「ぼくは戦地でよく鷹を見た。おまえは他の神より酷使されているのではないか？」

その表情をみるに、不満がありありと見て取れた。

「そうなの。おかしいでしょ？　すごく酷使されてんの。宰相は鷹が好きだから勇姿を見たいって言ってたけどさ、ふざけんなだよ。やつのせいで身体が弱くなってきた。ほんとまずいよ。しかも今回の儀式もあたし担当だったじゃない？　はあ、ジアでよくない？」

「身体が弱いとはどれほどだ」

クロリスは心臓部を、とんとん、と叩いた。

「とにかくここが痛いの。前はすぐに回復していたけどさ、最近は二日はかかる。痛みの回復が遅れてきたんだ。本当に宰相は恐ろしい。身体を壊した神をいらないって処分するの。そして鳥葬。ジアは鳩だから無理だけれど、あたしの鷹も鳥の神を何度食べてきたことか。もちろん妃もね。鷹や鴉たちにとっては肉はご馳走なんだろうけど、気分が悪い。最近、あたしもそうなるんじゃないかと思っていたけど、宰相がグリシャに新たな神を探せって命じたとなるといよいよ危ないって思った。その前にあいつを殺すよ。絶対に」

ルスランは、クロリスを見ながら考える。おそらく宰相はクロリスを酷使し、病原としたいのだ。そして、バルツァー国に投げこむつもりだろう。アーヴァの本で見た、他国を攻める際にたまに用いられた作戦だ。

——疫病でバルツァーを壊滅させたのち、侵攻するつもりか。

思いをめぐらせていると、クロリスに白いローブをつかまれた。

「ねえ、その疫病の病原ってなに？　そこくわしく。鳥の神がそうなるの？　教えて」

問いに答えようとした時だ。ひゅ、と風を切る音がした。刹那、彼はクロリスを「どけ」と押しのけ、身を乗り出した。確かに弓矢の音だった。

ルスランは、瞳をめいっぱいに見開いた。

王の——ジアの華奢な身体がぐらつき、輿から投げ出されるさまを見た。それは一瞬のことにもかかわらず、彼にはやけにゆっくり見えていた。彼女の肩に、矢が刺さる。人がざわめく前だった。彼は、瞬時に地を蹴った。腰から剣を引き抜いて、彼女のもとにひた走る。が、ぶわりと白い吹雪のように、目前をなにかが横切った。おびただしい数の白い鳩。それは一旦旋回し、二方向に別れて一方はジアのもとへ。もう一方は奥へゆく。

ルスランは、咄嗟に進路を奥へと変えた。

がむしゃらに足を動かした。道は鳩たちが示していた。

その無数の個体の隙間から、白い衣装の近衛兵を捉えた。

男は、弓を持っていた。

白い鳩は急降下して、その男に次々ぶち当たる。大きな鳩だまりとなっていた。玉座の時とは比べ物にならないほど、鳩たちは殺気に満ちている。それは、走るルスランも同じだ。どく、どく、と血がたぎり、視界が真っ赤に染まっていた。

　階段を駆け上がる。そこは、雪のように羽毛が舞っていた。男は剣を振り回し、くそ、くそ、と鳩を斬りながら逃げている。足音に気づいたようだった。が、ルスランは男に攻撃の隙は与えない。小刀を投げ、男の太ももに突き刺すと、痛みにもがいた男が刃を抜く間もなく、剣を薙ぐ。鮮血が飛び散った。勢いのまま剣を振りかぶり、相手の右肩から左の腰に線を描く。さけびがあがる。男の最期を見ずに、ルスランは階段に向かうことなく手すりに足をかけて飛び降りた。だん、と着地の音がひびいた。そしてふたたび駆け出した。すべてがわずかな時間に起きたこと。彼が目指すのはジアだった。

　近衛兵たちは、王に矢を穿たれたにもかかわらず、騒いだりなどしなかった。ひたすら王を取り囲み、その姿を隠す。

　四百年を生きるエーレントラウトは、死ぬはずはなく、痛がりも、怖がりも、傷を負うはずもないのだ。当然血などこぼれない。神だからだ。

　ジアはすみやかに、奥の城まで隠されながら運ばれた。

　到着したルスランは、ジアを取り囲む近衛兵を強引にかき分けた。しかし、ふくよかな兵に止められる。それは、騎士のロホスだ。彼は極めて小さな声で「落ち着け」と言った。

「すまない、てっきり神殿に到着してから狙われるものと思っていた。だが、不幸中の幸いか、ジアちゃんは急所を外れている。それよりも、やつを始末しなければ。間違いなく騎士ディルクのしわざだ。やつの矢は百発百中だぞ。必ずや二投目が来る」

「殺した」

「……は。　え？　……本当か？　もしかして──さっきのさけびがそうなのか」

ルスランがなにも言わないでいると、ロホスがずい、とくちばしを近づけた。

「きみはお父上に似て大変すばらしい。さすがはこの親にしてこの子ありだな。ならばラインマーどのと下がるがいい。彼は医術の心得があるらしくジアちゃんを手当てすると張り切っていた。ついでに彼にきみの傷を診てもらえばいい。しかし、儀式はどうなる？」

「鷹の神が引き継ぐだろう。先ほど会った。……ぼくがディルクを早く見つけておけば」

ふがいなさにぎりぎりとこぶしをにぎると、ロホスは「いや」と首を振る。

「やつは特殊で、隠密から騎士になった男だ。いくらルスランどのとて見つけられるはずがない。完全に気配を消せる。それより、すぐに仕留められたことを誇るべきだ。乗りかかった船だ、俺は鷹の神を守るが、きみは早くジアちゃんのもとに行ってあげてくれ」

大きな巨体を揺らして去るロホスを後目に、ルスランはジアを目指した。


ようやく彼がジアと対面できたのは、彼女が自身の居室に運ばれ、寝台に寝かされたあとだった。近衛兵たちは王の守護のために戻り、ルスランとラインマーのみが残った。

ジアから銀の頭巾を取り去ると、彼女は震えながら顔をゆがめ、必死に痛みをこらえていた。緑の瞳に涙がじわじわとにじむさまに胸が痛んだ。

汗を浮かべる彼女の額に手を当てて、「もうだいじょうぶだ」と声をかければ、彼女はぎこちなくうなずいた。それを見ていたラインマーは驚きに目を瞠っているものだから、ルスランは舌打ちする。

「おまえは医術の心得があるんだろう？　ぼんやりせずに早く治療をはじめろ」

苦しむジアを見ていられずに、促したものの、ラインマーはいまだに啞然としている。

「おい、なにをしている」

「待って待って、うそでしょう？　私はね、とても醜いって聞いていたんだよ。それが見てよこれ、奇跡の純白だよ？　なに？　こんなに美しい女の子がいるんだね。……はあ？　あのグリシャの野郎、醜いだと？　あんなうそつき舌は引っこ抜いてしまえばいい」

ラインマーは、恍惚とした表情を浮かべて、ジアを見つめている。

「ジアちゃん……」

「じろじろ見るな！　早くしろと言っている」

ルスランは、浅い息をくり返すジアの肩の傷を押さえながら言う。銀のローブ越しに当てた布は、みるみるうちに血に染まっていった。

「おい、矢尻は抜いてあるのか？」

「はあ……見てよ、緑のおめめ。エメラルド……最高。――ああ、矢尻？　矢尻ね。抜いてあるよ。ロホスはだてにでぶじゃない。力があって助かった。服を脱がせてくれる？　傷口をよく見ないと。止血に、気血も補いたいし、あとは縫合も。整骨薬も必要かな？」

「おまえの前で裸にしろと？」

「そこ気にする？　貴公、脱がなきゃ治療はできない。急所は外れていても重傷なんだから。ほら、早く脱がせてジアちゃんにこれを飲ませて。そのあとこの薬。こっちも」

ラインマーから手渡された瓶の蓋を開ければ、独特のにおいが鼻をつく。眉をひそめると、「酒だよ。たっぷり飲ませて。できれば酔うくらいに」と指示された。

ルスランは瓶を見下ろした。これまで酒を勧められる機会が数々あったが、頑なに断った。飲めば、ジアを置いて大人になる気がして避けたのだ。

彼女に飲ませる前に、ひと口軽く飲んでみる。広がる苦さに、大人の味だと思った。

「酔うのは貴公じゃないぞ？　ジアちゃんだ。小僧のとっておきの酒をかすめてやった」

小僧とはグリシャのことだろう。その瓶は、彼が飲んでいた酒と同じものだった。

「ね、まずは傷口を見せて。なるべくよこしまな目で見ないって」

「その言葉がすでによこしまだ」

ラインマーとやりとりしていると、ジアは怖くて心細かったのだろうか、ずっとルスランの服のすそをにぎったままでいた。彼は、その胸の内が手に取るようにわかった。

「ジアを裸にするのなら、ぼくも脱ぐ。彼女は人が怖いんだ。容姿が原因でこの国ではひどく迫害されている。人前で、彼女だけを裸にしたくない」

「迫害？　くそ。この国はふしあな国家だな。……ね、私も脱いだほうがいいよね？」

「なにを言っている。おまえが脱いでいいわけがないだろう。ばかが」

ルスランは口を動かしながら、潔く白いローブを脱ぎ捨てる。彼女に寄り添えば、その表情は心なしか穏やかになった。彼は、ジアが自分の温度に安心することを知っている。銀の衣装を脱がせると、彼女の傷はひどいものだった。跡が残ってしまうだろう。傷の負担にならないように、そっと肌を合わせると、ジアはふう、と息をついた。

まっすぐ緑の瞳を見つめ、白い髪を撫でながら言った。

「ここにはきみを傷つける者は誰もいない。ラインマーはきみの傷を治してくれる。それに、ぼくがそばにいるから、万が一こいつがおかしな行動をとれば即刻斬り捨てる」

「おいおい貴公、物騒だな。私がジアちゃんにおかしな真似をするわけがないだろう？」

ラインマーが、「ねっ？　ジアちゃん」と目を細めて微笑みかけると、ジアは一旦まぶたを閉じて、白いまつげをふさりと開ける。うなずきの代わりだろう。

ルスランは、ジアの額にかかる髪をどかし、そこに唇を押し当てる。

「ぼくは、酒はきみといっしょに飲むと決めていた。飲もう？　半分こだ。口を開けて」

伝えれば、彼女のぷっくりとした唇に隙間が空いた。ルスランは、酒を口に含んでくちづける。ゆっくりなかに流しこめば、ジアは少し顔をゆがめた。苦く感じているのだろう。舌でなかを洗ってやると、ジアの舌が遠慮がちに、ぴと、と寄り添った。

くり返し飲ませていると、やがて、白い肌がうっすら赤く色づいた。

続けて薬を口にして運べば、首を動かし彼女は飲んだ。

痛みに震える身体を抱きしめる。すると、上からずるずると洟をすする音がした。

ラインマーが、片手で両目を押さえ、うっ、うっ、と肩を揺らしているのだ。

「またか。なんだおまえは」

「……う。ジアちゃんに対する貴公の態度と声は、なんてやさしいんだ。普段の獰猛さはすっかりなりをひそめ……しかもなにそれ口移し？　ああ……はじめて見た。私はこの目撃に感無量だ。いいねいいね、ふたりの世界はこうでなくっちゃ。私ってば女を抱くのは性欲でしかないよ。恥ずかしくなってくる。純粋で美しい……ああ、私はいないものとして続けてくれ。薬が効けば縫うから、ジアちゃんをたくさん抱きしめてあげるんだ。貴公が抱きしめているのといないのとでは、見てよ、ジアちゃんの顔が違うんだ。……うう」

「やめろ、うっとうしい」

口ではそうは言っても、ルスランは、ジアを抱きしめたまま、肌をさすって励ました。ほどなく彼女の寝息が聞こえたところで、治療ははじまった。

ルスランは、ジアのそばを離れなかった。汗がにじめば布で拭き、薬を塗り、布を替えた。痛い思いをさせないために、薬を飲ませて眠らせた。それでも時々目覚め、ジアは顔をゆがめて痛がった。人は順応する生き物だ。同じ薬ばかりではだんだん効かなくなってゆく。ジアも薬が効きづらくなり、痛かったからだろう。こちらを見ながら胸を指差した。

「触れていいのか？」と聞けば、ジアは、こくんとうなずいた。

彼女のわななく唇に、唇をつければ、弱い力で返された。それを皮切りに、胸の先を口に含んでやさしく転がした。すると、ジアは脚を開いてこちらを誘う。希望のとおりに、秘部にねっとり舌を這わせて、痛みを紛らわせるべくむさぼった。

ルスランは、胸に抱える思いを伝えたことはない。男は態度で示すものだと思っているからだ。快楽は、思いを伝える手段だ。時間をかけて果てさせて、にじむ液を飲みこんだ。

ジアに触れれば、たちまち下腹は熱を持つ。ぐつぐつと煮えたぎり、はちきれそうに膨れていた。彼は欲望を必死に抑えていたが、それでも先走りがシーツを濡らした。

ふいに、秘部から顔を上げたのは、ジアが腰をくねくねとゆらめかせたからだった。

彼女はなまめかしく身悶える。その目はうっすら開いていた。

ジアは、見ていることに気づいたようで、指先でつん、つん、と自分のひくつく秘部を指す。ほしがっているのだ。

彼は、ジアの肩に負担がかからないように、彼女の両脇に手をついた。

顔を突き出し、その唇にくちづける。触れたとたん、快感に震えているのがわかった。

彼女の口に舌を入れながら、自身の猛りに手を添えて、先で彼女の秘部をぐにぐにに刺激する。ジアは乱れる息を、あふ、あふ、とさらに乱した。

ぐっと腰を押しつければ、熱いなかにずぶずぶ沈む。刹那、彼女のなかが蠢動し、食いちぎられそうなほどに締めつけられる。腰の奥から頭の先までなにかが鋭く貫いた。

キスを続ける余裕もなくて、奥歯を噛みしめる。身体中から汗がぶわりと噴き出した。

全身が心臓になったかのように、どくどくと血が濁流となり、ルスランは、うめきとともに彼女のなかに吐き出した。

はあ、はあ、と息を荒らげてジアを見つめれば、彼女はあごを持ち上げ、胸をつんと張っていた。わななきながら、くっと背中を反らしているのだ。

「…………は。……ジア、気持ちいい？」

ジアは息をつきながら、こちらを見つめて、うん、とうなずいた。

唇を寄せ、彼女を食むと、食み返されて見つめあう。また食めば、ちゅ、ちゅ、と短くついばまれ、たまらず口を強く押し当てる。舌を絡めて吸いあえば、ほどなく口の周りは濡れてゆく。ふたたび顔を上げると、まっすぐ視線を返された。

彼女がこの上なくかわいく思えた。否、いつも、食べてしまいたいくらいにかわいい。性格も、しぐさも、顔も、身体も、なにもかも。ひとつも欠けてはならない要素だ。それはむかしから変わらない。純粋で、淫らなジアに、いつだって夢中だ。

ルスランは、いまだ彼女とつながりあう楔を意識しながら、深々と息をした。

「ジア、ぼくとここを出よう？　きみがいやと言っても連れてゆく」

うなずくものだと思っていた。ジアが、自分を大好きで愛してくれていると知っている。けれど、彼女は悲しそうに口を引き結び、首を横に振った。

「なぜ？　頼むから。ここは危険だ。迎えに来たと言ったはずだ。ぼくの妻だろう？」

それから、どう説得しても、ジアはうなずくことはなかった。

七章

ルスランは、怒りでどうにかなりそうだった。その白いローブは血に染まり、顔にも血しぶきがついていた。いましがた人を殺したからだ。

逸る心のまま回廊を横切り、扉の前に立った彼は、それを、だん、と蹴破った。

そこは黒い部屋だった。寝台の上には以前と同じく、四人の女とひとりの少年が裸でいた。皆、身体を起こしてこちらを見ている。すさまじい音がしたからだ。

「グリシャ！」と、ルスランが怒鳴れば、グリシャは黒い瞳を大きく開けた。

「はあ？　なぜ私が怒られる？　なにもしていないだろう！」

と、グリシャは勢いよく立ち上がり、てっ、てっ、てっ、とこちらに走り寄ってきた。

近づくいなや、ルスランは、その銀色の髪をわしづかみにし、上へ持ち上げる。

「いたいいたいいたいいっ。ちぎれるっ！　やめて！」

ルスランは、顔をゆがめているグリシャに鼻の先を近づけ、目を剝いた。

「おい、ジアがまた命を狙われた。どういうことだ？」

「ジアが……また？　本当？」

「うそなどつくか。ジアの居室に死体がある。ひとりじゃなく、今度はふたりだ」

床にグリシャを投げつけると、ぺたんと彼は尻もちをついた。

「いまジアはどうしているの？」

「ラインマーとロホスがいる部屋だ。彼らが守っている。……くそ、こんな危険極まりないふざけた国に置いておけるか。明日、ジアを連れて出る」

もそもそと起き上がったグリシャは、「それは無理」と言いながら側机に歩いていった。

「ジアに出ようって言ってごらんよ。絶対いやだって言われるから」

「おまえ、なにを知っている？」

「だいたい？　全部？」と、グリシャは呼び鈴を鳴らした。

「宰相はさ、鳥の神を選ぶ時に必ずその神の大事な人を人質にするの。鷹の神クロリスの場合は弟、そして、ジアの場合は祖父。人質の命を守るために、従わざるをえなくなる」

ルスランは息をのむ。彼女にとって、祖父がどれほど大切かを知っている。

「ジアの祖父はどこにいる。……牢獄か？　どこだ」

「人質がどこにいるかわかったら、それって人質にならないよね？　ちなみにうちには牢獄なんて存在しないよ。罪は死。すぐに殺しちゃう。白か黒のみで灰色なんてない」

グリシャは、扉に現れた近衛兵に、てきぱきとジアの居室の片づけを命じた。そしてこちらに向き直る。

「でも、納得できない。宰相は、私にはジアを殺すつもりはないと言った。なのに襲わせた。……たぶん、ジアは鷹の神を酷使するためだけの理由で殺されるんだ。バルツァー国と決着をつけるために、早く疫病を蔓延させる。私の行いは、すべて徒労ってわけか」

ルスランは額に手を当てた。グリシャから強い殺気を感じる。この男はジアを――。

「鳥の神には、必ず人質がいると言ったな。人質……。おまえにもいるんだろう」

ぶつぶつと小言を言っていたグリシャは顔を持ち上げる。そしてルスランは付け足した。

「それは、ジアか？　ジアでないとすると、おまえのこの殺気に説明がつかない」

グリシャはぐわっと目を瞠る。あごを引き、歯を嚙みしめているのがわかる。これまでは捉えどころがない男だったが、感情がむきだしだ。正解なのだと思った。

「図星か。おまえをよく知るわけではないが奇想天外なのはわかる。だまって父親に従うような性格ではないことも。おまえはこれまで人質などいなかったが、ジアが城に来たことで、できてしまったんじゃないのか？　憶測だが、女と励むのも人質がいるからだろう。これまで性交は義務でしていたが、いまは強制か。四人同時など異常だ。ぼくの目には、おまえは四人の女に犯されていたように見えたが。この五年、女に犯されているのか？」

ごく、とグリシャが唾をのむ音が聞こえた。

「ジアが来てからの五年と、いない以前と、おまえにどのような変化があった？　父親を殺したいようだが、むかしから殺したいのであればとっくに動いていたはずだろう？」

「私はあなたが嫌いだ」

「安心しろ。ぼくもおまえが嫌いだ。で、ジアの身になにがあった？　なぜ王になった」

ぐしゃぐしゃと銀色の髪をかきむしったグリシャは、「それ取って」と指差した。酒の入った瓶だった。渡せば、彼は椅子に座って、くぴ、とひと口呷った。

「ジアは私が見つけた。私はずっと神を探し続けていた。では、なぜ探すのか。私のためだ。神は代償を払いながら鳥を使役する。私の鴉たちも、私に見返りを要求する」

まぶたを薄く開けたグリシャは、遠くを見つめた。

「私はみんな死ねって思っているし、世界が滅べばいいと考えている。以前から性交は義務だった。して当然のもの。だからする。朝から晩まで性交だ。血すじ、優秀な種、知るか。こんなの種馬だ。なんの意味があって生まれた？　なぜ私だけがこのような目に？　しかも図体はガキで成長を望めない。滅びを願ってもしかたないだろう？　私は失い続けてばかりだ。そんなの失わせる側に立ちたくなるに決まってる。神の寿命は別に五年ってわけじゃない。だって私はこの三十五年鴉の神だ。酷使しなければ生きていられるし回復もする。私が神を探すのは、私を生かすため。そんななかで見つけたのがジアだった」

ルスランは腰に手を当て、鋭く息をはき捨てる。

「つまり、御託《ごたく》を並べているが、ジアが王になったのはおまえのせいというわけだ」

「あなたって冷血。そうだよ、ジアが王になったのは私が原因。誰だって過ちを犯すものでしょ。でもね、私は後悔していない。城に連れてこなくちゃ、ジアは絶対に死んでた」

グリシャは荒々しく酒瓶をかたむけた。小さなあごに、だらだらと酒が伝う。

「なにも知らないあなたはのんきに『ジアを城に連れてきやがって』などと思っているだ

ろうね。でも、ジアはあの村でひどい虐待を受けていた。私が見た彼女は殴られ蹴られて、髪も切られて短くて、食べ物がなくてがりがりだった。顔がぼこぼこに腫れてさ、化け物みたいだったし、いまにも死にそうだった。そんな彼女を守っていたのが白い鳩だ。ジアだけじゃない。あの子の祖父も犬もみーんな傷を負ってがりがりなの。胸糞悪いから、あの村、鴉で全滅させた。だって、あんなごみ村いらないでしょ？　ひとり残らず皆殺し」

「ジアが虐待を？」

「村人総出でね。あの子、指二本とあばらが折れていた。私が手当てしてあげたよ。ねえ、いまの話を聞いても城に連れてきたのは間違いだと言える？　撲殺されちゃってたよ？」

心臓をわしづかみにされたかのようだった。ジアはかつて、他の村でも虐待されていた。怒りに震えていると、グリシャにぎろりとにらみつけられた。

「のんきだね。いまさら怒っても遅い遅い。ジアのような白い者は虐待の対象だ。どんなにいい子でも、害はなくても罪はなくても醜く、不幸を呼ぶ生き物扱いだ。でも、そんな国だから生まれたのかもしれない。ジアは究極の神だ。全能の鳩の神。だって、彼女はなにひとつ鳩に代償を払っていない。なんにも命じてもいない。鳩たちは勝手にジアに尽くし、神の力を差し出す。まるで彼女のそばにいるためにジアを神にしているみたいだ。完全な自発的献身。これってすごいよ？　ジアは生涯、神の自覚なしに神だもん」

ルスランが、いまだに虐待の事実から立ち直っていないうちに、グリシャは話す。

「私だって最初は信じられなかったよ。だから、以前、鴉で白い鳩を追ってみたんだ」

　グリシャは、ずい、と前のめりになった。

「でね、ジアのもとを離れた白い鳩たちは、天敵から身を隠してずっと繁殖しているの。すごい早さでたまごを産み、雛を育て、成鳥する。なぜだ？　って思っていたんだけれど、わかった。彼らはジアへの負担をすべて自らが負っているんだ。宰相に酷使された分、全部自分の身に受ける。だからだろう、鳩の王以外の彼らの一生はすごく短い。大量に死に、大量に生まれる。あの白い鳩たちは本当にジアが大好きなんだ。大好きでできてるの？　っていうくらいに大好き。観察していた私まで感化されるほどにね。だって私、本当に白い者が嫌いなんだ。差別している。でもジアは大好きなんだ。これってぜーんぶ鳩のせい。でもいい気分だよ？　こうでもしなきゃ、私、大好きだなんて思ったりしない。だって、みんな死ねってつねに思っているし、世界が滅べばいいと思っているもの」

　ルスランがグリシャを見ると、彼も見ていたのだろう、視線がかち合った。

「私、ほしいものはジアだけなの。この身体はジアでできている。あなたから奪うね？」

「だまれ。ジアはぼくのものだ。奪わせるわけがない」

「あなたって不思議な人。鴉の神の私が怖くないの？　たぶん、五秒であなたを殺せる」

　グリシャが手を前に向けると、そこに、ふぁさっと黒光りする大鴉が留まった。鴉は黒い目でこちらを見ている。が、ルスランは眉ひとつ動かさずに平然としている。

「鴉がどうした。怖い？　どこがだ。ぼくは敵と認めたものを恐れたことはない」

「恐れたことはない？　……へえ、あなたには恐怖心がないの？　興味深いなあ」

「とにかくジアを城から出す。ここは彼女が話せなくなるほど過酷なんだろう？　しかもジアは王だ。バルツァー国にとって倒すべきは王。……ぼくの父はこれまで一度もアンブロスに侵攻していない。侵攻すればジアは無事ではすまない。なぜなら——」

彼は一旦息をついたあと、黒い髪をかき上げた。金色の右目があらわになった。

グリシャは、黒い目をめいっぱいまで開けてそれを見ている。

「おまえ、アンブロスの前身、呪術国家アーヴァの本を持っているだろう？　そこに金の目の記述があった。ぼくの家はそれだ。どうやらアーヴァに関連があるようだ」

グリシャはあごをさすりながら、「恐怖を感じないのは当然だ」とささやいた。

「金の目は狂戦士の証だよ。狂戦士に恐怖ははなから存在しない。そして、殺意に敏感。だからあなた、私の殺気が読めちゃったんだ。おかしいと思ったけれど、それなら納得」

「狂戦士？」

「あのね、狂戦士はかつてアーヴァで作られたんだ。人が持つべき枷を取っ払った生きた武器。王に仇なす者をことごとく殺すために作られたの。でも、問題があったみたいですぐに排斥された。つまり皆殺し。あなたの先祖は奇跡的に逃れた生き残りなのかも？　で、両目が金のはずだけれど、どうしてだろう？　あなたは片目だけ。不完全だねー。でもまあいいか。狂戦士がこの城にいるなんて、いますぐ宰相に勝てちゃうかも？」

グリシャは突然その場でぴょんぴょんと身体を揺らした。

「あは。恐怖が効かないやつがいた。あなた、父の脅威だ。あなたの父も金の目なの？

だとしたら最高。私、あなたを肉の盾にしようと考えていたけれど作戦を変えなくちゃ」

「肉の盾？　このぼくを囮にしようとしていたのか」

「あのね、そうじゃない。肉の盾にしかならないの。父は人に畏怖を与える。どんな兵《つわもの》でも簡単にでくのぼうにされるの。この国にあなたのような金の目がいないのは王にとって不都合すぎるから。あは。つまり、かつて王家は自分たちを守らせようと狂戦士を作ったものの、逆に殺される手段になりうるから慌てて消した。狂戦士って恐怖で抑えこんだり、洗脳できないもん。箍がない。理性を取っ払っちゃってるからね」

「だまれ」

机にひじを置いたグリシャは、頬杖をついた。

「問題はどうやってあなたを怒らせるかってこと。理性がなくなるほど怒らせたいなあ」

眉をひそめるルスランに、グリシャは口の端を持ち上げる。

「そういえばあなた、ジアを城から出すって言っていたよね？　無理だよ。ほら、人質。鳥の神は、みんな最初は神でいることを拒絶する。戦争に加担させられるわけだから。鳥の神は騎士じゃない。そんな彼らが人を殺すために駆り出され、多くの人間が死ぬんだもの。でも、彼らは人質を守るためにがんばるの。必死にね。がんばり続けるしかない」

ルスランは、神が鳥の目を借りると知った時点で、その仕事を理解していた。

「神は、バルツァー国へ鳥を飛ばし、俯瞰して布陣や地形を見る。国内の町も監視しているな。反旗の芽を摘み取るためだろう」

「そのとおり。ちなみに偵察においてジアの右に出るものはいないよ？　でも、ジアは最初、鳩を向かわせることを拒んだ。すると宰相はジアの祖父を拷問したんだ。ジアの目の前でね。以来、ジアは祖父のために鳩を飛ばすようになった。……まあ、正しくは鳩たちがジアにつらい思いをさせないために自ら飛んでゆくのだけれど。必死に情報をかき集め、力尽きて死んでゆく。ジアは、心労が積み重なって声が出なくなったし笑わなくなった」

脳裏に気むずかしげな、しわくちゃの男の顔が浮かんだ。めずらしい果実をくれた時の、得意げで、少し笑った顔。そして、ジアと半分こして食べた果実の味が。

「……ジアの祖父はどこにいる？　言え」

「これ、言っていいのかなあ？　あなたにだけ言うね？　ジアには内緒」

ルスランが顔を上げると、話がはじまった。

「ジアは生きていると信じているけれど、とっくに死んだ。ジアの祖父は、はじめの拷問でもう歩けないし食事もできない身体になっていた。あのおじいさん、自分はジアの足枷にしかならないからって死を願ったんだ。あまりに強い願いだったから介錯《かいしゃく》した。あの人、死の瞬間までジアの幸せを願っていたよ。自分の息子にも孫を救えないことを謝ってた」

ルスランは手で顔を覆った。どく、どく、と血がたぎる。視界が赤く染まってゆく。

「ジアは祖父を助けるためにこれまで奮い立っていた。それが突然なくなるって、どんな気分なんだろう。私はいまも、真実を告げるべきなのかわからない。ねえ、ルスラン。なにが正解？　声や笑顔を失っているジアは真実を知った時、どうなっちゃうの？　あの子、祖父がいるからがんばっているのに。私は思うんだ。時にはうそも必要かなって」

うつむき加減のルスランは、黒い髪をぐしゃりとにぎった。息が、できない。

「――いますぐ、宰相の居場所を言え。……早く！」

グリシャの唇は弧を描いた。

「いいよー。ねえ、私の鴉の王も連れて行って？　アドラーだよ？　よろしくね」

＊　＊　＊

「大変大変、大ニュースぅー」

軽快に扉が開かれると、ラインマーとロホスがそちらを向いた。

ぱあっと明るく笑うグリシャが、てっ、てっ、てっ、と駆けてくる。ラインマーは露骨に舌を打ち、ロホスは大きくため息をついた。

その部屋の雰囲気に気づくなり、グリシャは「なあに？　辛気くさーい」と眉を寄せた。

「おいおいおい、おまえはなにを言っている？　ジアちゃんは刺客に襲われたんだぞ」

ラインマーとロホスはいかめしい顔つきで、寝ずの番でジアを守ってくれていた。

銀の鳥の頭巾を被ったジアは、寝台に横になっている。部屋を移動する際、ルスランに頭巾をつけてもらっていた。やはり、部屋の外は怖くて勇気が出ないのだ。

毛布をぎゅっとにぎっていると、グリシャが寄ってきた。見るからに機嫌がよさそうだ。

「ジアー、もう少しであなたは安全になるからね？　刺客なんて来なくなる」

グリシャはジアの頭を「よしよし」と撫で、そしてくるりと振り返り、ロホスを指差す。

「でぶ、戦いに行くよ？　私についてきて？」

でぶ呼ばわりにロホスは憤慨したが、続いてグリシャはラインマーを指差した。

「あなたはジアを守って？　もし守れなかったら、明日、あなたは鴉の糞になる」

「糞？　……はあ？　私が鴉に食べられるってこと？」

「そうだよ。いまね、ルスランが宰相と戦っているんだー」

ジアは頭巾のなかで目を瞠った。宰相がどれほど恐ろしいかをいやと言うほど知っている。かたかたと震えながら、詳細を聞こうと身を乗り出した。

「戦い？　いま夜中じゃないか。本当に？」

「うん。だから私とでぶも行くの。兵たちにルスランの邪魔をさせたくないじゃない？徹底的に足止めするの。あとねー、あ。来た来た、遅いよー」

グリシャの見ている戸口に、青白い顔をした鷹の神クロリスがよろよろと現れた。寝ていたのだろう、赤毛は乱れているし、胸を苦しげにつかんでいる。

「かんべんしてよ……あたしさあ、ジアの代わりの儀式で限界なんだよ……。壊す気？」

「あなたのそれ、まだだいじょうぶだって。いよいよまずくなったら、途中で気を失うほどの激痛なんだから。それに比べたら、そんなの蚊に刺された程度だよ」

グリシャの言葉に、クロリスはいまいましげに顔をしかめる。

「なにその痛みの例え。他人事だと思って、ふざけてんの？　ついて来てってなによ？」

「だから、いまから宰相をみんなで殺しに行くの。がんばって殺しちゃおう」

クロリスは驚愕に目をまるくして、「はあ？　うそでしょ？」と言った。

「クロリスはいまがんばらなくていつがんばる気？　死ぬ気でがんばってー。あなたと私で、宰相の部屋から鳥を締め出すの。可能ならば邪魔っけな鳥の神も殺しちゃおう」

「ねえ、なんで突然こんなことになってるのか言ってくんない？　わけがわかんない」

グリシャは「めんどうだなあ」と唇を尖らせ、クロリスとロホスをそれぞれ見た。

「ルスランがいますごく怒ってて切れているからいいかんじなの。すっごく強そう。金の目ってすごい。ルスランの腕に止まろうとする私のアドラーを、ぱしんってはたき落としたほどだよ？　あは。私の鴉、強いのに。彼、全方向に刃を向けてる。この機会を逃さない。ていうかさ、私が懸念していたことがなくなっちゃったんだよね。ほら、行くよ？」

ジアが動揺して気もそぞろになっているうちに、グリシャは「早く早く」と、ロホスとクロリスを急かし、彼らとともに出て行った。急に部屋は静まり返る。

——ルスラン。

扉がにじんで見えなくなった。ジアがぐすぐす洟をすすっていると、声があがった。

「ジアちゃん、私は手負いだけれど、貴女ひとりなら守り通せる。だから怖くないよ？ここは大船に——ええ？　ちょっと待って待って、ジアちゃん？」

ジアが毛布を剥いで起き上がろうとしているものだから、ラインマーが驚いている。

「だめだよ、傷にひびくよ。貴女になにかあったら私、ルスランに殺されるよ」

彼が戸惑いを見せるなか、ジアは寝台から下りた。肩が燃えるように熱くて痛いけれど、そんなことは言っていられない。ルスランを失いたくないのだ。

ぺたぺたと扉に向かうと、ラインマーが慌てて言った。

「待って。わかったよ、わかった。ジアちゃん、ルスランのもとに行きたいんだよね?」

くちばしを下に向けると、ラインマーは片手で両目を押さえた。

「だよね、そうなるよね。危険だから止めなくちゃいけないんだけど……。まあ、正直なところ私もこの目で見届けておきたいというのはある。だって、これが失敗でもしたら死ぬしかないからね。これ簒奪《さんだつ》? 国家転覆? まあ、いわゆるそれだから。……いやー、その前にジアちゃん、靴を履こう? 私も行くから私のそばを離れないこと。守れる?」

ジアがもう一度うなずくと、ラインマーは腰のひもから小刀を取り出した。

「これはさ、戦えっていうわけじゃない。いざというとき、武器があるのとないのとでは心の構え方が違うから、護身用と考えて?」

ラインマーから差し出された小刀を、ジアは両手で受け取った。

はじめて手にした武器は、ずしりと重かった。


月が出ている夜だった。天井付近に開いた穴から、ほのかに光が差していた。

ジアは、早く、早く、と自分を叱咤しながら足を動かした。

穴からは次々と鳩たちが入りこみ、ジアのもとに舞い降りた。いかんせん昼行性のため数はいつもより少ない。が、周囲の床を白く埋め尽くす程度にはいて、ラインマーが「えぇ？」と、数の多さに驚いていているほどだった。

回廊は、こつ、こつ、と足音がひびいていたけれど、ジアの足取りはゆっくりとしたものだった。傷にひびいて、早く駆けつけたいのに行けないのだ。

銀の頭巾が隠しているけれど、ジアは泣いていた。

――ルスラン……無事でいて。

ジアは、心底宰相を恐れていた。毎晩、毎晩、夢にまで現れる暗黒だ。

黒い瞳は、悪意を集めたような闇。銀色の髪が艶やかに光を帯びるのは、闇をさらに濃くするためだとしか思えなかった。例えるならば、奈落の底だ。

胸が苦しくなって立ち止まる。祖父とルスランが重なって、打ちひしがれる。

自分が殴られ蹴られても、骨が折れても髪を切られても、矢が刺さっても。たしかに痛くてつらいけれど、大好きな人たちが傷つくよりもましだと思った。胸が張り裂けそうになる。ルスランよりもジアを。祖父よりもジアを。どうか。

――ジアを殺してもいいから、殺さないで。

はあ、はあ、と肩で息をしていると、ラインマーがこちらをのぞきこむ。

「ジアちゃん、だいじょうぶ？　背負おうか？」

ジアは首を横に振る。〝ありがとう〟と口を動かしたけれど、うまく伝わらないだろう。

ジアは弱い。意気地なしで勇気がない。怖くて縮こまってばかりいる。

嫌われるのは普通のことだった。好かれたいと願うのは、とっくにやめた。生きているだけで疫病神。けれど、大好きで大切な人がいる。愛している人がいる。

なにができるのかわからない。でも、行かずにはいられない。

強くなりたい。守りたい。泣いてばかりでいたくない。

まばたきで涙を散らし、ふう、ふう、と痛みをこらえて、一歩一歩前へと進む。

次第にジアの緑の瞳に、外から城を眺めた景色が見えた。鳩の視界だ。夜が苦手にもかかわらず、白い鳩たちはたくさん飛んでくれている。

城の右側……角の突き出た居室は、まさに宰相のいる部屋だ。その周囲を鳥が飛び交い、たむろしている。暗いからその種類はわからないけれど、もみくちゃになりながら、大きな猛禽たちが、ぎゃあぎゃあと鳴きわめき、羽根を散らして争っている。

ぐんぐん城の方へ景色が近づいた。鳩たちは、上部の穴から内部に入る。宰相の居室の前で苦しそうにしゃがみこむ鷹の神クロリスと、汗をかきながら壁にもたれているグリシャがいた。なぜふたりが苦しそうなのかジアにはわからず、ふたりは怪我をしているのかもしれないと思った。彼らが鳩を見ているために、視線がこちらに向いていた。

回廊に、大きな巨体がとおせんぼするように立っていた。ロホスだ。彼は、近衛兵たちを宰相のもとに行かせまいと、立ちはだかっているのだ。鴉や鷹とともにひとり孤軍奮闘し、すさまじい気迫で剣を振るっている。

グリシャは、ジアが白い鳩を通して見ていることに気づいているようだった。宰相の居室へ駆けた彼が、扉を開ければ、鳩たちは居室になだれこむ。ジアの視界も室内へ。

居室の入り口には、裸で震える女たちがいた。皆、扉が開くと一目散に外へと走るが、ロホスの戦いに気がつくと、怯えながらまた入り口に舞い戻る。行き場を見失っていた。

部屋のなかはあらゆるものがぐちゃぐちゃだ。壺は割れ、黄金の机や椅子は倒れて、天井から落ちる布はところどころが裂けていた。床は、散乱した鳥の羽根に埋め尽くされている。事切れた鳥たちも落ちていた。そして、室内を猛烈な速度で飛ぶのは、鴉と鷹につけ狙われている猛禽たちだ。激しく飛び交い、内でも外でも彼らは戦いのなかにある。

白い鳩たちは巻き添えを避けたのか、次々と地に降りた。一行はそのまま徒歩で奥へと進む。途中で倒れた人たちを見かけて、ジアは竦みあがった。裸の男と女がだらりと横たわり、少しも動かない。そこかしこが血だまりになっていることから、亡くなっているのだと思った。なかには、金の美しい髪の娘もいた。おそらくは、第二の妃のイジドーラだろう。それを乗り越え、さらに進んだ鳩が目撃したものは。

血塗れで立つルスランだ。ジアが見たこともないほど険しい顔をしている。けれど、生きている。宰相も見えたが、ジアにはルスランしか目に入らない。

鳩が一斉に宰相に向けて飛び立った。同時に、ジアは傷を忘れて、なりふりかまわず駆け出した。とはいっても、速く走れるわけではない。しかし、精一杯走った。

ラインマーの声が聞こえたが、ジアの耳には届かない。ジアは、ルスランのことしか考えられなくなっていた。

これまで鳩たちは、ジアに戦いを見せたことはない。けれど、ジアは、鳩たちが果敢に戦い、散りゆくさまをこの時はじめて感じていた。鳩はその身を犠牲にし、ルスランを守り、助け、宰相を怯ませ、戦いを有利なほうに運ぼうとしている。それに乗じて、ルスランは宰相に突っこんだ。剣と剣が激しくぶつかる。

早く行かなければと思った。自分が弱いことは知っているけれど、どうしても早くたどり着きたいと思った。

ジアが宰相の居室にたどり着く前に、付近にいた鳩は皆、ぶわりと飛び立った。吹きすさぶ吹雪のように一目散に飛んでゆく。室内にいる鳩たちの加勢に行くのだ。その後ろ姿をジアが追う。

居室の前に到着すると、鷹の神はうずくまり、グリシャは壁に手をついていた。

グリシャは気づくやいなや、「どうして来たの？　だめだよ」とジアのもとに寄ってきた。汗だくのグリシャは、「もう、仕方がないなあ」と頬を膨らませたあとに、ひょい、と首を動かし、後ろのラインマーを見やった。

「ジアは私が見るから、あなたはでぶの加勢に行って。早く。かなりまずいの。急いで」

ロホスは猛禽たちとともに、ひとりで大勢を相手にしている。かなり疲れきっていてふらふらだ。ラインマーは、「やるしかないよね」と、腰の剣を引き抜いて歩いて行った。

続いてグリシャはジアに言う。

「来ちゃったんだから、ジアも戦うしかないよ？　わかっているよね？」

ジアは決意をこめて、こくんとうなずいた。

「居室に入ったら、私とジアで宰相を一瞬だけ止める。鴉と鳩。そうすればルスランはあいつの首をとるはず。あの人、いま、宰相を殺すことしか考えられないからやるはずなんだ。長引けば、ルスランよりも、あのでぶとラインマーがまずい。兵を押さえきれなくなる。宰相の危機に、兵がいっぱい押し寄せているからね。機会はいまだけ。やるよ？」

もう一度、うなずこうとしていると、グリシャは耳もとでささやいた。

「おじいさん、きっと拷問痛かったよ。ジア、あいつにやり返せるのはいまだけ。ね？」

ジアが手に持つ小刀の、にぎる力が強まった。

ぐつぐつと、身体の奥が燃えたぎるようだった。これまで宰相にひたすら怯え、萎縮していたが、根底にある、祖父にひどいことをした男への憎悪が現れた。ずっと、閉じこめてきた思いが、いま、堰を切ったかのようにあふれて満ちる。

奥の部屋へ向かうあいだ、ジアの脳裏に浮かんだのは、いかめしい祖父の顔だ。

『また夜更かしして。なにをしておる、早く寝んか。子どもは寝る時間じゃ。めっ！』

『子どもじゃないわ。ジアはもう十二になったのよ？　りっぱなおとな』

『ばかもん、十一も十二もガキじゃ。早く寝んと尻をひっぱたくぞ』

なんでもない日常だ。それを返してほしかった。頭を撫でてくれる、ごつごつな手を返してほしい。かつてのように叱られたい。離ればなれでいたくない。

やがて見えてきたのはルスランだ。やはり、鳩の目を通して見ていたように血塗れだ。

――ルスラン。

ジアは、小刀から鞘をぬき、ぽい、とそれを落とした。

一歩進むごとに、ジアを包む白色は濃くなった。鳩たちが、宰相への体当たりをやめ、ジアを守ろうとしているのだ。宰相から隠そう、隠そう、と壁のように集まり、ジアの周りを飛んでいる。すさまじい渦となっていた。

こんな時なのに、ジアの脳裏をめぐるもの、それは池で過ごしたあの日の出来事だ。

黒いりぼんをくれたルスランは、ジアの髪を結んだと同時に離れがたい人になり、大事で大好きな人になった。あの日のりぼんは、毎日ジアのポケットのなかだ。いまもある。

ジアは、深呼吸をひとつする。これまで歩いていたけれど、ぐっと足を踏みこんだ。

ぜんぶ、ぜんぶ、返してほしい――！

ありったけの力をこめて、宰相の背中に刃を突き立てた。

＊　＊　＊

「ジアちゃんは目覚めたのか？」

「……まだだ。頭を強く打ったんだ。幸い、首に異常はないが」

寝台を囲む薄い布が、さわさわと風で揺れていた。目を開けたジアは、きょろきょろと緑の瞳を動かし、辺りをうかがった。けれど、視界がやけに狭く、顔じゅうが痛かった。

ジアはゆるゆると両手をあげて指を見つめる。ぎゅっとにぎって、また開く。

この手で、宰相の背中にぐさりと刃を刺したのだ。感触はいまだに残っている。けれど、ジアはあれからどうなったのかを知らない。だが、ルスランが無事でよかったと思った。声が聞こえるから、安堵で痛みも薄れる。

横たわっているのは寝台だ。毛布のなかは、肩に矢傷の手当ての布が巻かれている以外は、なにも身につけていなかった。彼とふたりでいっしょに眠る際には、隔てるものはなにもない。ジアが肌と肌をくっつけるのが好きだから、彼がそうしてくれている。

視界に白い羽がちらついた。顔のすぐとなりでまるくなっている鳩がいる。ヨハンだ。

指の背でつんつんと身体を触ると、赤いくちばしで軽くつつかれた。まるで、だいじょうぶ？　と言われているような気になった。ヨハンをいじりながら、ジアはルスランの声に聞き耳を立てていた。居室を訪れているのはラインマー、そしてロホスだ。

話によると、どうやらジアに背中を刺されて激昂した宰相は、ジアに斬りつけ、殴ったらしい。その瞬間、ルスランはさっくりと宰相の首をはね、とどめを刺したようだった。

だが、ジアは斬られていない。ヨハンを見つめると、彼はつぶらな瞳を閉じていた。

――みんなでわたしを守ってくれたの？　ありがとう……ごめんなさい……。

ジアは、天井を見つめる。

宰相はもうこの世にいないのだ。消えない闇だと思っていたし、実際、希望をつぶす不動の壁だった。まったく実感が湧かないけれど、もう、あの恐ろしい人はいない。

まなじりから、熱いものが滴り落ちた。その涙の意味が、ジアは自分でもわからない。けれど、泣けてしまうのだ。ジアは天井を見続けた。

薄布が動いたような気がした。すぐに、身体を抱きしめられる。ルスランだ。

彼の背に手を回せば、まずは額に温かい熱がのり、続いて目もとの涙を吸われ、そして、唇に口がつく。頬ずりのあと、彼の青い瞳に、殴られたひどい顔の自分が映る。

「よかった。目覚めなければどうしようと思っていた。きみは二日間眠っていたんだ」

不安げな彼の顔に手を近づけると、その手を取られて唇がくっついた。

たくさん、ルスランとくちづけを交わした。そのあいだ、ずっとふたりは離れなかった。

彼と至近距離で見つめあう。すると、その唇が動いた。

「ぼくたちは夫婦だ。二度と離れればなれになることはない。ぼくが、必ずきみを守る」

彼は黒いまつげを伏せた。続きの言葉を選んでいるようだ。

「きみはひとりじゃない。それを前提に聞いてほしい。……伝えにくいが、いま伝えなければならない。きみの祖父は、もうこの世にいない。ジア、悲しいけれどいないんだ」

続いて彼は経緯を話すが、頭のなかが真っ白になっていた。だんだん息ができなくなった。浅く呼吸をくり返すと、彼が改めて抱き寄せる。

「ジア、ぼくがそばにいる。ひとりじゃない。きみにはぼくがいるんだ」

なにも考えられないでいた。やけに鼓動の音が大きく感じる。

信じられないのだ。あの手でもう撫でてもらえないなんて、声が聞けないなんて、叱られないなんて、信じたくないのだ。

頬にしずくが落ちてゆく。それはひっきりなしになる。ジアは顔をゆがめ、震え続けた。

人はかけがえのないものを失うと後悔がつきまとう。できることはもっとあったはずだと、自分を責めに責めるのだ。同時に激しい倦怠感が襲いくる。ジアは、生きているのに死んでいるかのようだった。祖父は、ジアの生きる理由のひとつだったのだ。

落ち着きを取り戻したのは、十日を経てからだ。それからずっとルスランはそばにいて、寄り添ってくれていた。白い鳩たちも静かではいなかった。寝台に次々と降り立ち、ジアのそばに寄ってくる。励ましてくれているのか、せっせと木の実を持ち寄った。

ジアは一日の大半を、彼に抱きしめられながらうずくまって過ごした。彼は、何度も何度も白い髪を撫でてくれた。かつての父や母、祖父のように、真心が伝わってくる手つきだ。ジアはまぶたを閉じて、思い出に浸ることが多かった。

ふと、顔を上げると、彼は側机に読んでいた本を置く。

「……だいじょうぶか？」

ジアが、うん、と首を動かすと、彼は「少し待っていろ」と立ち上がる。戻った時に手にしていたのは、金の細工が美しいペンとアンブロスの紋章入りの紙だった。

「五日ほど前にグリシャが紙とペンを持ってきた。宰相だけが使っていたらしい」

宰相と聞き、ジアはおどおどしたが、彼に「もうやつはいない」と背中をさすられた。

「ぼくたちは手紙をやりとりしていただろう？　これでなにか書いてくれないか？」

うなずけば、彼もまたうなずいた。寝台を下りたジアは机へと歩く。彼が引いてくれた椅子にちょこんと腰掛けると、続いて紙が用意され、インク壺が置かれた。

唇を結んでいると、彼の口が頬にくっついた。

「なんでもいいんだ。どんな言葉でも、きみの言葉がほしい」

インクに浸すペンの先が震えた。すると、彼は、ジアの手に手を重ねてつけさせる。

ジアは、自分の罪を告白しようと思った。バルツァー国の騎士を大勢死なせてしまったことを。ルスランは、騎士だから被害にあっているはずなのだ。

けれど、紙に向けたペンを寸前で持ち上げる。伝えてどうするのだろうと疑問がよぎる。事実を告げることで、ゆるしを乞おうというのだろうか。それは大きな間違いだと思った。彼に伝えることで、ゆるされた気になったり、楽になってはいけない。ゆるされることではないのだから、生きているかぎり自分で罪を抱えていかなければ。

ジアは彼を見つめる。彼もジアを見つめていた。

素直な、いまの気持ちを書こうと思った。文字はぐねぐねと曲がったひどいものだった。

【ルスランありがとう。また会えて、うれしかった。二度と会えないと思っていたから】

〝ほんとうにうれしかったの〟

と、ペンを置いたジアが続いて唇を動かすと、「ぼくもだ」とささやく彼の唇がジアに重なる。くちづけを終え、ジアはふたたび文字を書く。ルスラン大好き、愛してる、と。

また、唇同士が合わさりかけた時だった。けたたましく扉が開く音がした。

「あーっ！　またキスしようとしてるっ。ひどいや！　私が油断したらすぐこれだっ」

声は言わずもがなグリシャだ。彼は纏う簡素な服をにぎりしめ、足踏みをする。

「騒々しい。おまえはここに来る暇はないはずだ」

「暇があるかどうかは私が決める。早く離れろっ」

「おまえは新たな宰相になったのだろう？　あの男亡きいま、この国は烏合《うごう》の衆《しゅう》だ」

グリシャは「大きなお世話だ」と唇を尖らせた。

「じじいたちがいま会議をしている。――ふん。宰相になどなるもんか。まっぴらだ」

ルスランが怪訝な顔をするなか、グリシャはジアに微笑んだ。

「ジアー、緊急のエーレントラウトの会議をするよ？　クロリスはもう私の居室にいる」

ジアがたどたどしくうなずくと、ルスランが「ぼくも行く」と遮った。

「あなたはだめー。だって、神じゃないじゃない。それにあなた、そろそろこの城を出るつもりなんでしょ？　思いっきり部外者だ」

初耳だ。ジアがルスランをうかがうと、その手が腰に回される。ぐっと力がこめられた。

「当然だ、近々出る。ここはジアによくない」

「よくない、かあ。ふうん」と言いつつ、グリシャはジアの衣装箱まで歩いて、ぱかっと開くと、王の一揃えを取り出した。それをジアのもとまで運ぶ。

「とりあえず会議が先。この城にいるあいだは、ジアは王だもん。すぐに来てよ？」

グリシャはジアに鳥の頭巾を手渡し、「待ってるからね？」と出て行った。


銀の頭巾を身につけて、ローブを纏う。ジアがグリシャの居室の扉を開けると、同じ格好のふたりがいた。グリシャもクロリスもエーレントラウトの格好だ。

ジアがひそかに戸惑っていると、思いが伝わったのだろう。クロリスが言った。

「あのさ、こいつの思考を理解しようとしちゃだめ。頭がおかしくなるよ？」

「ひどいや。クロリスはそんなふうだからみんなの嫌われ者なんだ」

「はあ？　あたしがいつ嫌われ者になったって言うんだ。みんなって誰よ」

一見ふたりの見分けがつかないが、右がクロリスで左がグリシャらしい。ジアは、体調が悪そうだったクロリスが元気になってよかったと思った。

「じゃあ、みんな揃ったところで行くよー。私についてきて」

「まって、ここから移動すんの？　三人ともこの格好で？　ばかなんじゃないの？」

グリシャは上機嫌だった。彼のみ黄金の鳥の杖を持っている。意気揚々と歩くグリシャが先導し、ぶつぶつ文句を垂れるクロリスがそのあとに続き、最後、ジアがとぼとぼ従う。

やがてたどり着いたのは、ジアがルスランと再会した王の間——壁のない回廊だ。慣れている三人は、風が吹いても、ものともしない。器用に均衡を保っていた。

玉座に行き着くと、「ここになんの用？」とクロリスは不満げに言った。というのも、三人同時に玉座まで来たことはこれまでなかったからだ。王は建前上ひとりなのだ。

「あのねー、私たち、この格好をするのも玉座に来るのもこれが最後になる。だから見納めに来たんだよ。もう、命令に応じて鳥を飛ばさなくていい。無理に使役する必要はない」

「自由だ」と言いながらグリシャが玉座に座ると、ジアとクロリスは彼を見下ろした。

「それって宰相が死んだから？」

「うん、そう。私の計画どおり、あの男は死んだ。長年の膿がでたみたい。すっきり」

「そもそもあんたの計画ってなによ」

その言葉のとたん、グリシャは機嫌よく金の杖をくるくると回した。

「ルスランが来てくれて本当によかった。宰相さえいなければこっちのもの。いまから最後の仕上げをするんだー。あなたたち神に、いいものを見せてあげるよ」

グリシャは、「王を呼んで」と告げ、上に腕を掲げた。その小さな腕に大きな鴉が飛来する。真似をして掲げたクロリスの腕には鷹が、ジアの腕には白い鳩が六羽集まった。

はじめて六羽目撃するクロリスは「なんで？」と驚いた。

「そうなの。ジアは原始のほうの本物だよ。代償いらず。おそらく私たちって原始を参考に作られた神なんだよね。改良されて強いでしょ？　でもだからこそ大きな代償があるんだ。それよりさ、アドラーについていって。彼が見る景色をあなたたちもその目で見て」

グリシャの鴉がふぁさりと飛び立つと、続いて鷹も優雅に羽ばたいて、鳩たちもばさばさ飛んでゆく。直後、玉座から立ち上がったグリシャは幼い子どものように、金の杖の鳥をかざして、その鳥が空を横断して見えるように辺りをてっ、てっ、てっ、と走った。

「ルスランのお父さんってさ、バルツァーの将軍なんだって。しかも彼の家、うちにゆかりがあるの。国に裏切られた血統、ってやつ。だから今回、ふさわしいと思ったんだー」

グリシャは、ふふ、と気持ちよさそうに風に吹かれながら、くるりと回った。

「どう？　いま古都を越えたね。クレイトンの山のふもと。そこに流れるのはヘダ川だよ。もう少し飛んでみよう。たくさんの樹が邪魔で見えないからね。ほら、ついてきて」

ジアの目には、空を飛ぶ鳩の視界が広がっていた。鳩たちはけんめいに鴉と鷹を追いかける。ヨハンたちは遅れているからまだわからないが、まずはクロリスがさけびをあげた。

「はあ!?　なにこれ」

ほどなくジアの目にも同じ景色が映り、ジアは頭巾のなかで白いまつげをはね上げた。

眼下に広がるのは、おびただしい数の軍勢だ。騎士が道を埋め尽くしているさまが確認できる。数はうまく数えられないけれど、とんでもない人数だ。こんなに大勢の人間をジアは見たことがない。

「ほら、バルツァー国の騎士がたくさん押し寄せているでしょ？　あれね、ルスランのお父さんが指揮しているんだ。手紙を書いたらすぐに来てくれた。うふふ」

「うふふじゃないよ。手紙？　はあ？　あんたがこれ仕組んだの？　なんのつもりよ」

「私ね、ずっとこの国壊したかったんだ。こんな国きらーい。あってもさ、子作りさせられるだけ。だから地図上から消そうって決めてたの。……さあ、終わりのはじまりだ」

クロリスは、グリシャの胸ぐらをわしづかみにし、ひねり上げる。

「ふざけんじゃないわよ！　あんた、あたしを巻きこんで自死するつもり？　心中？」

「ねえクロリス。私を恫喝《どうかつ》している暇はないよ？　彼らはこの城を包囲するつもり。だから巻きこまれたくなかったら早く城外へ行きなよ。この城、籠城がはじまれば一歩も外に出られなくなる。宰相が死んで、城の跳ね橋が下りているから、いまチャンスだよ？」

クロリスはグリシャとくちばしを突き合わせる。

「――あたしの弟はどこ？　どれだけ捜してもいない。宰相はどこに閉じこめてるの？」

「さあ、私は知らない。早く捜しに行ったら？　手遅れになっちゃう」

どん、とクロリスに突き飛ばされて、グリシャはぺたんと尻もちをついた。彼女は城内へと全速力で駆けてゆく。弟を捜しにゆくのだろう。

ジアはどうしていいのかわからず、立ち尽くしていた。目の前に依然として広がるのは鳩の視界、バルツァー国の軍勢だ。ジアは、ルスランに文字で伝えようと思った。

きびすを返しかけた時だった。グリシャは、「ねえジアー」と話しかけてきた。

「ルスランは困ったことになるよ。彼は王のあなたを生かした時点で国から命じられた任務に失敗してる。それに、ジアを守るために仲間を殺しちゃったね。国を裏切った。ねえ、ここで籠城戦がはじまった時のことを考えて？　彼、バルツァーとアンブロス、どちらの側で戦うだろう？　絶対にジアを守ると思うなあ。アンブロス側で戦うとしか思えない」

ジアは目をまるくして聞いていた。いつのまにか背中は汗にまみれて、しずくが伝った。

「結果、どうなるかと言うとルスランは殺される。ジアを守れば完全に裏切り者ってことになる。自国の騎士から敵とみなされる。その場で殺されるか、はたまた国で処刑か。ラインマーもでぶもそう。でも、回避できる方法があるよ？　それはね、バルツァーの軍勢がこの城を包囲する前に彼らを外に出しちゃうの。ルスランがアンブロスの王を生かしたなんて密告する者は誰もいないし、そのために仲間を屠ったなんてことも知られない。もともとアンブロスの城に入らなかったって形にできるから怪しまれない。つまり、はじめからすべての出来事をなかったことにするの。でもねー、これには問題があるんだ」

グリシャは、わななくジアの手を取った。そして、ぎゅっとにぎりこむ。

「ジアは彼らといっしょに行けないよ。だって、あなたはエーレントラウトだもん。もしいっしょに城を出ちゃったら、全員バルツァー国にとって罪人扱いだよ？　逃げ続けなくちゃいけないし、捕まれば処刑だ。ルスランは大貴族なのに、一生逃亡者。あなたはルスランといっしょにいられるから幸せかもしれないけれど、彼の犠牲の上に成り立つ関係だ。びくびくしながらこの先死ぬまで生きてゆく。それでも、ジアは幸せになりたい？」

ジアは立っていられなくなり、ひざからくずおれる。その身体をグリシャが支えた。

「ねえ、ジア。彼らとお別れしよう？　献身。愛しているならなおさら、それがいいよ」

八章

最初に違和感に気づいたのは、貴族の騎士ラインマーだった。彼は、まるまるとした騎士ロホスを伴い、ジアの居室にやってきた。ルスランがぞんざいに「なんだ」と声をかけると、彼は「ジアちゃんは？」ときょろきょろ辺りを見回した。

「出ている。王の会議だそうだ」

「そうなの？　親衛隊としては非常に残念だ。早く我々に慣れてもらいたいのだが」

「慣れるだと？　お断りだ。隙あらばよこしまな目で見やがって」

ルスランは、ジアに気に入られようとしているふたりの媚びた態度が気にくわない。そのよこしまな思いは、目つき以外にも、言葉の端々から感じられる。

「よこしまな目は仕方がないじゃないか。ジアちゃんは異性だし、我々は独身だ。しかし貴公、感心しないな。この不安定な状況のなか、いまは出歩かせるのは危険だ。それに、私の胸が、なにかあるぞとざわめいているんだ。なんとなくいやな気分だ」

続いてラインマーは、城内は宰相が死んでから、グリシャが後釜になるのを嫌がり、騒然としていると説明した。

「グリシャは宰相にならないと言っていたな」

『やだ』だとよ。やつは破滅願望があると見たが、やぶれかぶれになられると厄介だ。それに、なにを考えているのかわかったものじゃない」

その続きはロホスが引き取った。

「この一週間、グリシャは近衛兵になにかを運び出させている。おそらく書物や宝物だ」

「それはそれは。ん？　敗戦の準備か？　逃げ出すつもりか？　いずれにせよ、この国に未来は感じられないからな。宰相ひとりで保っていた国と言えるだろう。傀儡《かいらい》の巣窟だ」

腕を組んだルスランが、ふたりの言葉に思いをめぐらせていると、その時、いきなり扉が開けられた。現れたのは、簡素な服を纏うグリシャだ。

「あー、よかったー。みんな揃ってるね。ねえねえ、ついてきて」

ルスランはぎろりとグリシャをにらんだ。

「ジアはどうした」

「ジアはあなたたちに料理を振る舞いたいって。彼女、いっぱいお世話になったでしょ？クロリス――あ、鷹の神に教えてもらいながらいまがんばってるよ。けなげだねー」

しかめ面のルスランの横で、ロホスが「それは楽しみだ」とほくほくしてみせた。

「それでね、ジアが料理しているあいだって、あなたたち暇でしょう？　だから来て。ジアの犬に会わせてあげる。散歩させてよ。私、いまあの犬とけんかしてるんだ。あいつ、私のペースを乱すいやなやつ。ああ、あと、毛もきれいに梳いてね？　やり方わかる？」

ルスランが、「ヴォルフ?」とつぶやくと、グリシャは唇をすぼめた。

「うん。前にジアがそう呼んでた。私がアロンザって格好良い名前をつけてやったのに、あいつちっとも覚えないの。呼んでも無視するよ? ヴォルフだなんて、ださい名前」

「ね?」と同意を求められ、ルスランはいらついた。が、城周辺を把握しておきたい気持ちがある。ラインマーとロホスに目配せをすれば、彼らも思いは同じようだった。

「いいだろう、案内しろ」

「じゃあさ、着替えてよ。犬は城外にいるの。だから近衛兵の格好はやめてね? それは奥の居城のものだから。服は用意してあるよ?」

ヴォルフまでの道は、城の隠し通路を使うようだった。グリシャの居室の本棚に仕掛けがあり、ずらせば大きな穴が空いていた。その先の、真っ暗闇の階段を下りてゆく。じめじめとした石畳。明かりはグリシャが持つたいまつだけだった。

「この通路は犬が来るまで使ったことがなかったの。たぶん百年以上は閉じられていたよ。最初通った時は、蜘蛛の巣だらけで大変だった。私の白い服が灰色になったんだ」

グリシャはやけに饒舌だ。ルスランは無視していたが、残るふたりは、グリシャを子どもだと思いこんでいるからか、いちいち話にのっていた。

「アンブロスにはごろつきがたくさんいるでしょう? 城に来るまでに襲われた?」

ラインマーは片眉をあげ、「全員もれなく襲われたさ。そう聞いている」と言った。

「あは。この国はね、信心深くない者は殺されちゃうし、稼ぎどころがないから、粛清から逃れた者は山賊や追いはぎになるんだ。今年はやけに多いみたいだから気をつけて？」

「なぜいまその話をする？」

「だってあなたたち、この城にとどまる理由がないじゃない。ここ、滅びを待つだけ」

ルスランが、「おまえの国だろう？　それでいいのか」と問えば、グリシャはあざ笑う。

「私の国じゃないよ。あは。なるようになるしかないもん。沈まない陽はないんだよ？」

ほどなく前方は闇が薄くなり、出口があることを知らせていた。

ルスランは、グリシャにたいまつを「持ってて」と渡され、受け取った。彼は小さな手で「うんしょ、うんしょ」と、扉を押し開けたが、それはやけにわざとらしく感じられた。

「ねえ、私はいつもこの扉を近衛兵に押さえさせているの。勝手に閉まっちゃうから私が押さえてるね。早く犬のもとに行ってきて？　まっすぐ進むと木の柵が見えるから」

たしかにこの時、ルスランは違和感があったし、行くべきではないと思った。しかし、ラインマーとロホスが久しぶりの陽射しや外の空気にはしゃぎ、「貴公、早く早く」と呼ばれて向かってしまった。なにより、五年ぶりにヴォルフと直接会いたかったのだ。


「なんだ？　太っちょな犬だなあ。みすぼらしいが、しかし、愛嬌があるじゃないか」

ヴォルフはルスランを覚えているようで、尻尾をちぎれんばかりに振りたくる。ラインマーの言葉のとおり、身体は見る影もなくでっぷりしていた。明らかに餌のやりすぎだ。

だが、ヴォルフの視線はひたむきにルスランを追っているのに、彼には軽く頭に触れてもらえただけだった。実際にヴォルフの相手をしているのはラインマーとロホスだ。

ルスランは、周囲を見回し警戒していた。やはり、グリシャの言葉や態度が気にかかる。

城の扉へ戻りかけた時だった。

「おや？　おまえはなにを首につけているんだ？」

ロホスの発見に、ルスランとラインマーはヴォルフのもとに集まった。喜びいっぱいのヴォルフを押さえつけ、首に巻かれた縄をほどけば、紙が仕込んであるのに気がついた。

開けば道すじが書かれており、×のしるしがついていた。

目配せをしあう彼らの意見は一致した。しるしを目指して歩けば、その場所は百歩ほど歩いたところだった。着いたとたん、皆、一様に目を瞠る。

岩と木に遮られ、最初はそれに気づかなかった。しかし、杭には三頭の肉付きの良い馬がいて、それぞれ鞍や荷物がつけられていた。ご丁寧に、旅支度がなされていた。

明らかにここから出て行けと示すものだった。ルスランはすぐに城に向かって駆け出した。グリシャの狙いがわかるからだ。もはや彼の行動は、すべてがジアを手に入れるための策略のように思えた。

「待ってくれルスランどの！」

呼びかけたのはロホスだ。ラインマーもロホスの視線を追いかけ、驚愕の声を上げた。

「大変だ……うちの軍勢じゃないかっ。――はあ？　一万はいるぞ。二万？　もっとか」

馬がいる場所は小高い丘にあり、ちょうど下の道が広く見渡せる。

足を止めたルスランは、バルツァー国が攻め入ったのだと理解はしたものの、戻って隊列を眺める気はなかった。まだ、ジアが城のなかにいる。

案の定、グリシャは扉を押さえていなかった。抜け道の扉は固く閉ざされ、アンブロスの王城自体が籠城の構えを見せている。ルスランたちは、完全に城から締め出されたのだ。

鼻にしわを寄せたルスランは、顔にありありと殺意を浮かべた。


ラインマーとロホスは、その後のルスランの行動を唖然と見ていた。

彼は、城の壁を登りかねない勢いだったが、悪手と考え、即座に切り替えた。次に出た行動はあろうことか自国の騎士を殺めることだった。手早く仕留めたルスランは、鎧を手に入れ、纏いはじめる。そんな彼に、ラインマーは「おいおいおい」と小声で言った。

「貴公、涼しげな顔で、さくっととんでもないことをやらかすね。味方だよ？」

兜を被ったルスランは、目もとの金属を押し上げる。

「なにをいまさら。とっくに常識など捨てている。この隊は見たところ父の隊だ。父の部下のリヒャルトとマテウス、そしてラースが揃っている。本気でつぶしにきているんだ」

ルスランが名を挙げた三名の騎士は、そうそうたる武勲をたてている者たちだ。個人としても腕が立つが、彼らはバルヒェット侯爵の指揮下において、その真価を発揮する。

「ええ？　あの三人が揃っているの？　城に残されているジアちゃんはどうなるんだ？」

「どうにもならない。父を殺してでも守るに決まっている」

ルスランがバルツァーの騎士に合流するべく背中を見せると、ラインマーはつぶやいた。

「たしかに私たちに常識などない。あるもんか。愛の前に、常識などくそくらえだ」

ラインマーはぶつぶつ言いながら、同じようにバルツァーの騎士から鎧を奪う。

一方、途方に暮れていたのはロホスだ。彼もまた、「俺も一肌脱ぐぞ」と勇んだものの、自身が纏える鎧を着用している騎士がおらず、あえなくヴォルフとともに待機となった。

アンブロスの籠城戦は、守りのほうが有利と言っても、いかんせん宰相亡きいま兵にまとまりがなかった。わずか三日後にはほころびが見えはじめていた。それは、ルスランの父親が籠城戦を得意としているせいもある。

一週間を経れば、城を固める堅牢な落とし扉は破られ、大扉も壊された。

城内にバルツァーの騎士たちが一気になだれこんでゆく。

小競り合いが多少あるとはいえ、アンブロスの兵は大概が戦意を喪失していた。鷹や鴉、白い鳩の姿がちらほらみえるが、彼らは牙を剥こうとしない。ただの鳥のように高みから下をのぞいているだけだった。

ルスランとラインマーは、立ち向かってくるアンブロス兵をバルツァーの騎士として斬りながらジアを目指した。だが、規律を重んじるバルヒェット侯爵の隊であるせいか、統制が行き届いており、目立った行動はとれない。騎士ルスランとしての立ち位置と、名もなき兵に扮したいまとでは、とれる行動に差があるのだ。そのもどかしさをラインマーも感じていたようで、彼は「くそ」と太い柱を蹴飛ばした。

「いやあ、きみの父上って騎士の頂点なだけあってとんでもない堅物だよ。規律規律に、また規律。はあ、うんざり。しかも罰則がありえないほどきびしい。これはまいった」

それはルスランも感じていた。息子であるため父のもとで戦ったことはなかったが、これほどまでに窮屈でうっとうしいとは思っていなかった。道を逸れることができないのだ。

「普段どれほど恵まれていたかを痛感する。指示待ちでぜんぜん内部へ行けないじゃない。これが常勝の法だし負け知らずの秘訣とわかっていても、はあ、下っ端って二度とやりたくない。貴族の我々はこんなことは経験せずに済んだよね？　生まれに感謝か。――あ」

愚痴を言うラインマーは、言葉を止めて上を仰いだ。ルスランもだ。

アンブロスの城壁に、猛獣を象るバルツァー国の大きな旗が降ろされて、はためくさまが目に映った。この時ばかりは自国の勝利に絶望を覚える。

地鳴りのように勝《か》ち鬨《どき》がひびき渡り、ルスランたちはますます進めなくなってしまう。だが、突如白い鳩と鴉たちが飛び回り、人を襲いはじめた。数はぐんぐん増えてゆく。

ルスランは、いやな予感がして「どけ」と人をかき分けた。だが、かいてもかいても進めない。苛立ちを覚えて、この場にいる者、すべてを斬り殺したくなった。

やがて、ほとぼりが冷めた時に彼が見たものは。

父の近くに引きずり出される、銀色の頭巾を被った小さな鳥の王だった。

――ジア。

彼女だとわかるのだ。なぜなら鳩が、鳥の王を押さえる騎士にぶつかっているのだから。

視界が真っ赤に染まった。胸が早鐘を打っていた。

地を踏みしめたルスランが、腰から剣を抜こうとすると、その手をすかさずラインマーに押さえつけられた。息を荒らげたルスランは、彼の首に手を当てる。低い声で訴える。

「放せ、殺すぞ」

「まてまてまてルスラン。落ち着け。冷静な貴公らしくない。全然らしくないぞ、な？」

ふう、ふう、と肩で息をするルスランは、「だが、ジアが」と兜越しに頭を抱える。

「冷静に、だ。ここでいま戦えばふたり対数万人だぞ？　多勢に無勢どころじゃないよ。お話にならないしまったく現実的じゃない。救えるどころか瞬時にもろとも全滅。ね？」

「なぜジアが、あんな目に」

遠くでは、華奢な彼女がひざまずかせられ、いかつい騎士に羽交い締めにされている。

「私にもなぜかわからないよ。それにゆるせない。あんな美少女を汚い男が押さえているんだ。ジアちゃん怪我しているのに。だが、私の提案を聞いて？　とりあえず冷静にだ」

ラインマーに強く腕をにぎられ、ずるずると柱の陰に引きずられる。

「よく聞いてくれ。ジアちゃんはアンブロスではなにがあろうと殺されない。それは断言できる。バルツァーに連行され、うちの国で裁かれるんだ。それまで無傷。でもね、処刑は免れないよ。戦犯として事の全責任を取らされるだろう。私たちはこの処刑をなんとかすればいい。いまここであがくよりも、先を見据えてあがくべきだ。ね、そうしよう?」

ルスランは、白い鳩たちがバルツァーの騎士に次々と討たれるさまを見ながら言う。

「あのままあれを放っておけというのか……。くそ……狂いそうだ」

「ああ、もう。ルスランしっかりしろ。困るよ、貴公に私の全出世を賭《か》けているんだからさ。気持ちはわかるがよく考えて? いま貴公が行うことはすべて悪手にしかならない」

気が動転しているルスランが、大きく息をつく傍らでラインマーは続ける。

「いいかい? ここで暴れても犬死にだ。おまけに貴公が大暴れすれば、息子の不祥事で貴公の父親も失脚。するとどうなるか。図らずもわれらが王ループレヒトの思惑どおりさ。忘れないで? 私は貴公を暗殺しようとしていたんだよ? それを命じたのはループレヒト。ねえ、いまここで貴公の短絡的な動きにより、父親もろともバルヒェットを破滅させたらどうなる? ループレヒトは笑いが止まらず、腹がよじれるね。それはかなりばかげてる。貴公は命を狙われているんだから、バルヒェットではなく、王を破滅させてやればいい。いっそ簒奪だ。あの男が消えればジアちゃんの処刑どころじゃない。――あれ? もしかしてこれってすごくいい案? ループレヒトを殺せば私もすごく出世できる、よね?」

ラインマーの手の力が弱まり、ルスランはその手を振り払う。

「ああ、ちょっとルスラン」

「おまえの出世などどうでもいいが、その方法は一理ある。……国に帰る」

「お、やっと冷静になってくれた？　いいねいいね、貴公はこうでなくっちゃ」

「目が覚めた。万が一、いま、ジアを救えたとしても、彼女は一生罪人として追われることになる。この先びくびくしながら生きなければならない。迫害され、その上罪人となり逃げまどう。そんな生涯をジアに送らせたくはない。彼女は幸せになるべきだ」

「それそれ、その意気だ。私はジアちゃんの幸せの礎を築くためならなんでもする。ロホスもね。それに、幸せになるべきなのは貴公もだよルスラン。いやあ、いいね。大義ができた。……おっと、見てくれ鴉だよ。相変わらずえげつないなあ」

ラインマーが指差す方向では、黒い鴉の大群がバルツァー国の騎士に襲いかかっている。もちろん鳩も果敢に体当たりしているものの、騎士たちが怯えているのはもっぱら鴉だ。

「これはグリシャにとってジアちゃんが捕まるのは不本意ということだろうね。バルツァーが城を攻める際には、ちんとしておとなしかった鴉が、いまはああも獰猛だよ？　すなわち、アンブロスの城は落としてもいいが、ジアちゃんはだめだってわけだ」

ルスランは、騎士に囲まれ、くちばしをうつむけているジアを見た。視界がにじむ。

――必ず助ける。

目を閉じる。あふれる怒りを必死に抑え、足を踏み出した。

＊　＊　＊

バルツァー国の王都にて。そこは、場末の酒場だ。一見ひなびてはいるものの、二階には娼館が併設されており、その身体を売る女の美しさから、夜な夜な男たちで賑わいを見せていた。そんな店の奥まったところにある机では、男が三人、酒を呷っている。

「バメイが死んだ。何者かに殺されたんだ。ベナットもブロックもだ。……なあ、バーレット。おまえもまずいんじゃないのか？　こうも立て続けに殺されるなど異常だ」

くまのようにがたいのいい男は、杯をかたむけつつ、鼻をふん、と鳴らした。

「闇討ちが怖くて処刑人をしてられるかよ。おれたちはただでさえ恨まれる職業だ。それにな、この〝首狩りのバーレット〟さまが殺られるわけがねえ。返り討ちにしてやんぜ」

だが、この威勢のいい男、バーレットは知らない。ひいきの女を二度抱いたあと、店を出て、五十歩も歩かないうちに儚くなることなど。

闇夜にうめき声が上がった。誰も気づかないほどの、ごく小さなものだった。同時に、黒いローブを纏う者が道を横切る。その背の高い男はそのまま歩き去ろうとしたが、「ねえねえ」という声で立ち止まる。

「いまなんで殺したー？　骨、折る音が聞こえちゃった」

黒いローブの者は、小さな影と向かい合う。

「……グリシャ、おまえはこんなところでなにをしている？」

グリシャは、「あは」と、被っていた白いフードを取り去った。銀色の髪が現れる。疲労が蓄積しているのだろう、目の下には真っ黒なくまができている。

「私、失敗したの。でね、花嫁が攫われちゃった。だからはるばる取り返しにきたんだ」

「おまえ、殺すぞ」

「あのね、話を聞いて？　ちょっと困っているの。だって私、バルツァー国は慣れてないもん。それに、すごーく心臓も痛いし、寿命が縮んでる気がする。私をおんぶして？」

「ばかか、するわけがない。野垂れ死ね」

「あは。相変わらずひどーい。ねえねえ、酒が飲みたいのだけれど、私、『家に帰って寝な』って店に門前払いにされちゃうの。失礼しちゃう。あなたがさっき出てきた酒場に連れて行ってー？　あそこ、断られた店。それから、ラインマーとでぶにも会いたいなあ」

黒いローブの者は深々とため息を落としたが、ひと言、「ついてこい」と言う。

大股で歩く男のあとを、グリシャはてっ、てっ、てっ、と追いかけた。


「ティバルトさま。処刑を生業にしている者が、次々と不可解な死を遂げていると報告がありました。王の使者が力を貸してほしいと訪ねてきていますが、お通ししますか？」

ティバルトと呼ばれた男は、いかにもめんどうそうに「いないと伝えろ」と手を振った。

それは、ルスランの父親バルヒェット侯爵その人だ。アンブロス城を落とした侯爵は、捕らえたエーレントラウト王を手土産に、国に帰還したばかりであった。

「適当にあしらえ。まあ、形だけでも、ひとりふたり警備にあたらせればいいだろう。ふん、処刑人などどうでもいい。だいたい近ごろ処刑が増えすぎだ。本当に罪がある者がどれほどいるのか疑問だな。ループレヒト王は暗黒政治でもやりたいのか？　呆れた男だ」

告げた後に、大きく息を吐き捨てる。侯爵は、すこぶる機嫌が悪かった。第一の目的がいまだに果たせていないからである。

中肉中背の侯爵にとって、背が高く美形の息子は自慢だ。たとえ憎たらしい女の容姿にうりふたつだとしても、自身の血を証明する金の瞳を持っているだけで満足なのだ。

「あの手紙を出したやつはどこのどいつだ？　ルスランの処刑が間近だと記されていたからアンブロスまで出向いたのだぞ。――くそ。この私を騙すとはな」

侯爵は、バルツァーの騎士の頂点に立つだけあり、切れ者で評判だ。では、なぜおめおめと騙されるはめになったのか。それは、くだんの手紙に書き添えられていたとおり、国境付近でふたつの死体が発見されたからだった。

打ち捨てられていた死体は、アンブロス国に潜伏中の密偵アダリズと、騎士アルノーだ。ふたりは五体を切り離されて、無惨な姿になっていた。しかも、アルノーはルスランと同じく王に選ばれた騎士だった。侯爵はアルノーにひとり息子を重ね合わせたのだ。

「差出人のグリゴアという人物は、アンブロスの城には見られませんでした」

「リヒャルト、引き続き徹底的にアンブロス内を調べ上げ、ルスランを見つけるのだ」

「はい、手配いたします。私もルスランさまの捜索に加わりたいのですが」

侯爵は片手で両目を揉みこみながら「好きにしろ」と言った。

「ありがとうございます。ルスランさまはティバルトさまによく似ておいででお強いです。必ずや無事に戻られるでしょう。……そして、お耳に入れたいことがあります」

侯爵はいらいらと「なんだ」と言う。手酌で酒を杯に注いで、がぶりと飲んだ。

「我が隊に襲い来る鴉のことですが、被害は二百を超えました。負傷者は千を超えます」

「鴉……。総力を挙げて駆除しろ。アンブロスの兵より鴉の被害がすさまじいとはな」

「マテウスが駆除にあたっていますが獰猛すぎるとのことです。同時に鴉ばかりではなく鳩の糞害もひどいとか。原因は、やはりエーレントラウトでしょうか。処刑は三日後と告示がありましたが、頭巾を取ったかの王は、儚げな美しい少女です。なにも語らず震えるばかり……。本当に、彼女は残忍な王なのでしょうか。なんとか、救えないかと……」

侯爵は、「だまれ」とリヒャルトを遮った。

「たしかに美しい。あれはよこしまな思いなど抱きようもない目だ。あれほど王らしくない王はいない。おそらく王ではないだろう。だが、救えない命だ。処刑はわが国の勝利を世に知らしめるためのもの。エーレントラウトが本物かどうかなど、どうでもよいのだ」

「しかし、地下牢に閉じこめているのはあまりに不憫で」

「我々が関知するところではない。それよりおまえはルスランを捜せ」

侯爵がぞんざいに手を振ると、リヒャルトは退室の言葉を告げて出て行った。

その後侯爵が部屋を移動したのは、杯の酒を飲み干してからだった。侯爵は仕立てのよい上着を脱ぎ、奥の私室へと歩いてゆく。だが、扉を開けたとたん、その目は見開かれた。

椅子に座り、脚を組んでいたのは、黒いローブを纏った不審な男だ。男は剣を抜き、こちらに切っ先を向けている。だが、その男が誰かを知っていた。

「……ルスラン。物騒だな」

「久しぶりです、父上。今日は叶えてもらいたい願いがあって来ました」

侯爵は、不穏な剣にも構わず息子の真向かいの椅子に座った。

「願いを叶えてもらおうという態度ではないな。私はおまえを捜していたのだが、どこにいた？　いつバルツァーに帰国したのだ」

「父上よりも、一週間ほど早かったでしょうか」

「早く知らせろ。いまもおまえを捜索している者が数多くいる」

ルスランは、目深に被ったフードを下ろした。黒髪からのぞく青い瞳は研ぎ澄まされたように鋭い。彼に気が休まる日は一日たりともないからだ。

「……痩せたな」

「父上、単刀直入に言います。クーデターを起こしてください」

侯爵はくしゃりと顔をゆがめて「なんだと？」と前のめりになった。

「ばかげたことを。クーデター？　おまえはこの私に王になれと言うのか。ありえない」

「父上が野望を持たないことは知っています。弟に爵位を譲ろうと、姑息に画策したことがあるのも。あなたは人の上に立つのを好まない。そして、その血をぼくも引いている」

侯爵も息子のルスランも、潔癖で完璧主義者であるがゆえ、必要以上の権力を求めない。己の世界を完璧にすることのみに注力する。そしてそれは先祖もだ。これまで、いま以上の地位を求めた者はいなかった。世を脅かした悪魔侯ディーデリヒでさえも。

「ですが、クーデターを起こさないのなら、ぼくはあなたを殺します」

不穏な言葉にひとしきり絶句してみせたあと、侯爵は背もたれに背を預けた。

「……わけを言え。話はそれからだ。簡単にその結論に至ったわけではあるまい」

「ループレヒト王の腐敗政治は父上もご存知でしょう。おまけにいまは恐怖政治に移行している。夜ごと酒池肉林に溺れ、国庫を湯水のように使う。……まあ、ぼくはこのあたりはどうでもいい。興味もない。ただ、父上が捕らえたエーレントラウトだけは返してもらう。彼女は、ループレヒトが王であるかぎり救えない。だから殺す。それだけだ」

「解せぬ。おまえは、エーレントラウトを殺すためにアンブロスへ行ったはずだが？」

ルスランは長い脚を組み替えた。だが、刃は侯爵に向けたままだった。

「ええ、行きました。だが、あのエーレントラウトはぼくのジアだった」

「ジア……？　おまえが長年執着していたクレーベ村の娘か」

「すでにぼくの妻だ。返してもらう。あなたはぼくの妻をあのように辱め殺すためにバルツァーに連れてきた。それだけでもあなたを殺す理由はじゅうぶんだ。いまも殺したくて仕方がない。だが、生を望むならクーデターを起こせ。それだけでゆるしてやる」

侯爵はぎりぎりと歯を嚙みしめたのち、「私が王……？」と額に手を当てた。

「王になればあなたにも利点はある。王の権限で法を変え、あの放蕩者の女を妻の座から追放できる。そもそも、婚姻後救済がないのはおかしなことだ。悪い話ではないだろう」

「だまれ。利点はそこだけだ。いまの地位ですらいやなのに王だと？　ばかげている」

「聞け、ぼくの妻の腹には子が宿っている。息子か娘か定かではないが、あなたの孫だ」

それはうそだった。彼は子ができるような行為を重ねているが、できたかどうかを確かめるすべを知らない。だが、狙った効果はあったようだった。顔をはね上げた侯爵は、「孫だと？　本当か？」と唇を震わせた。

「うちの家系は子に恵まれにくいのだろう？　そしてあなたはぼくに血の償いをさせようとしていた。それでもあなたはごねるのか？　あなたがクーデターを起こさねば子は死ぬ。ジアをこの国に引っ立てたのはあなただ。それを忘れるな。無関係でいられると思うな」

「孫……私が祖父に」とつぶやきながら、侯爵は両手で顔を覆った。

「私は王の器ではない。おまえのように機転が利くわけでもない。すべて先人の知恵に肖《あやか》り兵法にのっとっているだけだ。しょせんは凡人……鳶《とび》がおまえという鷹を生んだのだ」

「ばかが、この期に及んでごたごたと。あなたに選ぶ権利も迷う権利もない。やれ」

侯爵は閉じている手の指をそろそろと開き、その隙間から息子をうかがった。

「……条件がある。王になってもよい。よいが……ただし、すぐに退位する。おまえが跡を継げ。ルスラン、おまえが王になるのなら孫のためにクーデターでもなんでも起こす」

ルスランは、「起こしてから言え」と、口角をつり上げた。

九章

　ぴちゃん、ぴちゃん、と水滴が跳ねる音。その合間に、とことことなにかが走り去る音がした。仄暗い部屋の片隅で、鼠の姿が確認できた。

　ジアはそちらに手を伸ばし、〝おいで〟と口を動かした。鳩たちと仲良くなれたから、鼠とも仲良くなれるかもしれないと思ったのだ。だが、そううまくはいかなかった。鼠は振り返りもせず去ってゆく。

　しょんぼりしていると、また、ぴちゃん、と水滴が滴る音がした。

　そこは陰気でかびのにおいが充満する空間だ。湿り気を帯びた、澱んだ空気がねっとりとまとわりついてくる。ほのかに腐ったにおいも混ざる。壁には大きな蜘蛛の巣がはっていて、床は不気味に黒かった。

　においもひどいが寒さもひどい。ジアは地下牢に入れられた際、亜麻布の服に着替えさせられたが、薄い生地は、煉瓦《れんが》の壁や石畳の冷気を遮ることなく、じくじくと直接身体に伝える。肌をこすっても、足をすり合わせても、寒さはしのげない。

　光は、鉄格子の外から漏れるろうそくの明かりのみだった。一日のはじまりと終わりを感じられずに、時は平坦だ。

牢で過ごす一日はとにかく長かった。時々、バルツァー国の看守がやってきては、じっと見られて怖かったけれど、この時ばかりは薄暗い部屋に感謝した。部屋の隅で震えながら、人が遠ざかるのを願った。やはり人が怖かった。暗闇よりも。

先ほど食事を運んできた騎士によると、処刑は明朝行われるらしい。ジアは、明日、いなくなる。おののく身体を叱咤して、怖くない、怖くない、と首を振る。

言い知れぬ怖さに怯えるいまも、ジアの心を占めるのは、やっぱりルスランだ。彼と出会い、いっしょに過ごせた時間は、きらきらしていて大切な宝物だ。

——ルスラン。

大好きな彼は生きている。この先も生きてゆく。それを思えば、これでよかったのだと確信できる。ジアがいては、彼は罪人でしかいられないし殺される。

縮こまって座るジアは、ひざに顔をうずめる。

ジアは、人に白い姿を見られる怖さが勝って、出歩く際、銀の鳥の頭巾をつねに被っていた。そしてあの日、バルツァー国の騎士に出くわした。だからいま、ここにいるのは自業自得だ。けれど、いざ騎士に捕らえられた時、この展開をどこかで望んでいたのだと思った。罪の重さにつぶれそうだったから、仕方がないと納得できる。

ジアは首もとをさすった。ルスランがかけてくれた金の首飾りは、エーレントラウトの衣装とともに取り上げられた。大切なものなのに返せないままでいた。それが心残りだ。

『ジア、ぼくが来るまで必ず生きていろ。ぼくも生きる。生きていれば、必ず会える』

かつての別れの日の彼を思った。

——生きていれば、必ず会える。

洟をすすったジアは、かすかに唇を動かした。

〝もう、会えない〟

ジアはひざを抱えて壁にもたれる。顔は涙でぐずぐずだ。あごからしずくが伝ってゆく。

ポケットに手を入れて、するりとなかにあるものを取り出した。黒いりぼんだ。大切なジアの宝物。これだけは、最後の瞬間まで身につけたいとこっそりしのばせた。

りぼんを両手で包み、その手の甲に頬をすり寄せ、まぶたを閉じる。

『なあに、りぼんをくれるの？　ジアの誕生日の贈り物？　ありがとう』

『しかたなくだ。おまえが今日誕生日などと言うから』

あの日の声が聞こえた気がして、ジアの白い肌は粟立った。

——ルスラン大好き、愛してる。


それに気がついたのは、ずいぶん経ってからだった。

ジアが、最後の日のためにと、黒いりぼんで白い髪をひとつにまとめたあとだった。闇になにかがひそんでいるのだと気がついた。誰かが、鉄格子のそばに佇んでいるのだ。

竦みあがり、部屋の隅でぶるぶるしていると、黒いローブを纏ったその人は、フードをゆっくりずり下げた。

とたん、ジアはまた、泣いてしまった。やっと涙は止まっていたのに。

すっくと立ち上がり、その人のもとに走り寄る。

黒い髪の隙間から、瞳がのぞいている。けれど、青いはずの瞳は暗がりで灰色に見えた。

会いたくて夢にまで見た顔だった。ルスランだ。

ジアは、鉄格子からこちらに伸びる手に触れようとしたけれど、寸前で引っこめる。

ずっと湯浴みをしていないからだった。白い手足は牢獄の床や壁で真っ黒だ。こんな手では触れられないし触れたくない。じりじりと後退るが、彼の動きのほうが早かった。ジアは腕をつかまれて、鉄格子越しに彼の胸におさまった。

——潔癖性なのに……。ルスラン。

すぐ、唇に熱がくっついた。彼は、ジアの汚れた身体を固定し、べたべたの髪にも構わず触れる。何度も何度も撫でつける。そのあいだ唇は離れない。深くむさぼられてゆく。

彼は、言葉を発しない。声を出してしまえば看守に気づかれるからだろう。

くちゅくちゅと音が立っていた。そして、ジアの高鳴る鼓動と息づかい。それがやけに生々しくて、大きく聞こえた。

身体の力が抜けてくずおれれば、彼がすかさず支えてくれた。ゆっくりと、そのままふたりで座りこみ、至近距離で目と目をあわせる。すぐに口に吸いつかれ、また、ジアも彼

の口に吸いついた。

くちづけのさなかに、彼がジアの首に触れてきた。首にひやりと冷たいものがくっついた。見ずとも、なにをされているのかわかる。彼は、取り上げられた金の首飾りを取り返したのだろう。ジアにつけている。最後まで、彼の妻でいさせてくれるのだ。

思わず唇をわななかせると、彼の唇が離れた。見つめられ、見つめ返せば、その唇は弧を描く。ジアが洟をすんとすすると、涙でぐっしょり濡れる頬を、つんと指でつつかれた。

彼の唇が、声を出さずに言葉を紡いだ。

〝必ず助ける〟

ジアがぼたぼたと涙をこぼせば、ルスランはまた、白い髪をくしゃりと撫でた。そして、ジアを抱きしめ、ふたたびキスを残すと、きびすを返して闇のなかに歩いていった。

彼が見えなくなるまで、ジアは目を凝らしてその背を追った。

助けなくていい。助からなくていい。もう、じゅうぶん。

……最後に、会えた。

＊　＊　＊

人は、死の間際になにを思うのか。

暗くつらい思いでなければいい。少しでも安らかであればいい。

父は言った。『ジア、私はいつでもきみの味方だ』

母は言った。『かわいいジア、あなたは私の自慢の娘』

――〝強く、生きなさい〟

両親が残した言葉は、いまも消えずに残っている。ジアの頭のなかには、祖父の言葉も息づいている。

『今日もよくがんばったな。おまえはよい子じゃ』

本当にがんばれたのか、よい子でいられたのか、わからない。両親の言葉のとおり、強く生きられただろうか……。答えは否だ。いつもびくびくしている。

父と母、そして祖父のもとに行けたなら、ふたたび彼らに会えたなら、少しは褒めてくれるだろうか。それとも叱られるだろうか。褒められる自信はないけれど、笑顔で温かく迎えてくれる。そんな気がして、心に小さな火が灯った。

後悔はないとは言えない。後悔だらけだ。未熟者でいやになる。けれど、死を前にして、不思議と心は凪いでいた。かつて犬のヴォルフを守った時の気持ちに似ている。

朝、牢獄から引きずり出されたジアは、銀色の鳥の頭巾とローブ、そしてマントをつけろと指示された。エーレントラウトの格好だ。アンブロスの王として散るために身に纏う。

ひざはがくがく震えていた。どれほど強がったとしても、身体は思いに正直だ。

両腕に枷がはめられる。完璧な罪人だ。

刑場までの道は、さながらお祭り騒ぎとなっていた。空に、どん、と花火が打ち上げられて、ジアはくちばしを上向ける。

敵国の王が死ぬのは、国をあげての祝いごと。黒山の人だかりを前に、ジアはごくりと唾をのみこんだ。皆、自分の死を待っている。これほど数多くの人から死神の扱いを受け、憎しみを向けられるのは、はじめてのことだった。

空は、きれいな青色だ。泣きたくなるほどの澄んだ青。彼の瞳の色に似ている。

銅鑼が一度鳴りひびき、ジアは騎士に小突かれる。それが出発の合図だろう。

ジアは、銀の靴でバルツァー国の地を踏みしめる。ルスランが生まれた国——。そんな感慨を覚えていると、腕に鋭い痛みが走った。背中にも。民から石を投げつけられたのだ。

「あの人を返せ！」

投げられる石は、次第に数が多くなる。石が次々と当たって、ジアはそのたび、びくりと跳ねる。痛かった。耐えられずにひざから崩れ落ちると、騎士に立てと怒鳴られる。宝冠にも石はぶつかり、大きな音が鳴る。こめかみ近くの額にも、肩にも、おなかにも、足にも手にも当たった。じわりと血がにじみ出て、滴り落ちてゆく。

ジアは唇を噛みしめた。石を投げている人の憎悪を感じる。皆、アンブロスがきっかけで、愛する人を失ったのだろう。

ジアは、意識して背中を伸ばして前を向く。これは、報いだ。自分の罪だ。

だが、このままでは、一歩も動けなくなるだろう。ジアは、苛む痛みを紛らわせるべく、脳裏に希望を描いた。

思い浮かぶのは、ルスランとの出会いのあの日。

ぞんざいでぶっきらぼう。けれど、誰よりもやさしい。はじめてジアに名前を聞いて、はじめて自ら名乗ってくれた。無知なジアに色々なことを教えてくれた。たくさん抱きしめ、くちづけをしてくれた。約束どおり、ジアを迎えに来てくれた。守ってくれた。つながりあってひとつになれた。妻にしてくれた。ずっとそばにいてくれた。

ジアは、ぐっとくちばしを持ち上げる。彼を思っていて、ふと気がついたのだ。

自分は小さなころから迫害されるのが当たり前だった。不吉で気持ちが悪い、醜い娘。けれどもルスランがいて、祖父がいた。両親がいた。鳩たちもヴォルフもいた。毎日が楽しかった。大好きな人に囲まれてしあわせだった。

王になって以来、物語を紡ぐのは一切やめていた。ぶるぶると震え、怖がり、悲観して、現状を見て見ぬ振りをしていた。けれど、自分にはこんなにもきらきらした過去がある。

ジアはひそかに、うん、とうなずく。間もなく物語は終わってしまうけれど、こんなにすてきな思い出があり、大好きな人がいるのだから、自分の物語は捨てたものじゃないと思った。ジアの物語は、みんなのおかげですてきだ。

――お父さん、お母さん、おじいちゃん、ジアの話を聞いてね。

頭巾のなかでは、額から汗が滴り落ちていた。ジアは顔の部分に手を当てようとしたけれど、枷で手は動かない。目が染みて前が見えにくかったが、必死に足を動かした。

前方にはっきりと断頭台をとらえた時には、さすがにこらえていた涙があふれた。お別れしたくない。だが、お別れしなければならない。

断頭台で待ち構えるのは、全身黒ずくめの男たちだ。ふたりいる。先端が鋭く尖った黒い頭巾。目もとにはそれぞれ穴が開いている。手に持つ大きな大剣は、首を狩るためのものだろう。彼らはふたりとも大柄だったが、右側の男はより大きな巨体で、衣装がはちきれそうになっていた。すさまじい迫力があり、たちまちいくつもの首を叩き落としそうだと思った。紛れもない、処刑人だ。

処刑人たちの前の台には、藁《わら》を敷いた上に小ぶりの台が設けられていた。藁が敷かれているのは、首を切断した際の血を吸いとるためだった。それを見てしまえば足が竦んだ。

騎士たちに背中を押されると、ふたりの処刑人がこちらに近づいた。ジアは及び腰になりながら、はっ、はっ、と浅く息をくり返す。

——ルスラン……ルスラン……。

情けないほど足に力が入らない。覚悟はしているけれど、やっぱり怖い。吐きそうだ。

処刑人がジアの手の枷を外した。そして、下から手をすくい上げられる。恐ろしげな外見ながらも、思ったよりもやさしい手つきに、ジアは混乱してしまう。

ジアの近くにはふたりの処刑人が立ち、十名ほどの騎士が周りを固める。小ぶりの台の前にひざまずかせられたが、どうやら、バルツァー国の王の合図を待っているようだった。

ジアは見世物の中心だ。そのため、会場が広く見回せる。

怒りをたたえた民衆が、大勢ジアをにらみつけていた。いまだに石を投げてくる者もいるけれど、離れすぎていて届かない。けれど、その攻撃は、ジアの心を引き裂いた。ありありと、かつてのリービヒ村とクレーベ村での出来事が鮮明によみがえる。

——化け物、死神、疫病神……。

騎士もずらりと並んでこちらを見ていた。どうやら処刑は軍事的な意味合いも持っているようだった。

その少し高台にある段差に見えるのは、色とりどりのドレスや宮廷服に身を包んだ者たち。バルツァー国の貴族たちだ。ざわめきのひとつひとつを拾えるわけではないけれど、皆、アンブロスの王のうわさをしているようだった。さらにその中央部には、豪奢な椅子が並んでいる。その中心に、堂々と座る男。黄金の派手な衣装を纏う赤毛の男は、きっとこの国の王なのだろう。そばに騎士が控え、警備は厳重だ。

ジアは深呼吸をくり返す。気を抜いてしまえば緊張で息が止まってしまいそうだった。

皆の視線がこちらに向くから、余計に気が張り詰める。

がたがたと震えないように手を組むと、ひときわ大きく銅鑼の音がつんざいた。

はじめて聞くが、わかってしまった。処刑の合図だ。

終わりを覚悟し、うつむくジアは、しかし、ほどなく気がついた。地に落ちている無数の影を。数えきれないほどの影。辺りが妙に薄暗い——。

顔を持ち上げた。とたん、ジアは頭巾のなかでまつげをはね上げる。

白い鳥。そのすべてが白い鳩たちだ。空一面に、びっしりとおびただしい数の鳩が飛ぶ。

ジアの近くにいる騎士が、怯えながらぼそりと言った。

「うそだろう……。不吉を呼ぶ、死の使い……」

会場じゅうが落ち着きなく、騒然となっていた。悲鳴をあげる者もいる。逃げ出す者もいる。

白い鳩たちは、空を覆い尽くしたものの、ぶわりと旋回し、一気に急降下した。それがバルツァー国の王の目には、アンブロス――『鳥の王国』の逆襲に感じられたのかもしれなかった。王が「エーレントラウトを殺せぇ！」と直接さけびをあげた。

一斉に騎士の刃がこちらに向かう。それを押しとどめようと、白い鳩たちは次々と体当たりをくり広げるが、あえなく斬り伏せられてゆく。一羽、二羽、数えきれない数だ。

〝やめて……。いや、いやっ〟

ジアは首を振りたくる。その時、ヨハンがこちらへ飛来するさまが見えた。ヨハンだけではない、カール、デニス、エッボ、マルク、ロータルもだ。

ここは危ないから来ないでと願うけれど、六羽は飛んで来てしまう。ジアの近くには処刑人も騎士たちもいるというのに。

その時、ジアの背後に控えるふたりの処刑人が、剣をすらりと動かした。

ジアは、必死に手を伸ばし、身を挺して六羽の前に出る。大切な友だちだ。

けれど、あらぬ方向からさけびがあがった。なんと、処刑人のふたりが斬ったのは、ジアではなく、バルツァー国の騎士の首だった。

「なにをする、きさまら！」

激昂する騎士たちに、ぱつぱつの衣装の黒い頭巾が口にした。

「このように、きみたちもなるべくひと思いに殺してあげよう。さほど痛くはないんじゃないかな？　だが、抵抗すると痛いぞ。それとも降参？　俺は強いが、どうする？」

「でぶめ、狂ったか！」

「でぶだと!?　聞き捨てならないな！」

騎士と処刑人が剣をかち合わせるなか、もうひとりの黒い頭巾がジアに言う。

「ジアちゃんごめんね。石、痛かったでしょう？　助けられなくてこの胸が張り裂けそうだったよ。ほら、私たちの背後に隠れていて。最強の私たちが貴女を必ず守るからね」

ジアは腰が抜けてしまい、立ち上がれずにいた。おどろおどろしい黒い頭巾のふたりがいきなり変化を見せている。彼らはジアを背中で隠し、戦いながらしゃべった。

「ロホス、我々はちょっと早く動きすぎたようだ。侯爵がまだ来ない。……は？　遅刻？　困るよ……死ぬよ。処刑の銅鑼が合図って言ったよね？　どうなってんの？」

「二度目の銅鑼じゃなかったか？　……言っておくが、ラインマーどのが真っ先に斬ったんだぞ？　俺は従ったにすぎない」

「まってまって、責任の押しつけ合いはあと。覚悟を決めるよ？　うん、ジアちゃんもいるし。ちなみに私はまだ傷が癒えきっていない。ということは貴公が主役だ。がんばれ」

処刑人は、いきなり頭巾の先端をにぎり、それをぴしゃりと地面に投げ捨てた。金茶色の髪があらわになった。となりのふくよかな処刑人も頭巾を脱ぎ捨てる。ふたりとも見覚えがあった。ルスランのお友だちのラインマーとロホスだ。

「えっと、ここに近づいた者は全員殺すよ？」

「ふざけるな！」

彼らとジアがいる断頭台に、騎士が大挙して押し寄せる。ジアの目の前で、本格的に戦いがはじまった。ジアは、震えていることしかできない。

空に白い鳩が飛び回るなか、黒い塊も飛来した。大きな漆黒の鴉だ。鳩に入り交じり、鴉は騎士を敵と見定めたかのように、くちばしや鋭い爪で猛攻する。

だが、あまりにも多勢に無勢と思われた。ラインマーとロホスは、大きな剣で騎士をなぎ倒しているものの、きりがない。おまけに、彼らはジアをかばいながら戦っている。弓が飛んでくれば剣で切り、また、鳩たちもジアに刺さらないよう身を挺す。

ジアは、弱い自分が彼らの邪魔にならないように這いつくばった。身を低くして、弓に当たらないように気をつける。

自分の無力さを噛みしめながら辺りをこわごわうかがえば、見えたのは土埃。激しい蹄鉄の音が聞こえる。やがて、バルツァー国の騎士たちが勇ましくなだれこんできた。

なにが起きているのかわからなかった。バルツァー国の騎士が自国の騎士を相手に戦っているからだ。鳥たちも入り乱れての混戦状態だ。

「あ、侯爵の軍が来た。命が首の皮一枚でつながったね。ああ、見て見て。彼も動き出したよ。あの親子、遅いよ。私が死んだらどうしてくれる」

騎士の剣を受けながら会話をするラインマーとロホスの視線を追えば、飛び交う白い鳩たちの隙間に、貴族たちが悲鳴をあげながら逃げまどっているさまが確認できた。彼らは鴉の集団に襲われているのだ。

その中央部にて、鴉にまじり、戦う者がいた。黒いローブを纏い、目深にフードを被っているため顔は見えない。その者は、王であろう者に狙いを定めて、護衛をしている騎士と剣を合わせていた。果敢にひとりで相手に向かい、斬り捨てる。

やがてジアは、黄金の豪華な衣装を身につけた男が倒れるさまを見た。遠目のため、なにが起きているのか、はっきりわかるわけではない。

だが、終わりとばかりに、黒いローブの者はひらりと下に飛び降りて、馬に乗り、一目散にこちらを目指して駆けてきた。

近づくにつれ、ジアは彼が誰であるかがわかった。すぐに視界がにじんで見えなくなる。彼は襲いくる騎士をいなしながら、ジアのすぐ前まで馬を走らせ、こちらに手を伸ばす。

「おいでジア」

ジアは、鋭く息を吸いこんだ。

ラインマーとロホスにくちばしを向ければ、ふたりは深くうなずいた。

「ほら、行くんだ。あとのことは我々に任せて。幸せになるんだよ」

片目を閉じたラインマーが告げれば、ふくふくとしたロホスも言う。

「俺とラインマーはね、きみの未来に命をかけるって決めているんだ。ほら、ジアちゃん行って。幸せにおなり」

しあわせ。……なっていいのだろうか？　死に納得していたのに。

ジアの戸惑いは態度に出ていた。ぐずぐずと立ち上がれば、遅かったのだろう、いつのまにか馬を下りていたルスランに抱え上げられていた。すぐに彼はジアを青鹿毛《あおかげ》に乗せ、その後ろに跨がった。

彼は、ラインマーとロホスに手で合図を送ると、すかさず馬の腹をかかとで小突く。すると馬は走り出した。

風で、彼のフードは後ろに流れて、たちまちその整ったきれいな顔があらわになる。

「ジア、迎えに来たんだ」

ジアがじっと彼を見つめていると、ルスランは、「二度と放さないからな」と微笑んだ。

終章

その日の空には雲はなく、ひたすら青が広がっていた。透きとおっていて晴れやかだ。

しかし、光があふれるからこそ、一点の黒い染みがよく目立つ。よくよく見れば、それは一羽の大鴉だ。気づいたとたん、男は激しく顔をゆがめた。

「うわあ、いやなものを思い出す。四年前の――」

男の声に、となりで馬を並足で走らせていた男が「なんのことだ?」と問いかける。その男はまるまるとしており、栗毛の馬は大変そうだ。心なしか疲労の色がうかがえる。

「いやいやいや、なんでもない。口にすれば最後、やつが現れそうだ。それは困る。しかし、ふたりは本当にこんなところにいるのかなあ? ロホス、地図を確認してくれ」

視線の先にあるのは、鬱蒼《うっそう》と茂る木や草だ。近くに小川があるのだろう、水のせせらぎが聞こえる。道は、馬車が通れる幅もない悪路。人の姿は見当たらず、ずいぶん前に牛を見かけたきりだった。前方を眺めていると、目前を、兎がぴょんぴょんと横切った。

「こんなくそ田舎で遭難しようものなら、たちまちミイラだな。貴公、早く確認だ」

ロホスは「待ってくれ」と、ポケットからかさりと地図を取り出した。

「合っているはずだ。なにせ三十人もの隠密が彼の行方を四年も捜し続けていたんだ」

「まったく、何不自由のない生活を送ってきた名門貴族が、こんな不自由極まりない田舎にひそんでいようなどと、誰も思い至らない。……は。なぜ山あいなんだ？　不可解だ」

「信じがたいが、畑を作っているそうだ。山羊と羊の姿も確認できたと聞いている」

「はあ？　うそだろう？　彼が？　……ええ？　農夫に転身だと？　ばかげているぞ」

驚いている男を後目に、ロホスは地図から目を上げた。

「朗報だ、この先に池がある。ラインマーどの、少し休憩していかないか？」

「いいねいいね、顔も身体も拭きたい。汗だくだ。できれば泳ぎたいな」

ぽこ、ぽこ、と馬に揺られるラインマーもロホスも、以前では考えられないほど豪華な衣装を纏っていた。極上仕立ての宮廷服だ。ふたりは四年前、新王から手柄を称えられ、それぞれ爵位を手に入れた。現在ラインマーはヘンゲン伯爵、ロホスはザイツ男爵だ。

「しかし、私ははじめからわかっていたよ。あの理知的な青い目を見て、これは賭けにのらねば後悔するってね。それみたことか。彼はいまでは王子、ゆくゆくは王だ。畑？　だめだめだめだ。早く立太子させないと。そして私はますます出世だ。次は侯爵？　ははっ」

ラインマーの言葉に相づちを打ちながら、ロホスはぴたりと馬を止めた。がさがさと草をかき分ける音が聞こえたからだった。

いかにもくまが出そうな田舎道。ふたりはすかさず馬を下り、腰の剣に手をやった。贅沢を覚えたからといって騎士たるものの警戒は怠らない。馬が殺られてしまえばおしまいだ。

警戒していると、ほどなく茶色の塊が勢いよく飛び出した。わんわんと吠えるさまは、紛れもなく犬だった。その姿を捉えるやいなや、ラインマーは笑顔になった。

「おお、おまえはヴォルフじゃないか！　相変わらず太っちょだなあ。ははっ！」

ヴォルフは元気に走り寄り、ラインマーに飛びついた。すると、彼の見事な衣装にふたつの泥の跡がつく。彼はたちまち気を悪くした。

「ラインマーどの、犬に怒るなよ？　ヴォルフは飛びつくことと吠えることが仕事だ」

「……これさあ、下ろし立てなんだよ」

「まあ待て、ヴォルフがいれば主人もいるということだ。当然ジアちゃんもいる。な？」

ラインマーが心を切り替え、「そうだな、私たちに幸運の女神が微笑んだ」とロホスに告げれば、なぜかロホスは唖然と森の奥を見ていた。ヴォルフの来た方向だ。ラインマーは、その視線を目で追った。とたん、彼も瞠目する。

木々のあいだに見えるのは、この世のものとは思えないほどの純白の髪と肌を持つ、幼い男の子だ。特筆すべきは、彼の瞳だ。〝金色の目は、悪魔の目〟。

とことこと男の子が歩くと、すいっと飛んできた白い鳩が、その頭の上にとまった。

「おじさんたち誰？　……え、なんで泣いているの？」

ラインマーは袖で目を拭い、ロホスは片手で両目を覆った。ふたりは、うう、と肩を震わせた。男の子は、父親であろう人にうりふたつの顔を持ち、母親であろう人の色を持つ。

「なにこれ、反則だよ。心の準備ができてない……う、うう……」

わけがわからずぱちぱちとまたたく男の子を前に、気丈に説明したのはロホスだ。ラインマーはしゃがんで男泣きしているため、使い物にならない。

「おじさんたちは、過去にね、……きみが生まれる未来のために、命をかけたんだよ」

「ぼくの未来のため？　ありがとう？」

首をかしげる白い男の子に、ロホスはべしゃべしゃに頬を濡らしながら言う。

「うう。……おじさんはロホスだ。そっちの泣き虫はラインマー。きみの、名前は？」

「アルウィン」

「そうかそうか、アルウィンくんか。いい名前だ。お父さんは、どんな人だい？」

話している途中、アルウィンの周りに鳩が集まり、いつのまにか百羽近くになっていた。

「ん？　父？　きびしくて無口だけれど、時々やさしいよ？　ぼくは兄だからしっかりしろって。だからしっかりしてる。父には、男は泣くなって言われる。泣かないよ？」

「そうだな、彼の言いそうなことだ。……ああ、俺は男じゃないんだよ？　でぶだ」

しゃがんでいたラインマーは、涙を拭って立ち上がる。

「そうか……、ジアちゃんはお母さんになっているんだね。お母さんは元気かい？」

「げんきだよ。いつも笑ってる。お歌も歌ってくれるんだ。おばあちゃんの歌だって」

ラインマーとロホスは目をまるくした。ふたりで顔を見合わせる。

「ジアちゃんが笑って、歌を……？　ああ、どうしよう、私わかっちゃったよ……」

「俺もだ……あああ、もうだめだ……」

ロホスはわあと声を上げて泣いた。

「……うう、ルスランどのが田舎を選んだのは……すべてジアちゃんのためだ……。声と、笑顔を取り戻させて、……うっ……両親と、祖父を失ったジアちゃんに、家族を……」

「やめろ……、心にとどめろ。声に出されては、もっと泣けてしまうじゃないか……」

「この田舎は、……うう、ふたりで見つけた世界……。ジアちゃんを癒やす世界なんだ」

涙に暮れるふたりの大人を見上げるアルウィンは、ぽかんと口を開けていた。

「そんなに泣いて、どこか痛いの？」

ラインマーは、ハンカチで顔を押さえてから言った。

「大人はね……歳をとれば涙もろくなるんだよ。泣くのはちびっこだけの特権じゃない。ああ、私は決めた。ここの道をすべて舗装《ほそう》し、馬車が通れるようにするぞ。自由に行き来できるようにする。ジアちゃんが世界を広げられるように、王に進言だ。帰るぞロホス」

ラインマーが、小さなアルウィンを抱き上げ、「しばしの別れだ」とまるい頰にくちづけると、ロホスも空いているほうの頰に、ぶちゅ、とキスをする。

「アルウィンくん。ここで私たちに会ったことは内緒だよ？　半年後にまた来るからね」

「うん、わかった。ないしょ」とアルウィンは、唇に小さな人差し指を当てた。

＊　＊　＊

あの日、処刑場からたどり着いたのは、きれいなお屋敷だった。そこはルスランの家だという。彼は、ジアを手当てし、お湯を用意して、きれいに清めてくれた。食事はおいしくてたくさん食べた。けれど、どうしても、屋敷にいる彼以外の人たちが怖かった。

ジアは、ルスランと犬のヴォルフとともに少しのあいだ旅をした。町の人をのぞいたり、道ゆく人を眺めた。彼は、人は怖くないと教えてくれたが、やはり恐怖は拭えずに、ぶるぶる震えてばかりいた。震えたくなくても抑えられない。

暇さえあれば彼とひとつになっていた。ひとつになっていなければ、不安を感じて、行為をせがんでばかりいた。彼はすべてに応えて、ジアを抱き、離れずそばにいてくれた。

自分のだめさ加減にしょんぼりすれば、彼は額にくちづけながら、『きみはきみだ』とささやいた。祖父を思って泣き出せば、ずっと抱きしめていてくれた。

月日が流れるうちに、おなかが膨れているのに気がついた。ジアよりもルスランの方が先に気づいた。彼が泣いている姿をはじめて見た。

『ずっと子ができればいいと思っていた。ぼくは、そのつもりできみを抱いていた。きみは、白い子であれば迫害されると思っているが、違う。証明するためにも白い子がいい』

それは、自分と同じ、白い子ができたらどうしようと震えるジアに彼が言った言葉だ。

はじめはどんどん膨らむおなかが怖かったけれど、彼がうれしそうにおなかに頬ずりしたり、キスをしてくれるから、ジアも楽しみになっていた。早く会いたいと思った。

以前の彼の言葉を思い出す。

『産んでくれるか？　乳を、与えてくれるか？　赤子の目が金でも、いいか？』

――金の目の子がいい。

旅の終わりに行き着いたのは、山あいにある村だった。住人は五十人ほどだという。ルスランは、そこにふたりで住む家を用意した。

彼がしたことは、いままでの彼からは想像できないことだった。本を参考に、畑を作った。山羊と羊を用意した。かわいくてうれしくて、心のなかで、アビー、ベモート、ビタン、フォンゾと名づけた。最初はヨハンたちが嫉妬したけれど、次第に仲良くなっていた。

『ジア、ふたりで親になる仕度をしよう。少しずつ覚えるんだ』

ルスランと、肩を並べて食事を作るのは楽しかった。料理は難しくて焦がしてばかりいたけれど、だんだん火加減を覚えていってうまくなった。

やがて大きなおなかがはちきれそうになると、村のおばあさんたちが来てくれた。人に慣れていなくて、はじめは怖かったけれど、やさしい手つきに安心できた。

生まれるまで、ルスランが後ろからずっと手をにぎってくれていた。味わったことのない痛みだったけれど、赤ちゃんの泣き声を聞いた時に、すべてが吹き飛んだ。

『あんたによく似て、かわいい子だよ？』

おばあさんが胸にのせてくれたのは、小さな手をばたつかせる白い男の子。この上なくかわいいと思った。開いたまぶたからのぞく色が、金色でよかったと思った。

『…………はじめまして』

口をぱくぱく動かせば、ルスランが目を大きく開いてこちらをのぞきこんだ。

『ジア、話せてる。きみの声が出ている。……は。やった、話せた。ジア』

涙の粒が落ちてきた。落ちたしずくはジアの涙に重なった。

笑えるようになったのはそれからほどなくのことだ。彼と、息子のアルウィンと三人で過ごすうちに、自然と笑顔になれていた。

時を重ねると、できることが少しずつ増えていった。ジアの目標は、母のようなお母さんになることだ。父のような親になり、そして、祖父のように家族を見守る。

かつて、父はジアにこう言った。

『よし、今日からきみはきみの物語を作るんだ。この先、困難があるかもしれない。けれどそれはいっときのことだ。うんとすてきな物語になる。私は確信しているよ』

父の言葉を思い出し、ジアは『うん』とうなずいた。世間知らずで未熟だけれど、自分の物語を一日一日紡いでいる。一生かけて作る自分の物語。まだまだ困難はあると思うけれど、乗りきれる。それは、うんとすてきな物語になる予感しかしないのだ。

ブナの樹の下に座っていると、一羽の白い鳩が舞い降りた。必ずはじめにくるのはヨハン。続いて、カール、デニス、エッボ、マルク、ロータルがやってくる。それを皮切りに、多くの鳩が押し寄せて、いつもブナの樹の下は満員で、雪原のようになっていた。

ジアは袋につまった豆を周囲にばらまいた。自分ではじめて植えて作った豆だった。鳩たちにおいしそうに食べてもらえて、今日も幸せだと思った。

「お母さん」と声が聞こえて、目を向ければ、とことこと寄ってきたのは、長男のアルウィンだ。ルスランによく似た顔立ちだけれど、ジアの色をしている。

「あまり陽に当たっちゃだめよ？　体調が悪くなったら木陰へ行くの。わかった？」

「わかってる。ぼくたちは白いからでしょ？　あのね、さっきへんなおじさんがふたりきたけど、ないしょなんだって。お母さんとお父さんのことを知ってたみたい」

アルウィンがジアのとなりに座ろうとすると、鳩たちが動いて場所を譲ってくれた。

「お母さんも見ていたわ。鳩たちがきっと心配して見せてくれたの。ラインマーとロホスね？　いま、池で泳いでいるみたい。彼らはお父さんのお友だちよ」

アルウィンは、ぱあっと金の瞳を明るくする。

「そうなの？　ぼく、もう一度池に行っていい？　お父さんの話を聞いてくる」

「もし彼らが迷惑じゃなかったら、家に来てって言ってね。王都は遠いから泊まってもらえばいいわ。それに、ふたりにお礼を言いたいの」

「うん、わかった」とアルウィンが立ち上がると、我先にとヴォルフが走り、ヨハンたちも飛び立った。見守ってくれているのだ。

ジアが少し離れた場所にあるかごをのぞくと、二番目の息子のエカードが寝息を立てていた。黒い髪と青い瞳はルスラン譲りだ。そのかごを持ち、家に入れば、ルスランが長椅子で本を読んでいた。

かごを置いてそばによると、本を置いた彼が先に寄ってくる。なにも言わなくても、唇同士が、ちゅ、とくっついた。

「ラインマーとロホスがいま、村の近くに来ているみたい。招待したわ」

ルスランは「本当に？」と露骨に眉をひそめる。

「あいつらはきみをよこしまな目で見るんだ。招待は今回だけだ。……しかし、一週間前はグリシャが来て、一昨日は父。今日はやつらか。連続してなんなんだ？」

グリシャとルスランの父が来たのは初耳だった。おそらく彼は門前払いにしたのだろう。

「グリシャはなんて言っていたの？」

「きみがおばあさんになっても諦めないそうだ。ずっと求婚し続けると言っていたからつまみ出した。ああ、やつはアンブロスの王になるらしい。ぼくがバルツァーの王になると思いこんでいるからな。誰が王になるか。ひとりでなれ。張り合ってばかなやつだ」

「どうしてグリシャは、わたしなんかがいいのかしら……。既婚者で年上だわ」

そのつぶやきに、ルスランは思わせぶりに肩を震わせた。

「ルスランのお父さんはなんて言っていたの？」

「早く王都に戻って王になれと。約束が違うじゃないかとごねられた。引退したいと」

「そうなのね……。あなたを王都に返してあげなくちゃって思う。わたしは我慢するわ」

いきなりルスランに鼻をつままれ、ジアは一瞬目を閉じる。

「ばか、なにが我慢だ。王都に返す？　違う。ぼくがいる場所はきみのそばだけだ。王都に帰るとするならば当然ジアも連れて行く。それに、子が小さいうちは戻らないと言ってある。あいつらに邪魔はさせない。きみはぼくのものだとしっかりわからせないと」

彼は話しながらこちらを見つめる。熱い視線だ。ジアも彼を見返した。どちらからともなく唇をつきあわせれば、ふたつの吐息が重なった。

彼の首に手を回すと、すかさず抱えられ、ひざの上にのせられる。ふたりがひとつになる時間は、一日のうち、限られた時間だけ。それでも、互いを感じていたいのだ。

「もうひとり作ろう？　次は女がいい。ジアのような子」

「いいの？　でも、わたしに似てしまえばすごく手間がかかるわ。不器用で、物覚えが悪くて、どじで後ろ向き。いつも自分がもどかしい。ルスランみたいに器用になりたい」

「ひどいな、ぼくがこの世で一番愛している女の悪口はよしてくれ。二度とだめだ」

――愛してる？

はじめて言われた言葉に目をまるくしていると、彼は鼻を鳴らした。

「あれを言わないのか？　聞いてからしたい」

ジアの緑の瞳がうるむと、彼は「泣き虫」と、ジアの目もとを舐めた。

「早く。エカードがまたぐずるかもしれないだろう？　先ほど中断して苦しいんだ」

それはジアも同じだ。わななきながら微笑むと、心の底から思いを伝えた。

「ルスラン、大好き。愛してる」

あとがき

こんにちは、荷鴣《にこ》と申します。今回のお話は、鴣を……いえ、騎士を書きたいと思い挑戦しました。いつも書きはじめる前に編集さまにジャンル的にNGなもののチェックをしていただくのですが、今回はないと思います！　と自信満々にお伝えしましたところ、糞についてお仕置きをされてしまいました。しかし、おやおや、作中にいくつかひそんでいたりします。あなたさまは、いくつの糞を見つけられるでしょうか？　うふふ……。

騎士を書くのはアンソロジーに次いで二度目なのですが、今回、騎士ってすごくむずかしいのだと思い知りました。そして途中からお話が鳥類大戦争に発展してしまいまして、編集さまに「恋愛小説、恋愛小説」と呪文を唱えていただき、なんとか鴣の呪いから正気に戻ることができました。主役が鴣になってしまうところでした。あ、あぶない……。

このたびは、鈴《すず》ノ助《のすけ》さまとふたたびご縁をいただくことができ、とっても幸せです。想像以上のすばらしいイラストに感動しました。本当にどうもありがとうございます！

そして、ごめいわくをおかけし続けている編集さま、今回も土下座いたします。すみません！　とてつもなく感謝しています。本書に関わってくださいました皆々さまにも感謝しています。そして読者さま、お読みくださり本当にどうもありがとうございました！

荷鴣

Sonya
ソーニャ文庫

この本を読んでのご意見・ご感想をお待ちしております。

◆ あて先 ◆

〒101-0051
東京都千代田区神田神保町2-4-7 久月神田ビル
㈱イースト・プレス　ソーニャ文庫編集部
荷鴣先生／鈴ノ助先生

狂騎士《きょうきし》の最愛《さいあい》

2020年9月4日　第1刷発行

著　　者　荷鴣《にこ》
イラスト　鈴ノ助《すずのすけ》
装　　丁　imagejack.inc
D T P　松井和彌
編集・発行人　安本千恵子
発 行 所　株式会社イースト・プレス
〒101－0051
東京都千代田区神田神保町2－4－7 久月神田ビル
TEL 03－5213－4700　FAX 03－5213－4701
印 刷 所　中央精版印刷株式会社

ISBN 978-4-7816-9681-2
定価はカバーに表示してあります。